KB140720

불연기연

불연기연

손 미 덕 수필집

세종출판사

저자의 말

글을 읽는 것보다 쓰는 것이 더 중요합니다. 글을 쓰려면 사유思惟해야 합니다. 사유는 시간이 필요하지요. 시간은 바로 인내입니다. 인내는 지혜보다 낫다고 하지요. 시간이 지나면 모든 것을 알게 되니까요. 2016년 1집 웨이닝을 내고 7년 만에 2집을 내는 저의 변명이기도 합니다.

불연기연은 동학의 시간입니다. 달동達東했던 나의 부친 손달동의 사유라고 말하고 싶습니다. 제가 시간을 들여 글로 썼습니다. 동학은 평화를 사랑하는 우리나라 사람이라면 꼭 알아야 한다고 생각합니다. 사인여천 이천식천 우리는 모두 서로서로 신령하게 연결돼있는 시천주의 민족입니다. 제 직업정신도 사인여천 이천식천입니다.

2023년 10월 **손미덕**

차례

1부
책 속의 길을 걷다

2부

산은 듣고 나는 말하고

3부

행복한 왕자

4부

불연기연

1부

책 속의 길을 걷다

두 도시 이야기 | 분노의 포도 | 세르반테스를 찾아서
전쟁과 평화 | 죄와 벌 | 킹덤 오브 헤븐 Ⅰ | 킹덤 오브 헤븐 Ⅱ | 탁류

두 도시 이야기

성실함과 실용은 화려한 부와 예술보다 훨씬 가치가 있다.

두 도시는 런던London과 파리Paris다. 양국의 수도이므로 대표성이 비교된다. 런던은 법과 실용, 파리는 예술과 사치가 떠오른다. 영국 작가 찰스 디킨스는 1789년 프랑스혁명 당시 혼란과 공포에 휩싸인 두 도시에 초점을 맞추었다. 읽어보면 영국인답게 영국을 비교 우위에 둔 것을 알아챈다. 하지만 영국의 역사를 살펴보면 영국도 프랑스보다 극심한 혼란을 겪었다. 바로 장미전쟁이다. 장미전쟁은 프랑스와 100년 전쟁에 패한 영국 귀족들의 30년 동안의 내전이었다. 장미전쟁 결과 영국 귀족은 거의 죽고 몰락하였다. 귀족을 대신한 사람은 산업에 종사하는 상공인과 농부였다. 이들은 종교개혁을 받아들여 캘빈의 직업 소명설을 실천하였다. 나아가 산업혁명을 일으켜 영국은 바야흐로 부유한 국가가 되었다. 이들이 바로 젠트리Gentry 이다. 영국 신사 젠틀맨이 바로 여기에서 연유한다.

반대로 프랑스는 영국과 100년 전쟁에 승리하여 귀족이 득세하였다. 바로크 로코코 시대를 거쳐 귀족은 점점 더 화려하고 섬세하게 세련되어갔다. 그 결과 사치가 극에 달했고 사치의 끝판인 방탕이 시작되었다. 프랑스의 농민과 상공인은 귀족들의 사치와 방탕의 횡포에 시달렸다. 태양왕 루이 14세는 파리를 떠나 화려함과 사치의 극치인 베르사유 궁전을 지었다. 왕과 귀족들은 무절제하게 먹고 마시며 사치하고 방탕한 생활을 하였다.

소설의 중심인물은 런던의 유능한 외과 의사 마네뜨 박사다. 박사는 10년 동안 런던탑에 감금당하였다. 그 세월은 뼈에 사무치는 원한의 세월이었다. 박사는 프랑스 귀족들의 치부를 알았기 때문이었다. 방탕한 프랑스의 귀족 형제가 소작농 아내의 정조를 빼앗았다. 그녀는 임신 중이었지만 치욕을 참지 못해 음독하였다. 귀족들은 소작농 아내의 죽음을 막았다. 자기들의 나쁜 평판을 막아내기 위해서다. 마네뜨 박사를 데려와 그녀를 치료하게 하였다. 하지만 소작농의 아내는 죽고 말았다. 모든 비밀을 아는 박사는 런던탑에 감금당하였다. 박사는 실종 처리되었고 갓 결혼한 그의 아내는 추적을 피해 숨어야 했다. 농부의 가족들은 비밀결사를 조직하였다. 그 비밀결사는 점점 불어나고 커져서 혁명을 향하여 나아갔다.

불한당 귀족은 순조롭게 작위를 상속받아 후작이 되었다. 가난한 농부의 세 살배기 아이가 그 후작의 마차에 치여 죽었다. 후작은 농부에게 금화 한 잎을 던지며 '어차피 살아도 가난에 쪼들릴 것이 뻔하니 일찍 죽는 것도 괜찮지' 하며 가난한 농부를 비웃었다. 아기의 아비가 후작의 집에 숨어 들어갔다. 후작의 마차 밑 바퀴 이음쇠에 매달려 들어갔다. 그날 밤 후작은 살해되었다. 다음날 분노한 농부들이 일제히 일어나 봉기하였다. 마침내 프랑스혁명의 도화선에 불이 붙었다.

2%의 귀족과 성직자를 먹여 살리기 위하여 98%의 평민이 세금을 내야 했다. 참정권은 그 반대였다. 평민과 농민의 투표권은 겨우 2%다. 프랑스는 영국을 견제하기 위하여 미국 독립전쟁에 원조하였다. 국고가 바닥난 프랑스 귀족들은 이 모순덩어리 구제도 앙시앵레짐을 가동하였다. 평민에게 세금을 거두기 위해서다. 2% 투표권자로서 98%의 평민은 테니스코트에 집결하였다. 그들은 구제도의 모순을 타파하기로 하였다. 국왕과 특권층은 군대를 소집하였다. 군대는 평민을 짓밟고 붙잡아서 바스티유 감옥에 가두었다. 분노한 평민들이 바스티유 감옥을 습격했다. 바스티유 감옥을 지키던 군대가 평민들과 합세하였다. 마침내 프랑스혁명이 터졌다.

구제도 앙시앵레짐을 타파하기 위하여 단두대가 설치되었다. 처형장에 모인 분노한 농부들은 단두대에서 잘리는 사람 모가지 수를 소리 높여 세었다. 한 사람이 처형되는데 평균 5분이 걸렸고, 시간당 25명인 때도 있었다. 처형장에 모인 가난한 농부의 아낙네들이 더욱 열광하였다. 가난에 찌들고 권력에 억눌린 사람들의 광기였다. 그들은 단두대 기요틴을 정의라고 불렀다. '루소'의 계몽사상을 빌어서 말한다. 벼락같이 목을 내리쳐 공포와 고통의 시간을 최저로 줄이는 죽음의 효율이라고 말이다.

프랑스 파리가 혁명의 혼란에 휩쓸린 것은 프랑스 운명이었다. 넓고 기름진 땅을 가진 프랑스는 자원이 풍부하여 많은 물산을 생산할 수 있었다. 부유한 귀족들은 넘치는 부에 자신감을 가졌다. 그 부는 속성이 부익부와 집중되는 것이다. 그것은 관리하지 않으면 사치와 방탕을 향하여 흘러간다. 프랑스의 귀족들은 넘쳐나는 부로 예술과 명품에 투자하고 호화로운 생활을 즐겼다. 화려함에 세련을 더하였고 그 유지와 발전에 점점 더 많은 시간과 돈을 쏟아부어야 했다. 부를 가지지 못한 민중은 빈익빈의 나락으로 빠졌다. 그것은 인간을 야수로 변하게 하였다. 단번에 사람의 목숨을 빼앗는 기요틴의 효율이 선거와 재판을 대신하였다. 선거와 재판은 절차가 필요하고 절차는 시간으로 발목을 잡는다. 그리하여 절차는 밟는다고 말하게 되었다.

바다 건너에는 평온한 영국이 있었다. 척박한 대지와 음습한 기후 탓에 영국인 들은 일찍이 빼앗고 나누는 일에 길들여 갔다. 의회를 구성하여 토론과 합의를 하게 되었고 제도와 법률을 제정하였다. 실용과 성실한 직업관이 자리 잡았다. 혁명의 혼란을 피하여 프랑스인들은 런던으로 피신하였다. 런던엔 안정적인 금융기관이 오랜 역사 속에 건재하고 있었다. 그런 금융기관에 평생을 바쳐 기계처럼 일하는 금융인이 있었다. 억울한 피고인을 변호하기 위하여 밤새워 일하는 변호사들이 있었다.

자비스 로리는 런던의 은행원이다. 그는 60년 동안이나 은행의 업무에 몸을 바쳤다. 그는 은행의 업무를 감정 없이 처리하는 기계라고 불렸다. 고루하고 융통성 없으나 한결같아서 누구나 그를 신뢰하였다. 그는 행방불명된 마네뜨 박사의 상속인을 끝까지 찾아냈다. 은행에서 잠자고 있는 예금을 돌려주기 위해서다. 오랜 세월을 감옥에 갇혀 기억도 잃어버린 박사도 찾아냈다. 그 박사가 태어난 것도 몰랐던 자신의 딸 루시도 찾아냈다.

변호사 시드니 칼튼은 의뢰인을 위한 일이라면 밤을 새워 자료를 파헤쳐 연구한다. 그의 열정적인 성실함은 마침내 사랑하는 사람을 위하여 희생으로 나아간다. 그는 마네뜨 박사의 딸 루시 마네뜨를 깊이 사랑하였다. 그가 사랑한 여인 루시 마네뜨는 생명을 잉태하고 낳는 여성이다. 그녀의 남편과 변호사 시드니 칼튼은 얼굴이 닮았다. 루시의 남편은 프랑스의 사악한 후작 가문의 후손이다. 농민의 아이를 치어 죽이고 금전 한 닢을 던지던 후작이다. 그도 단두대로 가야 했다. 영국인 변호사 시드니 칼튼은 루시의 남편을 대신하여 기꺼이 단두대의 이슬이 되었다. 사랑하는 여성은 아들을 낳았고 그 이름을 칼튼이라 불렀다. 이렇게 런던은 생명을 잉태하고 낳으며 재생하는 도시가 되었다. 성실함과 실용은 화려한 부와 예술보다 훨씬 가치가 있다.

두 도시 이야기는 박근혜 정부를 갈아치우는 촛불 혁명에 영감을 주었다. 세월호 사건으로 민중은 분노하였다. 박근혜 대통령은 올림머리 스타일을 고집하였다. 그것은 대중에게 어머니 육영수 여사의 추억을 불러일으키기 위한 것이었다. 프랑스혁명 당시 왕비 마리 앙뚜아네트도 올림머리 스타일을 좋아했다. 그것은 그녀가 사치를 좋아했기 때문이다. 은근히 부유하고 힘 있는 친정 오스트리아의 왕녀임을 과시하는 것이었다. 왕비는 그 머리가 단두대에 잘렸다. 박근혜 대통령도 끝내 탄핵받았다. 대통령은 올림머리를 해주는 단골 미용사가 있었다. 대통령은 올림머리를 해야만 공무를 볼 수 있다고 하였다. 결국 미용사가 늦어서 세월호 사건에 신속하게 대처하지 못했다는 것이다. 아이들은 차가운 바닷물 속에서 머리를 흩트리고 죽었다. 프랑스혁명의 민중도 촛불 혁명의 우리나라의 민중도 오해와 분노의 광기에 휩싸여 행동하였다. 영국의 법률가들처럼 금융인들처럼 냉정하고 성실하고 한결같은 직업의식이 있으면 좋겠다. 물론 그것은 하루아침에 길러지지 않는다. 수많은 시행착오와 그 시행착오를 바로잡는 시간이 걸린다. 절차를 밟는다고 하듯이 시간을 밟아야 할 것이다. 시간을 밟는다는 것을 세월이라고 할 수 있을 것이다. 가슴 아픈 세월호 사건을 그렇게 생각해본다.

찰스 디킨슨(1812-1870) : 잉글랜드 빅토리아시대 최고 작가
주요작품 : 두 도시 이야기. 올리버 트위스트. 크리스마스캐럴. 위대한 유산. 영국사 산책

분노의 포도

절망적인 상황에서도 인간은 본능적으로 생명을 향한다. 그것은 숭고하다.

책 읽어주는 유튜브를 찾았다. 존 스타인 백의 '분노의 포도葡萄'다. 책의 행간이 배경음악에 따라 천천히 넘어갔다. 책 읽어주는 이는 낭랑하게 때론 감정을 실어 고른 억양으로 책장을 넘겼다. 이 책을 내가 처음 읽었을 때는 갓 20대 시절이었다. 여고를 졸업하고 대학에 진학하지 못해 울분에 쌓여 지내고 있을 때였다. 나는 대학교에 입학해야 하는데 뜬금없이 공무원이 되것이 싫었다. 수험번호가 너무 앞인 탓에 면접에 지각하여 불합격처리 되었다. 나는 세상이 나를 알아보지 못한다고 분노했다. 그때 나는 분노의 포도를 읽었다. 그 내용이 나와 우리 가족의 이야기와 비슷했기 때문이다.

1977년 나는 서쪽 전북에서 동쪽 부산으로 왔다. 아버지는 농지를 팔고 집과 가게를 다 정리하였다. 그 돈으로 부산 자갈치 항에서 어선을 한 척 사들였다. 아버지는 그물도 던질 줄 모른다. 항구에서 배 들어오기를 기다리는 선주 노릇만 했다. 어업은 농업과 달라서 근면 성실보다 날씨 운에 의해서 많이 좌우되었다. 풍랑이 일어 일기가 고르지 못하면 항구에 배를 매어두어야 했다. 선원들은 그런 날은 폭음하고 각종 사고를 내고 이탈하기 일쑤였다. 다시 일기가 고른 날이 되어도 출항은 제때 이뤄지지 않았다. 겨우 선원을 모아서 조업을 나가면 뜻이 잘 안 맞는 선원들끼리 싸운다. 뜻이 안 맞으니 손발이 안 맞아서 배가 표류했다. 조업 금지구역이나 군사지역을 침범해서 해경에 배가 나포되기도 했다. 아버지는 사고를 수습하기 위하여 공무원에게 뇌물을 썼다. 우리 집에는 그 뇌물을 받으러 공무원들이 드나들었다. 내게는 면접시험 지각으로 단호하게 불합격으로 처리한 공무원들이다.

소설의 시간 배경은 1920년 미국의 경제 대공황시대였다. 미국 중부 오클라호마에 사는 농민들은 농지를 담보로 은행 부채를 쓰고 있었다. 농부들은 빌린 돈으로 농기계를 샀다. 기후변화로 여러 해 동안 흉년이 들었다. 늘어난 은행 부채를 갚지 못해서 땅은 은행에 넘어갔다. 그들은 빈털터리가 되어 풍요의 땅 동부로 이주를 시작했다. 우리 가족도 산업화 기계화에 밀려 농업을 포기하고 부산으로 이주하였다. 나는 여고 졸업을 한 후 뒤따라갔다. 상행 호남선을 타고 가다가 대전에서 하행 경부선으로 갈아타고 가는 긴 여정이었다. 나는 부산의 미래가 낯설고 불안했다. 농업 발전을 위하여 기계화하는데 우리는 왜 농지를 팔아야만 했는지. 부산에서 시작한 어업은 왜 그렇게 지리멸렬하기만 하는지. 나는 열심히 공부했는데 왜 대학에 못 가는지. 추위에 불안에 나는 오들오들 떨었다. 완행열차의 환승역은 대전 시내에서 비켜난 컴컴한 시골 회덕역이었다. 환승 시간을 한참 지났어도 경부선 완행열차를 오지 않았다. 그 기차를 행여 놓칠 것 같아서 사람들은 한데서 웅성거리며 덜덜 떨고 있었다. 특급열차는 명멸하는 빛을 뿜으며 벌써 몇 대나 지나갔다. 아무거나 발길로 찼다. 언 발끝이 깨지는 듯한 통증이 왔다. 툭하면 고장 나던 톰 가족의 낡은 트럭은 오지 않는 완행열차 같았다.

이 책의 남자 주인공은 톰이다. 그는 패싸움에 몰려 살인을 저질렀다. 그것은 정당방위로 밝혀졌다. 톰은 모범수로 가석방되어 예정보다 일찍 고향으로 돌아가는 길이다. 길에서 또 하나의 주인공 케이시 목사를 만난다. 케이시 목사는 상상과 기도로 갈구하는 천국보다 지금 행동하고 군중과 어울리는 삶 속에서 천국이 있다고 강조한다. 그는 그런 내적 갈등을 겪느라 거지처럼 방랑하고 있었다. 톰은 케이시 목사의 설교에 이끌렸다. 톰은 목사에게 자기 고향으로 같이 가자고 하였다. 목사는 예전에 고향에서 목회했다. 고향 오클라호마는 가뭄과 모래바람 때문에 흉년이 겹쳐 폐허가 되어 있었다. 모래바람이 해일처럼 또 농지를 뒤덮었다. 빚을 갚지 못한 농가는 계약대로 농지를 은행에 넘겨주어야 했다. 소작농이나 날품팔이 노동 일자리도 기계가 빼앗았다. 농부들에게 땅은 경외의 대상이었다. 그 땅을 갈고 씨를 뿌리고 거두는 일은 신성한 애착이었다. 농지는 바로 그 자신이었다. 그 땅을 빼앗긴 농부들은 농지를 떠나지 못하였다. 땅을 갈고 싶어서 농지 주위를 배회하였다. 경찰이 그들을 단속하여 쫓아냈다. 쫓겨났어도 그들은 강둑에 땅굴을 파고 숨었다. 밤이면 그 속에서 나와서 빼앗긴 농지 주위를 배회하였다. 그들에게 풍요의 땅 동부에서 노동자를 구한다는 광고 삐라가 뿌려졌다. 톰의 가족이 자랑할 만한 것은 노동력이 있다는 것이었다. 그들은 팔 수 있는 것은 다 팔아서 식량과 낡은 트럭을 한 대 샀다. 그들은 동부를 향해 떠났다.

고속도로에는 그런 사연으로 동부를 향하여 가는 사람이 늘어났다. 휴게소마다 피난민 같은 사람들이 넘쳐났다. 휴게소 상인들은 무슨 일로 왜 떠나는지 모르겠다고 걱정하고 있었다. 동부로 가까이 갈수록 되돌아가는 사람들이 늘었다. 그들과 마주쳤다. 그들은 동부는 생각보다 훨씬 힘든 곳이라고 하였다. 약삭빠른 가족들이 하나둘 이탈하였다. 해산을 앞둔 톰의 누이동생 로이산의 남편은 몰래 달아났다. 도중에서 늙은 부모는 여독과 향수에 지쳐 죽었다. 사막을 가로질러 대 역정 끝에 마침내 젖과 꿀이 흐르는 땅 캘리포니아에 도착했다. 재빨리 복숭아 따는 농장을 찾아냈다. 복숭아 따는 일에 온 가족이 매달렸다. 복숭아를 따면서 실컷 먹었다. 너무 많이 먹어서 배탈이 났다. 다음날 더 많은 노동자가 몰려왔다. 임금은 반으로 삭감되었다. 중간책 인력공급자가 농간을 부리는 것이었다. 농장 바깥에는 성난 노동자들이 거세게 항의하고 있었다. 케이시 목사가 주동이 되어 있었다. 사악한 인력공급업자의 폭도들이 밤을 틈타 케이시 목사를 살해하였다. 성난 톰은 폭도에 대항하여 싸우다 사람을 죽이고 말았다. 톰은 가석방 기간 동안 거주지 이탈과 재범이 없으면 형기가 만료된다. 이제 살인을 저질러서 가중처벌만 남았다. 선택의 여지 없이 도피하여야 했다.

아들 톰을 깊이 신뢰하는 어머니는 아들을 멀리 떠나보낸다. 그는 사랑하는 어머니를 위로하였다. "사람들은 모두 커다란 영혼의 한 조각입니다. 그렇다면 저는 어디나 있을 겁니다. 배고픈 자들의 싸움터, 경찰들이 폭압을 휘두르는 곳, 배고픈 아이들이 울부짖는 곳, 우리 식구들이 따스한 보금자리를 마련한 곳 그 어떤 곳에도 저는 있을 겁니다."

또 다른 시련이 닥쳤다. 무시무시한 홍수가 들이닥쳤다. 노동자들의 임시 숙소는 물에 잠기고 가재도구는 물에 휩쓸리며 아수라장이다. 이 와중에 딸이 해산하였다. 사산이었다. 딸은 사산한 아이를 중얼거리며 멍하니 홍수 속에 떠내려 보낸다. 어머니는 딸의 산후 독을 다스리려 마른자리를 찾아들었다. 그곳은 조금 높은 지대의 헛간이었다. 그곳엔 먼저 깃든 사람 둘이 있었다. 병든 아버지를 돌보고 있는 어린 소년이었다. 어머니는 딸에게 눈짓하였다. 딸은 퉁퉁 불은 젖가슴을 문지르며 탱글탱글한 젖꼭지를 아사 직전의 그 남자에게 물렸다. 딸의 얼굴에 알 수 없는 희열의 웃음이 떠올랐다. 절망적인 상황에서도 인간은 본능적으로 생명을 향한다. 그것은 숭고하다.

농지는 경작하는 농민이 소유하지 못하고 금융업자가 가로챈다. 캘리포니아의 풍성하게 익은 과일도 저장시설이 없어서 썩어 버린다. 그러나 땅 소유자는 과일이 썩어도 눈도 깜짝하지 않는다. 땅값이 천정부지로 치솟았기 때문이다. 작가 스타인벡은 노동의 대가인 포도를 노동자가 따먹지 못하고 고스란히 땅에 투기한 자가 따먹는다고 하였다. 노동자들의 머릿속에서 분노의 포도가 익어간다고 하였다.

폭동이 터지고 방화와 살인으로 역사는 유혈이 낭자하다. 성서적 디스토피아 종말이 온다. 정당한 노동의 대가를 위하여 싸우는 케이시 목사는 살해되었다. 톰은 또 살인을 저지르고 도망자 신세가 된다. 로이산의 남편은 처자식의 부양을 팽개치고 달아나 버렸다. 로이산은 그토록 바라던 아기를 사산하였다. 그 모든 절망 위로 홍수가 덮쳤다. 보금자리는 모두 떠내려가 버렸다. 홍수를 피하여 좀 더 높은 지대로 피해 갈 뿐이다.

그래도 사람들은 서로를 부축한다. 톰은 어머니에게 언제나 약자들 틈에 있을 것이라고 약속하였다. 어머니는 딸에게 굶어 죽어가는 사람에게 젖을 물리라고 하였다. 죽어가는 사람에게 젖을 물린 딸의 얼굴에 희미하게 희열의 웃음이 떠오른다. 생명은 디스토피아 종말을 이긴다. 노아의 방주에 비둘기가 날아왔다. 올리브잎을 입에 물고.

내가 이 책을 읽었던 때로부터 40여 년의 세월이 흘렀다. 지난 2018년에 최저임금이 제정되었다. 이제 근로자의 노동시간은 철저하게 관리되어 계산된다. 톰과 케이시 목사가 투쟁하던 것이 이루어진 것이다. 이제 고용주는 근로자에게 을이다. 고용주 갑이 갑질하는 '갑갑'한 시간은 지났다. 근로 시간에 따른 최저임금제를 지켜야 한다. 고용주는 이제 근로자에게 전전긍긍하는 을이다. 을 고용주는 거의 외국인 근로자를 채용한다. 단순한 힘든 육체노동 현장에는 노약자, 신용불량자, 불법체류 외국인이 있다. 이들을 고용하면 많은 위험이 따른다. 신분이 명확하지 않아서 4대 보험 가입을 할 수 없다. 산업재해 사고가 나면 고용주가 감당해야 한다. 정부의 단속에 걸리면 고용주는 고소당한다. 임금을 지급하여도 국세청에 원천징수 신고를 할 수 없다. 국세청에 비용으로 인정받기 위해서는 2.2%의 가산세를 물어야 한다. 불법체류 외국인은 거주지를 마련해주어야 한다. 불법체류 외국인 단속은 정부가 하지만 고발은 고용주를 아는 사람이 한다. 노동자들은 지금도 케이시 같은 의로운 목사들이 노동자들을 돌봐주고 있다. 고용주를 돌봐주는 이는 어디에도 없다. 돈을 내고 변호사를 고용해야 한다. 고용주는 변호사에게 충분한 증거서류를 만들어 주어야 유리한 판결을 받는다. 고용주의 머리에 분노의 포도가 익어간다.

고용주도 낙오한 근로자도 절망을 견딜 뿐이다. 내일도 해가 뜬다는 것을 믿으면서.

존 스타인벡(1902-1968) : 미국. 1962년 노벨문학상 수상

세르반테스를 찾아서

참을 수 없는 고통을 견디고 이룰 수 없는 사랑을 하고 저 하늘의 별을 따자.

돈키호테는 성서 다음으로 많이 번역되었다. 하버드대학과 서울대학의 꼭 읽어야 할 100대 도서 목록에도 있다. 이 소설은 근대문학을 열었다. 이 소설이 발표된 1605년 이전의 소설은 영웅과 전지전능한 신이 주인공이었다. 문체도 비극적 서사와 설명 위주였다. 소설 돈키호테는 고전문학의 틀을 깨고 평범한 사람을 주인공으로 등장시켰다. 그 평범한 사람은 활달하고 낙천적 개성이 넘친다. 주인공은 무조건 자신의 신념대로 행동하여 아슬아슬 벼랑으로 몰린다. 그 벼랑에서 재기발랄한 유머와 위트가 터져 폭소하게 된다. 세계문학사는 1600년 동안 작가 세르반테스를 기다렸다. 유네스코는 작가의 서거일 4월 23일을 책의 날로 정하였다. 이날을 기념하여 사람들은 꽃과 책을 서로 선물한다. 책은 천상의 샛별이다.

세르반테스는 젊은 시절 레판토해전(1571년)에 참전하였다. 그는 어깨에 총상을 입고 왼팔을 다쳤다. 왼팔을 못 쓰는 불구의 몸으로 귀국하다 설상가상 해적에게 붙잡혔다. 해적이 요구하는 몸값을 치를 수가 없어서 5년 동안이나 해적의 소굴에서 노예로 살아야 했다. 탈출을 시도했으나 번번이 붙잡혔다. 고국 스페인의 자선단체와 친척들 도움으로 겨우 몸값을 치르고 고향 레만차로 돌아올 수 있었다. 그는 해적에게 치른 돈 때문에 빚에 허덕였다. 빚을 갚고자 세리稅吏가 되었다. 그는 숫자노름을 하게 되었다. 숫자노름은 창고의 재고在告를 빼돌리고 장부상으로는 숫자를 맞추는 것이다. 그렇게 이득을 챙긴 것이 발각되었고 그는 감옥에 갔다. 그는 감옥에서 돈키호테를 구상하며 수치를 참아냈다. '참을 수 없는 고통을 견디고 이룰 수 없는 사랑을 하고 저 하늘의 별을 따자.' 익살과 해학으로 비루한 현실을 달관한 것이다. 그는 석방되자 곧 돈키호테를 쓰기 시작하였다. 1597년 그의 나이 오십 세였다. 불구의 왼팔이 글 쓰는 오른팔을 괴롭혔다. '왼팔을 잃은 것은 오른팔로 글을 쓰기 위한 것이다' 그는 불행도 글을 쓰는 용기로 바꾸었다. 작가의 용기에 내 가슴이 고동쳐왔다. 나는 경이에 들떠서 돈키호테를 구해서 읽었다. 나도 한때 세리稅吏였었다. 글을 쓰고 싶지만 쓰지 못하고 있다. 여전히 세금 관련 일을 하는 내 현실이 감옥 같다고 불평하면서 말이다. 나는 고난에 찬 작가의 정신을 배우고 싶었다. 나는 작가의 고국 스페인으로 여행을 가기로 했다. 두꺼운 책을 보물처럼 안고 비행기를 탔다. 1600년 전의 위대한 작가의 영혼이 비행기를 띄웠다. 옆좌석의 외국인이 자꾸 책을 바라보았다. 작가의 조국 스페인에서조차 돈키호테를 다 읽은 사람은 많지 않다고 한다. 내 어깨가 으쓱 올라갔다. 사람들은 잘 알지도 못하면서 단순히 낙천적이란 말 대신 돈키호테적이라고 한다. 돈키호테를 읽으면 그 낙천의 깊이를 알게 된다.

스페인의 시골 마을에 키하나 라는 중늙은이가 살고 있었다. 그는 기사도에 관한 책을 너무 많이 읽어 자신을 기사로 착각하였다. 그는 창고를 뒤져 낡고 허름한 갑옷과 투구를 챙겨 입었다. 자신의 이름을 돈키호테라 지었다. 비록 얼키설키 비끄러맨 갑옷을 입었지만 중무장한 기사라는 뜻이다. 비쩍 마르고 볼품없는 말을 구하여 이름을 로시난테로 지었다. 로시난테는 명마란 뜻이다. 이웃 농부 산초를 부관 겸 비서로 채용하였다. 돈키호테는 마음속에 기사의 숭고한 사랑을 바칠 영원의 연인 둘시네아를 모셨다. 현실적으로 로시난테는 비루먹어 비쩍 마른 말이고, 산초는 글도 모르는 무식한 농부다. 돈키호테는 산초에게 장차 식민지를 개척하여 총독으로 임명한다고 약속하였다. 둘시네아는 농가의 머슴 같은 우락부락하고 힘센 여자다. 이들은 책 속에서 종횡무진 우스꽝스럽게 활약하며 세상을 마음껏 비웃고 꼬집는다. 그들은 기사로서 훈련과 명성을 쌓기 위하여 드디어 세상 편력을 떠난다. 돈키호테는 마침내 여관 주인에게 기사 서임을 받는다. 돈키호테는 그 앞에 경건하게 무릎 꿇었다. 여관 주인은 마부들에게 받을 외상 장부를 읽었다. 여물죽 1통. 짚 2다발. 말굽 갈이 2회 총합계, 경건하게 읽고 나서 그 장부를 말아쥐고 돈키호테의 목을 힘껏 내리쳤다. 가라 기사여! 정의를 위하여! 여관 주인이 화가 나서 돈키호테를 때려서 내쳤으나 돈키호테는 감격하였다. 그에게 여관은 훌륭한 성이었고 여관 주인은 그의 성주였다. 그의 착각은 좌충우돌 실패를 거듭한다. 엉뚱하게 무조건 돌격하여 저지르고 처참하게 망가진다. 하지만 마무리는 언제나 거룩한 기사도 정신이었다. 그 기사도에는 해학과 위트가 넘친다. 읽는 동안 쉴새 없이 웃음이 터져 나온다. 멋진 시와 서사, 환상, 충고, 교훈, 즐비한 속담은 책의 품격을 높여준다. 과연 고전이다.! 찬사가 절로 나온다.

돈키호테는 사슬에 묶여 호송되어 가는 죄수의 무리를 발견하였다. 정의의 기사 돈키호테는 무조건 무리를 향해 돌진하였다. 사슬에 묶인 죄수들도 가세하여 호송군들은 도망쳐 버렸다. 풀려난 죄수들은 누구도 자신의 죄를 인정하지 않았다. 불공정한 제도와 사회, 재산이 없음을 탓하였다. 그 모순에 굴복하여 거짓으로 자백하는 자만이 죄인이라고 하였다. 그런 죄수는 절망을 노래하는 자라 하였다. 죄수들이 돈키호테에게 감사의 인사를 드렸다. 돈키호테는 그들에게 명령하였다, 영원의 여인 둘시네아를 찾아가서 감사 인사를 올리라고 하였다. 죄수들은 어이없어 격분해서 돈키호테와 산초를 두들겨 팼다. 낡은 갑옷과 말은 빼앗겼다. 죄수를 풀어주고 풀어준 죄수에게 오히려 두들겨 맞았다. 죄수에게 자유와 이상을 이야기하는 것은 무리다. 폭소하면서 무릎을 치게 된다. 당시 스페인의 국왕 펠리페 2세는 길거리에서 웃는 사람을 보고 '저 사람은 돈키호테를 읽고 있는 것이로군'이라고 하였다고 한다.

돈키호테의 일화에는 남의 아내를 시험 삼아 유혹하는 남자의 이야기가 있다. 유혹이 어떻게 진실한 사랑으로 변해가는지의 상황과 심리 묘사가 뛰어나다. 적을 속이려다 자신이 속아버리는 것은 현대의 심리 소설기법이다. 그 사랑의 비극적 종말은 현대의 중국영화 색계가 모방한 것 같다. 돈키호테에는 춘향전, 로미오와 줄리엣과 같은 청춘남녀의 지고지순한 러브스토리도 가득하다. 무武는 문文보다 강하다는 작가의 신념이 담긴 전쟁과 포로의 일화도 실려 있다. 천일야화처럼 흥미진진하다. 1권의 대 성공에 시중에 해적판이 넘쳤다. 이 해적판을 근절시키기 위하여 10년 후 세르반테스는 2권을 완성하였다. 2권에는 하인 산초가 눈부신 활약을 한다. 산초는 어리숙하고 우스꽝스러우나 약고 욕심도 많고 때론 지혜롭다. 산초는 교훈과 유머가 풍부한 속담을 쉴 새 없이 지껄인다. 산초는 돈키호테를 은근슬쩍 속이기도 한다. 돈키호테에게 배운 온갖 행동과 말을 써먹으면서 말이다. 어느새 산초는 고귀한 기사도 정신을 배우게 되었다. 마침내 그는 식민지의 총독으로 임명되었다. 그것은 연극이었다. 산초는 그것을 모른다. 그는 총독으로서 역량이 모자라는 것을 알았다. 겁을 먹고 총독을 포기하고 도망쳤다. 쉴 새 없이 산초가 지껄이는 말을 읽고 있으면 책에서 침이 튀기는 거 같다. 물끄러미 그의 말을 다 들어주는 돈키호테의 의뭉한 표정이 눈앞에 선하다. 둘의 콤비가 웃음을 머금게 한다. 이것이 바로 소설을 살아

숨 쉬게 하는 생명력이지 싶다. 그 생명력은 영원할 것이다.

세르반테스는 일생을 가난과 궁핍에 시달렸다. 그렇지만 그는 유머를 잃지 않고 인생을 긍정하였다. 글쓰기를 포기하고 펜을 버리고, 다시 펜을 잡기를 반복하여 돈키호테를 세상에 내어놓았다. 마침내 1권이 출판되어 대성공을 거두었다. 그러나 그는 여전히 가난하였다. 빚에 쪼들려 판권을 헐값에 넘겼기 때문이다. 해적판도 유행하여 세르반테스는 많은 곤란을 겪었다. 그가 글을 쓴 역사는 길고도 험난했다. 그 시대에 펜으로 잉크를 찍어 수천 장의 글을 쓰는 일은 중노동이었다. 터키의 작가 오르한 파묵은 글 쓰는 것을 바늘로 우물 파기라고 하였다. 나는 컴퓨터 자판으로 쉽게 글을 쓰면서 작가에게 죄송한 생각이 들었다. 이제부터 글이 써지지 않는다고 불평하지 않기로 했다. 그래도 나는 세르반테스처럼 문학을 사랑하고 열망한다. 이제부터 나는 쓰고 또 써 볼 것이다.

마침내 마드리드의 돈키호테 동상 앞에 섰다. 명마 로시난테를 타고 창을 치켜든 돈키호테와 말고삐를 잡고 가는 짜리몽땅 배불뚝이 산초가 활짝 웃고 있다. 그 옆에 둘시네아 아가씨 채로 밀가루를 치고 있다. 그녀는 얼굴에 허옇게 밀가루를 뒤집어썼다. 진정 고귀한 얼굴이다. 라 스파뇨라 벨라! 나는 그녀에게 허리 숙여 인사하였다. '스페인에 온 영광을 아가씨께 올립니다.'

세르반테스(1547-1616) : 스페인. 소설가. 군인. 극작가. 세금징수원

전쟁과 평화

땅과 군인 둘 다 잃는 전쟁보다는 후퇴하여서 땅을 내어주고
군인은 구한다는 신념이 있었다.

작품의 전쟁은 나폴레옹의 러시아 침공이다. 나폴레옹은 1812년 러시아 원정에 나섰다. 프랑스혁명은 유럽의 왕정을 무너뜨렸다. 왕정국가들은 자기들의 기득권을 지키기 위하여 연합하여 프랑스를 침공하였다. 나폴레옹은 그들을 저지하고 방어하였다. 저지 방어에 성공하자 유럽의 맹주가 되었다. 나폴레옹은 영국을 견제하기 위해 유럽 각국에 대영국 수출금지 대륙봉쇄령을 내렸다. 러시아는 농산물을 영국에 수출하여 먹고 살아야 하므로 그 대륙봉쇄령을 지킬 수 없다. 이를 전쟁의 명분 삼아 프랑스는 러시아를 침공하였다. 결과적으로 나폴레옹이 대패하였다. 군사력이 러시아보다 월등히 높은 프랑스의 패전요인은 간단하다. 러시아의 추위와 러시아 국민의 애국심이었다. 톨스토이의 넓고 깊은 통찰과 사색이 담긴 대작 전쟁과 평화는 러시아를 자랑스럽고 위대한 국가로 드높였다.

이 소설에는 러시아의 귀족 청년 3명이 주인공이다. 공작 가문의 볼콘스키, 백작 가문의 니콜라이. 거부 베주호프 백작의 행운의 상속자가 된 사생아 피에르이다. 볼콘스키와 니콜라이는 조국 러시아에 품은 애국과 공명심으로 흥분되어 1805년 아우터리츠 전투에 참전한다. 프랑스, 러시아, 오스트리아 삼국 황제가 직접 참가한 아우터리츠 전쟁에서 러시아는 패배하였다. 볼콘스키는 포탄을 맞고 쓰러져 포로가 되었다. 전쟁이 종료되고 귀가하였으나 아내가 아이를 낳다가 죽는 비극을 맞는다.

한편, 참전하지 않은 피에르는 부유한 상속자가 되었다. 그 부를 탐내는 러시아 최고의 미녀와 결혼 한다. 외모와 물질만 중요시하는 여성과 영혼 없는 결혼이었다. 고결한 영혼의 소유자 피에르는 사치와 방종에 물든 아내와 맞지 않아 방황한다. 그는 고심하고 방황하다가 프리메이슨의 단원이 된다. 프리메이슨은 청렴과 절제, 고도의 영성 생활을 하는 비밀결사 단체였다. 볼콘스키는 아내를 잃었으나 영지를 경영하며 마음의 평온을 찾아간다. 영지 경영을 하면서 이웃인 로스토프 가家와 가까이 지낸다. 그 가문의 딸 나타샤의 매력에 끌려 약혼한다. 로스토프 가는 무절제한 낭비와 사치로 빚더미에 치여 살고 있었다. 볼콘스키의 아버지는 이 가문의 저급함을 비꼬며 결혼을 미루고 모욕을 주었다. 순진하고 어리석은 나타샤는 깊이 낙담하고 방황하였다. 그녀는 무책임하고 방탕한 유부남의 유혹에 빠져버린다. 그것도 모르고 그와 결혼 하려 몰래 가출하였다. 피에르가 나타샤를 구해 오지만, 자존심 상한 볼콘스키는 이 사실을 알자 약혼을 깨버렸다. 나타샤의 오빠 니콜라이는 집안이 빚더미에 허덕이는 것을 알고 이를 타개하려는 욕심에 도박에 손댔다. 그러나 도박으로 오히려 거액을 빚지게 되었다. 프랑스가 러시아의 대륙봉쇄령을 위반한 것을 빌미로 침공하자 그는 전쟁터로 도망친다. 러시아는 남부 스몰렌스크에서 패하고 보르디노로 후퇴하여 나폴레옹 군과 대치한다. 그곳은 볼콘스키의 고향이며 본가가 있는 지역이다. 그 고향의 본가에는 아버지가 전쟁 물자를 지원하는 일을 하다 돌아가셨다. 누이동생 마리아가 가장이 돼 어렵고 힘들게 가족을 돌보고 있었다. 마리아는 공작 딸로서 높은 식견과 학식을 갖춘 고매한 영혼의 소유자이며 깊고 고결한 신앙심이 있다. 그녀는 그리스도의 길을 따라 출가하여 고행하는 수도자가 되려고 하였다. 전쟁의 포화가 가까이 왔어도 그녀는 침착하게 가문의 식구들을 지휘하며 피난 준비를 하고 있었다. 니콜라이의 부대가 후퇴하다가 그녀와 마주쳤다. 그는 성심껏 마리아의 피난을 도와주게 되었다. 두 사람 사이에 사랑이 싹트게 된다.

나폴레옹은 속전속결로 모스크바로 진격한다. 모스크바 사람들은 도시를 불태우고 피난 갔다. 피난민 대열에 섞인 부상병 호송 마차에 생명이 위독한 볼콘스키가 있었다. 볼콘스키는 전장에서 포화에 쓰러져 하늘을 보았다 무한 광대하고 덧없다. 그 덧 없고 무한 광대 하늘 아래 인간끼리 이런 참극을 벌이는 것은 헛되고 헛되기만 했다. 귀족의 자존심 때문에 나타샤에게 파혼을 선언한 것을 그는 후회하였다. 사경을 헤매는 그에게 파혼한 약혼자 나타샤가 찾아와 그를 극진히 간호한다. 죽어가는 볼콘스키와 나타샤는 비로소 참된 사랑을 나눈다. 모스크바에 남은 피에르는 나폴레옹 암살계획을 세운다. 그 계획을 실천하고자 모스크바를 배회한다. 그는 거리에서 프랑스 군인에게 겁탈당하는 러시아 여인을 발견하였다. 그 여인을 구출하려고 프랑스군과 싸웠으나 총검을 휘두르는 프랑스군에 잡혀 포로가 된다. 프랑스군은 모스크바에 남은 러시아 남자들을 닥치는 대로 붙잡아 방화범으로 뒤집어씌워 총살하였다. 피에르는 극적으로 총살형에서 제외되어 포로로 남았다. 러시아에 겨울이 오고 있었다. 그 겨울은 러시아 사람만 견딜 수 있다. 월동을 준비하지 못한 프랑스군은 당황하였다. 그들이 점령한 모스크바는 물자와 시설이 모두 불타고 없다. 러시아군의 청야淸野 작전 전략을 깨달은 프랑스군은 후퇴를 결정하지만 이미 늦었다. 프랑스군은 몸값을 받을 수 있는 포로를 끌고 후퇴한다. 러시아군은 게릴라 작전으로 후퇴하는 프랑스군을 괴롭혔다. 피에르는 이때 구출되어 돌아온다. 프랑스가 패하면서 전쟁이 끝났다. 전쟁이 끝난 후 피에르와 나타샤는 결혼하였다.

톨스토이는 이 소설에서 전쟁과 평화를 분리하지 않고 전쟁 속에 평화, 평화 속에 전쟁을 혼합하였다. 남녀의 러브스토리에도 긴

장과 모순이 대립하고 전쟁을 방불하게 한다. 전쟁에서도 나폴레옹의 전면전 선언에도 불구하고 러시아 쿠트조프 장군은 러시아 땅 깊숙이 후퇴한다. 그는 땅과 군인 둘 다 잃는 전쟁보다는 후퇴하여서 땅을 내어주고 군인은 구한다는 신념이 있었다. 군인은 바로 러시아 국민이기 때문이다.

톨스토이는 나폴레옹 같은 영웅에 의해 세상의 역사가 움직이는 것이 아니라고 하였다. 그 역사는 민중의 의지에 따라 움직이며, 영웅이란 그 민중 의지의 총화다고 하였다. 나폴레옹은 민중의 의지를 한순간 잊어버렸다. 그의 거듭되는 전쟁의 승리가 그를 교만하게 만든 것이다. 전투를 피해 끊임없이 달아나는 러시아군들이 자신의 명성에 떨고 있다고 판단한 것이다. 신은 파멸시키려는 사람에게서 먼저 이성을 빼앗는다고 톨스토이는 말한다. 톨스토이의 민중에 대한 신념은 소박하고 단순하다. 피에르와 함께 포로가 되어 끌려가는 농부 까라따에프에 그의 신념이 집약되어 있다. 농부 까라따예프는 항상 잠들기 전에 기도한다. '돌처럼 잠들고 빵처럼 일어나게 하소서' 이는 푹 자고 산뜻하게 일어나 밭을 갈겠다는 뜻이다. 그는 가족이 있는 형 대신 징집을 자원하였다. 결혼한 형은 농지를 갈고 가족을 건사하고 러시아를 보존할 수 있게 하였다. 이는 신의 뜻이라며 감사의 기도를 드린다. 혈혈단신인 그가 더 걸을 수 없게 되었을 때 나폴레옹 군은 그를 사살한다. 그의 얼굴엔 평온한 웃음이 떠올랐다. 총을 쏜 나폴레옹 군은 당황하고 허둥거린다. 쿠드초프 장군은 퇴각하는 나폴레옹 군을 향해 추격전을 하지 않는다. 프랑스군은 걸어가며 얼어 죽었다. 그런 패잔병을 추격하는데 러시아군을 죽게 할 수 없었다. 살기 위하여 전쟁하는 것이기 때문이다. 나폴레옹의 몰락이 시작되었다. 그는 프랑스 혁명정신을 위하여 황제권을 무너뜨리는 전쟁을 하였으나 나폴레옹은 황제가 되었다. 평화를 위하여 전쟁하는 것이지 전쟁하여 평화를 이루는 것이 아닌 것 같다. 톨스토이는 전쟁과 평화는 서로 맞물려 있으며 평범한 개인의 삶 속에도 그것은 계속되고 있다고 하였다.

1967년 푸틴 대통령은 이 소설을 러시아의 위상을 드높이기 위하여 어마어마한 제작비를 들여 영화로 만들게 하였다. 그 전에 이탈리아와 미국이 앞서 영화화하여 높은 인기를 누리자 자존심이 상했다고 한다. 총 제작 기간이 톨스토이가 소설을 집필한 시간과 같이 6년이 걸렸다. 군용기, 헬기, 러시아군 15,000명을 전폭 지원하고 유명 미술관 작품을 소품으로 제공하였다.

무도회 신scene도 화려함의 극치를 보였다. 고증을 통해 유명디자이너가 제작한 옷을 입고 남녀의 표정과 행동에 우아함과 기품, 위풍당당함을 세워 러시아적 자존심을 높였다. 소설이 보여주지 못한 것을 정치력으로 보완한 것이다.

러시아는 나폴레옹의 침공을 청야 작전으로 막아 국토는 폐허가 되었다. 톨스토이의 전쟁과 평화는 그 폐허를 딛고 러시아가 다시 일어날 수 있는 꿈과 희망을 주었다.

톨스토이(1828-1910) : 러시아. 주요작품 : 안나카레니나. 전쟁과평화

죄와 벌

생각은 그만하고 곧장 삶에 몸을 내맡기시죠.

이 작품의 배경은 1860년대 러시아의 수도 페테르부르크이다. 러시아는 1861년 농노 해방을 하였다. 그 결과 수많은 농민이 새로운 직업을 찾아 수도로 몰려들었다. 도시는 급격한 인구 증가로 몸살을 앓고 있었다. 주인공 라스콜니코프가 사는 공간에도 비참한 생활을 하는 빈민들이 가득 찼다. 이들은 협잡과 모략을 일삼고 서로 이용하며 살아나갔다. 낙오자들은 알코올 중독으로 비틀거렸고, 여자들은 생계를 위하여 사창가에 갔다. 라스콜니코프는 이렇게 부조리한 세상의 타계를 열망한다. 당시 유럽을 휩쓴 나폴레옹의 영웅주의 영향을 받았다. 즉 그는 도시의 악을 제거하는 선구자가 되고자 한다. 그는 다수의 행복을 위해 선구자는 악을 행할 수 있다는 논문을 신문사에 기고한다. 그러나 그는 가난하고 힘없는 대학교 휴학생일 뿐이다.

그는 전당포에 은제 담배 케이스를 맡기고 돈을 빌리러 간다. 그 전당포를 운영하는 노파는 빈민들을 상대로 고리대금업을 하고 있다. 로자(라스콜니코프의 약칭)는 이 노파를 백해무익한 사회의 악으로 간주한다. 선구자인 자기가 노파를 죽이고 돈을 가진다면 많은 사람을 위하여 유용하게 쓸 수 있다고 생각한다. 이 일을 계획하고 그는 '할 수 있다'와 '없다'로 번민을 한다. 하면 선구자 못하면 비겁자의 나락으로 떨어진다. 마침내 '할 수 있다'로 결심하고 노파를 찾아간다. 그는 담보물 은제 담배 케이스를 꽁꽁 싸서 노파에게 내밀었다. 노파는 밀린 고리의 이자와 선이자를 제하고 나머지를 주겠다고 한다. 그 돈의 액수는 한 끼 밥값도 못 된다. 노파는 호기심에 담보물의 포장을 끄른다. 노파가 담보물에 정신을 파는 순간 그는 겨드랑이에 숨겨 간 도끼로 노파를 살해한다. 그는 곧 금품을 찾아 방안을 뒤졌다. 어느 사이 노파의 여동생이 들어왔다. 겁에 질린 그녀는 아무 소리도 못 내고 부들부들 떨고 있었다. 그녀도 망설임 없이 죽였다. 그는 자신이 저지른 살인에 대한 공포와 금품을 훔친 혐오감에 스스로 몸을 떨었다. 그는 범행 장소를 빠져나오면서 치를 떨었다. 노파는 그를 처음부터 경계하여 문을 살짝 열어둔 것이었다. 그는 두려움보다 자기 자신에 대한 혐오와 환멸로 무너지기 시작한다. 인간을 죽인 것 보다 자신의 신념이 나약하고 못난 것에 더 환멸을 느끼는 것이다. 그는 훔친 금품을 쓰지 않고 길가의 돌 밑에 감춘다.

그의 범죄는 엉뚱한 사람이 뒤집어썼다. 노파의 아래층에서 페인트 공사를 하던 사람이다. 그가 살인을 저질렀을 때 노파를 찾아온 고객이 있었다. 그는 안에서 문을 잡아당겼다. 고객들이 문이 열리지 않자 관리인사무실로 내려갔다. 그는 노파의 집을 나와 계단을 내려갔다. 관리인이 아래층 계단에서 올라왔다. 될 대로 되라지. 그런데 아래층에 페인트 공사를 하던 인부들이 작업장을 뛰쳐나갔다. 그는 재빨리 그 방으로 들어가 출입문 뒤에 몸을 숨겼다. 그때 자기도 모르는 사이에 호주머니에서 훔친 보석을 흘린 것이다. 관리인에게 살인 현장은 발각되는 사이 그는 바로 아래층에서 무사히 현장을 빠져나왔다. 다시 현장으로 돌아온 페인트공이 문 뒤에 떨어져 있는 보석을 주웠다. 페인트공은 그 금품을 저당 잡혀 돈을 빌려서 다 써버렸다. 그 증거로 인하여 페인트공은 이웃과 경찰의 치밀하고 집요한 추궁을 당한다. 페인트공은 경찰의 추궁과 고문에 못 견디고 자기가 범인이라고 시인해 버렸다. 그는 절망적으로 횡설수설 원죄와 속죄를 중얼거렸다.

진범인 로자가 범죄를 시인하고 뉘우치는 과정에 세 사람이 작용한다. 한 사람은 경찰 서장이다. 그는 로자의 선구자 논문을 읽었다. 로자가 경찰서 주위를 배회하며 자수하려는 충동에 사로잡혀 있는 것도 눈치를 챘다. 그는 물증을 못 찾았으나 로자의 자백을 유도하려고 한다. 번민하고 갈등하는 로자에게 소리친다. “에잇 삶을 하찮게 여기지 마시오! 당신의 이론이 틀어져 버려 창피하죠. 생각은 그만하고 곧장 삶에 몸을 내맡기시죠. 선생의 앞날은 창창합니다!" 로자의 선구자 이론과 몽상은 서서히 실제의 행동하는 삶으로 돌아오고 있었다.

또 한 사람은 로자의 아류 스비드리가이다. 스비드리가는 로자의 살인 범죄를 다 알고 있었다. 양심의 가책에 신음하는 로자를 이용해 그의 누이와 결혼을 하려고 한다. 스비드리가의 삶의 이력은 도박과 사기, 위장 결혼으로 얼룩져 있다. 청순하고 지혜로운 영혼의 소유자인 로자의 누이동생은 스비드리가의 아이들 가정교사였다. 스비드리가는 오뉘의 영혼 근처에 다가갈 수 없는 사람임을 알고 절망하여 권총으로 자결해 버린다. 그의 패배적인 허무와 냉소를 보면서 로자는 자신이 신봉하는 선구자의 꿈에서 깨어나게 되었다.

마지막 한 사람은 그가 사랑하는 여자 소냐이다. 소냐는 가족의 생계 때문에 사창가에 나간다. 그녀의 아버지는 퇴역 장교였다. 그러나 도시에서는 굴욕적인 돈벌이를 해야만 했다. 그녀의 아버지는 처지를 비관하며 알코올 중독자가 되었다. 술에 취하면 닥치는 대로 기물을 부수고 처자식에게 폭력을 행사했다. 로자는 소냐의 가족을 동정하여 그녀의 집에 드나들게 되었다. 순수한 영혼의 소유자 소냐에 끌리게 된다. 로자는 그녀에게 자신이 저지른 범죄를 고백하게 되었다. 여자로서 나락의 삶에 처해있지만 깊은 신앙으로 경건하게 기도하며 사는 그녀를 흠모하였다. 그는 그녀가 시키는 대로 광장으로 나가 땅에 입 맞추고 사람들을 향해 엎드려 빌며 죄를 고백한다. 광장의 사람들은 그가 너무 가난하여 고통받아서 미쳤다고 손가락질하였다. 그는 소냐의 설득과 권유로 자수한다. 그의 신념을 아는 경찰 서장은 그에게 합리적이고 유리한 판결을 받도록 도와주었다. 소냐는 유형지 시베리아로 로자를 따라간다. 로자는 소냐의 신앙을 믿지 않고 자신의 범죄에 대하여서도 뉘우치지도 않았다. 유형지 부근의 사람들은 그녀의 신심과 선행을 보고 그녀를 존경하였다. 로자는 소냐를 통하여 조금씩 동화되어 갔다. 그는 소냐가 읽던 성경의 구절 '나사로의 부활'을 깨닫게 되었다. '나는 부활이요 생명이니 나를 믿는 자는 죽어도 살리라.' 그녀의 성경책은 너무 많이 읽어서 너덜너덜하였다. 그녀는 나사로의 부활을 외우고 있었다. 성경책 구절은 눈물 어린 그녀의 시야에서 파도처럼 너울거렸다. 영웅주의 신념을 지키지 못하는 자신을 경멸하던 그는 소냐의 신앙에 감동한 것이다.

도스토옙스키는 평생 돈에 억눌려 살았다. 그는 글을 쓰고 싶은 열망에 항상 사로잡혀 있었으나 생계가 받쳐주지 않았다. 도박으로 돌파구를 찾아보았으니 그것은 그 자신을 더욱 옥죌 뿐이었다. 그의 문학적 재능도 돈에 휘둘려 신문사나 잡지사 사장들에게 조롱당하기 일쑤였다. 신문사의 원고 마감일을 지키지 못하면 원고료를 받지 못한다. 신문사 사장은 원고 마감일에 의도적으로 자리를 비워 원고를 받지 않았다. 이때 그의 친구들이 우체국의 내용증명을 이용하여 원고 마감일을 지켜주었다고 한다. 주인공인 로자는 작가의 분신이다. 바로 그러한 쪼들림과 갈등 속에서 대작 '죄와 벌'은 생생한 작품으로 태어날 수 있었다. 신앙의 기적 부활은 작가의 작품을 구원하였다. 작가가 말년 60세에 40살이나 차이 나는 아내를 얻은 것도 부활의 기적이라고 할 수 있다. 작가는 원고 마감을 지키기 위하여 속기사를 채용했는데 그 속기사가 바로 아내가 된 것이다. 작가 사후에 아내는 더 많은 일을 했다. 남편의 작품을 정리하고 출판하여 세상에 내어놓은 것이다. 그것은 문둥병자 나사로의 부활과 같았다.

도스토옙스키(1821-1881) : 러시아의 대문호
주요작품 : 죄와 벌, 카라마조프가의 형제들, 악령

킹덤 오브 헤븐 I

당신에게 종교는 무엇인가? 살라딘이 대답하였다.
모든 것EVERY THING! 한참 걸어가다가 뒤돌아서 살라딘이 다시 대답하였다.
아무것도 아니다NOTHING!

보스포루스 해협은 흑해와 지중해를 연결하는 좁은 바다다. 폭이 좁아 강이라고도 부른다. 강 양안에는 아름다운 별장들이 숲속에 가려져 있고 항구에는 호화유람선이 즐비하게 매어져 있다. 아름답고 평화롭기만 하다. 그러나 이곳에서 역사 이래 수많은 전쟁을 일어났다. 이 강을 경계로 유럽과 아시아가 나뉘고 기독교와 이슬람이 나뉜다.

중세에는 강의 서편에 부유한 기독교 국가 동로마 비잔티움이 있었고 강의 동편에는 호전적인 이슬람교도 튀르크가 있었다. 비잔티움이 튀르크에게 공격당하여 국토를 빼앗겼다. 비잔티움은 교황에게 도와줄 것을 호소하였다. 교황은 비잔티움을 도와주는 척하였다. 교황은 이것을 핑계로 유럽을 장악하려고 하였다. 강 건너

소아시아는 유럽인들의 육로로 가는 성지순례 코스였다. '예루살렘은 우리의 모든 것이다.' 1095년 우르바누스 교황은 프랑크인 들을 선동하였다. 십자군을 모집하여 성지 예루살렘을 탈환하자는 것이었다. 중세의 유럽은 뚜렷한 국가나 지도 세력이 없이 서로 약탈 침략하고 있었다. 무력으로 살아가는 중세의 기사들은 시한폭탄 같은 존재였다. 그 기사들이 교황의 선동에 넘어갔다. 교황은 머지않아 교회도 그들의 약탈과 침략을 당할 것으로 예견하였다. 교황은 카노사에서 왕을 굴복시켰으나 그에 대한 보복을 받고 있었다. 교황은 기독교의 원죄 의식을 교묘하게 이용하였다. 유럽인들이 악마라 부르는 이교도들을 무찌르는 것은 속죄하는 것이라고 믿게 하였다. 기독교의 교리에는 속죄하려면 보속이 따른다고 한다. 그 보속으로 마음의 평화를 얻는 것이다. 교황은 은근히 다른 것을 바라고 있었다. 영토와 전리품이었다. 교황은 기사들을 향하여 장엄하게 명령하였다. "가라 예루살렘으로! 신께서 그것을 원하신다."

프랑크의 신심 깊은 귀족 고드프로와, 보두앵 형제, 용병 집안의 거칠고 사나운 보에몽 기사가 1차 십자군 원정에 나섰다. 그들의 1만 5천 군대가 보스포루스 해협을 건너가기 위해 콘스탄티노플에 도착하였다. 동로마 비잔틴제국의 황제 알렉시스는 엄청난 숫자의 십자군이 몰려오는 것을 보고 기절초풍하였다. 그들이 원정에 필요한 식량을 요구한 것이다. 작년에는 성지탈환을 하겠다고 오합

지졸 거지 떼 십자군이 왔었다. 그 십자군을 겨우 소아시아로 실어 보내버리느라고 곤욕을 치렀다. 그들은 소아시아 내리자마자 튀르크 군에게 몰살당했다. 그러나 이번에 온 십자군들은 제대로 무장되었고 출신 성분도 귀족들이었다. 알렉시스 왕은 이들을 이용하기로 하였다. 원정에 필요한 식량과 보급을 책임지고, 그 대신 십자군이 점령한 곳은 비잔틴제국에 귀속시키는 계약을 하였다. 순진한 기사들은 예루살렘 탈환에만 들떠 있었다. 그들의 용맹한 성심으로 보스포루스 해협을 건너가 튀르크족의 땅 니케아를 점령하였다. 비록 땅은 비잔틴제국에 귀속시킬 것이나 전리품을 차지할 욕심에 들떠 있었다. 그러나 알렉시스 황제가 튀르크와 몰래 협상하여 항복을 먼저 받아냈다. 튀르크는 재물과 인명의 약탈을 당하지 않고 협상으로 순순히 재물을 내어주고 성을 보전한 것이다.

십자군은 비잔틴 황제에게 배신당했으나 니케아 성을 점령한 성과가 있어 신앙심은 더욱 고무되었다. 그들에게 우연의 행운이 연속되었다. 니케아 성을 빼앗긴 튀르크가 그들을 추격하였다. 팀을 나눠 진군하던 십자군 중 한팀이 결사 항전을 하고 있었다. 튀르크가 화살을 다 써버렸을 때, 앞서가던 다른 팀들이 구출하러 달려왔다. 무기가 떨어진 튀르크는 돌아갈 수밖에 없었다. 십자군들은 그것을 신의 도우심이라 믿었다. 식량과 보급을 책임지기로 한 비잔틴제국과의 계약은 이미 파기되었으므로 그들이 믿어야 할 것은 신의 도우심 뿐이었다. 그들은 우르바누스 교황 앞에서 신에게 성지탈환을 위하여 성전 할 것을 서약하였다.

거점도시 에데사를 점령하였다. 십자군의 전쟁 물자를 대주는 유력한 배후도시를 확보한 것이다. 주변의 이슬람 영주들은 머뭇거렸다. 서둘러 출병하면 이웃 다른 영주들이 기회를 틈타 영토를 탈취하기 때문이다. 중동은 서로 다른 종족과 종교 집단으로 분열되어 있었다. 오리엔트의 가장 부유한 도시 안티오크도 십자군의 손에 떨어졌다. 극한 순간에 성창聖槍 롱기누스가 발견되었다. 롱기누스 창이란 로마 병사가 십자가에 매달린 예수의 사망을 확인하기 위해 옆구리를 찔렀던 창이다. 그것이 거룩한 성전에 목숨을 바치는 십자군들에게 발견된 것이다. 창의 진위는 중요하지 않았다. 오직 성지탈환을 위한 신앙만이 진실이다. 행운은 계속되었다. 튀르크족 군의 진영에 유성이 떨어져 화재가 발생했다. 십자군들은 신께서 자신들을 돕고 계신다고 눈물을 흘리며 감격했다. 행운을 만들어 그 행운을 신앙으로 믿으면 된다. 예루살렘으로 가는 주요 거점도시 이슬람 왕국들은 저항하지 않았다. 이슬람 왕국들은 분열되어 있어 서로 의심하고 이익을 따지느라 성전 결의를 하지 못했다. 십자군은 그것도 신의 도우심이라 굳게 믿어 의심치 않았다. 길고 험난한 여정 끝에 마침내 십자군은 예루살렘에 도착하였다. 1099년 6월 7일이었다. 십자군은 무릎 꿇고 두 손을 모아 감격의 눈물을 철철 흘리며 신께 감사를 드리고 찬양을 올렸다. '주님의 사랑을 무기로 삼고 전진하며 나아 갈 때 대적할 자 없으리'

난공불락의 견고한 예루살렘 성벽을 마주했을 때 십자군들에게 또 기적이 찾아왔다. 이슬람교도들이 십자군들의 공격에 대비하여 수목을 잘라 땅에 묻어 감춘 것을 발견하였다. 그 목재로 공성 탑을 만들어 성문을 부쉈다. 마침내 예루살렘 성이 함락되었다. 500년 동안 성전을 더럽힌 이교도들을 죽였다. 아이, 여자, 노약자 닥치는 대로 죽였다. 성전에 죽은 이교도의 피가 발목까지 차올랐다. 그것 또한 기적, 사악한 기적이었다. 그들은 신의 정의를 실현한다는 사명감에 북받쳐 이슬람 사원을 파괴하고 모욕하여 마구간으로 만들었다. 그들은 이슬람을 파괴하는 모든 것을 허용하였다. 예루살렘은 지옥의 모습을 한 그들의 천국이 되었다. 고향을 떠난 후 3년이 지났다.

성직자 출신 보두앵이 예루살렘 왕이 되었다. 천국은 지켜져야 했다. 교황은 성탄절에 그를 불러 대관식을 거행하였다. 환호하는 민중 속을 걸어가며 그는 당당하고 담담했다. 그는 예루살렘에서 대립과 갈등 보복을 하지 않기로 하였다. 그 모든 것은 다 지나간 일이고 땅 위의 천국을 유지 발전시켜야 하는 책무에 전념하였다. 땅 위의 천국은 신앙과 기적으로만 이루어지지 않는다는 것을 그는 잘 알고 있었다.

보두앵 가문은 착실히 예루살렘 왕을 계승하여 4세에 이르렀다. 4세에게 천형 문둥병이 내려졌다. 보두앵 4세는 그 병을 신이 내린 은총으로 받았다. 그로 인해 죽음을 맞았어도 담담히 왕의 책무를 수행하였다. 예루살렘 사람들은 보두앵 4세에게 감동하였다. 그가 문둥병에 걸렸다고 꺼리는 사람은 아무도 없었다. 그는 이교도와 성전을 벌일 때는 아픈 몸을 말馬에 묶어 참전하였다. 예루살렘은 진정한 천국의 모습을 닮아 가고 있었다.

킹덤 오브 헤븐 : 2005년 5월 6일 미국 개봉 제작.
(감독) 리들리 스콧. (주연) 올랜도 블룸. 에바그린. 리암 니슨

킹덤 오브 헤븐 Ⅱ

보두앵 4세에게 미망인 여동생 시빌라가 있었다. 후손이 없는 보두앵 4세는 시빌라의 어린 아들 조카에게 왕위를 물려주었다. 그러나 어린 조카도 문둥병으로 곧 죽어 버렸다. 외로운 시빌라는 십자군 기사 중에 기드 뤼르낭을 연모하여 재혼하였다. 그는 왕권을 탐내 시빌라에게 접근한 것이다. 그 남자 기드는 고향인 영국에서 폭력배였다. 살인과 폭력을 행사하며 사는 그를 고향 사람들이 십자군에 종군하라고 내쫓았다. 예루살렘의 십자군 지도자들은 이 부부를 강제로 이혼시켜 떼어 놓았다. 그렇게 한 다음 그녀를 여왕으로 모셨다. 여왕 시빌라는 왕위를 물려받자마자 자신이 친히 왕명을 내려 기드와 다시 결혼하였다. 결혼하여 자신의 왕위까지 남편이 된 기드에게 물려 주었다. 시빌라의 행위에 예루살렘의 십자군들은 실망하고 탄식하였다. 그녀는 피와 폭력으로 이룬 예루살렘 왕국이 싫었다. 그녀는 죽은 오빠 보두앵의 가면을 벗겨보았다. 문둥병으로 끔찍이 문드러진 오빠의 얼굴은 지옥의 모습 같았다. 오빠가 문드러진 얼굴을 가면으로 감추며 지켜야 했던 천국은 기드의 것이 맞는 것 같았다. 상처를 받은 사람들은 지상 천국의 속성을 누구보다 잘 알기 때문일 것이다.

한편 예루살렘을 빼앗긴 이슬람 세력은 반격을 준비하였다. 이들은 평온하게 살던 보금자리를 십자군에 부당하게 빼앗기자 서서히 단결하게 되었다. 지중해의 남쪽 지역은 가장 큰 세력 이집트의 영향이 컸다. 소수 민족 출신 살라딘이 이집트의 수장이 되었다. 전 예루살렘 왕 보두앵은 예루살렘의 안전은 이집트를 장악하는 데에 있다는 것을 깨닫고 암중모색하였으나 문둥병에 걸려 죽고 말았다. 왕위를 물려받은 기드는 살라딘을 자극하여 전쟁을 일으켰다. 그는 프랑크 기사단의 전형적인 중장갑 무장 기병 공격의 전술을 썼다. 그것은 물도 없는 사막에 반하는 치명적 전술이었다. 결과는 참패였다. 지형을 잘 아는 살라딘 군은 십자군이 물을 마실 수 없도록 호수를 봉쇄한 것이다. 그들은 프랑크 기사단의 말을 먼저 공격해서 물 없는 사막에 고립시켰다. 살라딘에 사로잡힌 기드의 첫 번째 말은'물~'이었다. 물이 그에게 지상의 천국이었다.

이제 예루살렘 탈환을 위하여 이슬람의 영웅 살라딘의 반격이 시작되었다. 예루살렘은 이슬람의 성지이기도 했다. 이 싸움은 누가 뭐래도 평온하게 사는 이슬람교도를 기독교도가 먼저 공격한 것이다. 이슬람의 지도자 살라딘은 신앙으로 단결하는 것이 전쟁에서 승리할 수 있음을 알았다. 그들은 이 전쟁을 성전聖戰 지하드라고 불렀다.

살라딘과 전투에서 탈출한 기사 중에 발리앙 이라는 사람이 있었다. 중동에서 나고 자란 프랑크인 이었으며 아랍어에 능통했다. 그는 살라딘에게 포위된 예루살렘 성안에 있는 가족을 데려갈 수 있게 허락해 달라고 부탁하였다. 살라딘은 관대하게 그것을 허락하였다. 가족을 데리러 발리앙이 예루살렘 성안에 들어갔다. 성안 사람들은 발리앙에게 그들의 지도자가 되어 달라고 애원하였다. 그들은 최후의 한 명까지 죽기를 각오하고 성전을 할 것을 맹세하였다. 발리앙은 살라딘에게 가족만 데리고 나오기로 했으나 지도자가 되어 약속을 어겨서 미안하다고 사과의 편지를 보냈다. 살라딘은 그 또한 이해한다, 어쩔 수 없지 않으냐는 답장을 보냈다. 곧 예루살렘은 철저히 포위되었으며 성문을 부수고, 사수하는 불꽃 튀는 공방전이 벌어졌다. 성안 사람들이 절대적으로 불리한 전투였다. 발리앙은 단신으로 적진으로 가서 살라딘을 만났다. 그는 벼랑 끝 전술을 토로하며 살라딘을 위협했다. '성안에 남은 이슬람 세력을 다 죽이고 최후의 한 명까지 싸우다 죽을 것이다. 그러나 기독교인들의 몸값을 받아주고 안전한 귀국을 보장해 주면 우리도 질서를 지켜 예루살렘을 질서 있게 넘겨줄 것이다.' 살라딘은 발리앙의 협상을 받아주었다. 살라딘은 관대하게 예루살렘 성안의 유럽 인들을 무사히 귀국할 수 있도록 해안까지 호송해 주었다.

살라딘은 예루살렘 성을 평화적으로 되찾았다. 1187년 10월 9일, 88년만 이었다. 그는 예루살렘을 재건하고 이슬람 사원을 복구하였다. 놀라운 것은 예수가 묻힌 성묘교회를 그대로 보존하였다. 성묘교회를 지키는 기독교 사제의 거주를 허락하고 순례자의 통행도 허락하였다.

교황은 부끄러운 고백을 하였다. 패배를 인정한 것이다. 그러나 놀라운 일이 또 벌어졌다. 유럽의 왕들이 자진하여 성전을 결의하였다. 살라딘의 용맹과 관용에 놀란 것이다. 프랑스, 독일, 영국의 왕들이 재산을 팔고 통치권을 팔아서 무기와 장비를 마련하였다. 성지탈환을 위한 구체적인 전술 전략을 세웠다. 영토분쟁을 하며 서로 싸우던 왕들은 휴전 협정을 맺었다. 그들은 함대를 마련하고 해안 따라 보급선 루트를 개척하여 진군하였다. 영국 왕 리처드 1세는 그 용맹함과 지략을 떨쳐 사자심왕이라는 존칭을 얻었다. 키프로스 섬을 점령하여 배후에 보급기지를 확보하였다. 해안 따라 전진하는 십자군 부대를 따라 바다에는 전쟁 물자를 실은 함선이 따랐다. 군대는 치밀한 전략으로 흩어지지 않았다. 살라딘 기마대가 대열을 지어 전진하는 십자군을 치고 도망쳤다. 사자심왕은 그들을 쫒아가지 말라고 명령하였다. 망망대해 같은 사막으로 달아나는 적을 쫒으면 군대는 흩어지기 때문이다. 마침내 사자심왕이 거느린 영국 십자군이 먼저 예루살렘에 도착하였다. 그러자 사자심왕의 공을 시기한 유럽 왕들은 차례로 핑계를 대며 철수하였다. 예루살렘은 경제적 가치가 없는 허울뿐인 성지라는 것을 깨달게 된 것이다. 하지만 아무도 그것을 공공연하게 떠벌릴 수가 없었다. 병을 핑계 대었고 국내 사정을 핑계 대면서 슬슬 빠져나갔다. 프랑스 왕은 돌아가서 몰래 영국과 전쟁 준비를 하였다. 사자심왕도 예루살렘 점령이 무모하고 헛되다는 것을 깨달았다. 점령 후 유지 관리에 엄청난 인력과 물자가 필요하다. 인력 물자를 지원해주어야 할 본국 영국은 프랑스와 전쟁을 벌이고 있었다. 사자심왕은 현명하게 십자군 전쟁 중지를 선언하였다.

십자군을 일으킨 교황청의 권위는 서서히 실추되었다. 교황을 배제하고 유럽은 같은 이념과 이권을 중심으로 뭉쳐 근대국가로 나갔다. 이탈리아반도는 십자군 원정의 최대 수혜자가 되었다. 전쟁 물자 수송과 기착지 역할로 막대한 부를 축적하였다. 전쟁이 끝난 후에도 유럽인들의 성지순례 여행 상품을 개발하여 부를 누렸다. 그 부로 르네상스가 일어났다. 이탈리아에 예술과 문화가 꽃피었다.

유럽인들이 신앙심에 들떠 성지를 탈환하려 팔레스타인에 노도같이 몰려갔으나 그곳에 천국은 없었다. 그러나 그것은 그때 그들의 모든 것이기도 했다. 영국으로 돌아가는 길목에서 발리앙이 이슬람의 살라딘에게 물었다. 당신에게 종교는 무엇인가? 살라딘이 대답하였다. 모든 것EVERY THING! 한참 걸어가다가 뒤돌아서 살라딘이 다시 대답하였다. 아무것도 아니다NOTHING!

2019년 6월 나는 마침내 터키로 여행을 떠났다. 보스포루스 해협을 건너 성 소피아 성당에 들어갔다. 비잔틴제국의 장엄한 성당은 이슬람 사원으로 바뀌었다. 코란의 글자들이 무성하게 기독교 성화를 덮어버렸다. 미처 덮지 못한 성화는 인물의 눈을 파내었다. 손이 미치지 못한 천장에 천사들이 눈을 부릅뜨고 있다. 눈도 10개 날개도 10개쯤 달고 있다. 천사의 최고계급 치천사熾天使라고 한다. 천사는 하느님의 일을 하고 인간의 삶에 개입하지 않는다고 한다. 종교 전쟁은 인간들이 땅을 뺏는 싸움이었다. 살라딘의 말은 땅은 모든 것이고 하늘은 아무것도 아니라는 말이라는 뜻인지도 모른다.

탁류

여자의 정조란 생리의 한 수단이지 결코 생명의 주재자가 아니다.

탁류는 1937년 10월 12일부터 1938년 5월 17일까지 조선일보에 연재되었다. 소설의 무대는 전북 군산이다. 군산은 금강 하류에 있는 항구도시이다. 일제강점기에 일본이 조선의 쌀을 수탈해서 군산에 집산해 쌓아놓고 배에 실어 갔다. 내가 이 소설에 관심을 두고 읽게 된 것은 바로 이 쌀에 대한 내 애착 때문이다. 우리 가족은 드넓은 호남평야에서 벼농사를 지었다. 그 시절 쌀은 우리나라의 모든 것이었다. 쌀밥은 가장 좋은 음식이었다. 나는 생쌀을 호주머니에 그득히 넣고 다니며 씹었다. 그 고소하고 담백한 맛이란 아무리 먹어도 질리지 않는다. 어른들은 아이들에게 생쌀을 씹어 먹으면 회충에 걸린다고 겁을 주었다. 이 세상에서 가장 아름다운 것이 하얗게 투명하게 빛나는 쌀이다. 그 빛은 이른 아침 햇빛에 빛나는 윤

슬이요. 잔잔한 강 물결에 뿌리는 햇빛이다. 부서지는 파도와 폭포다. 금강에 대한 아득한 추억이 있다. 금강하구에 살았던, 지금은 소식도 모르는 친구의 추억이 있다. 그 친구가 정성껏 만들어 준 시화집을 40년이나 간직하고 있다. 그때 보았던 군산의 검은 지붕 일본식 양옥집과 호수처럼 고여 흐르던 거대한 금강 하류의 기억이 새롭게 되살아난다. 그 친구가 보내 준 시화집도 그랬다. 검게 빛나는 빌로드 앨범에 갖가지 꽃잎과 나뭇잎이 아기자기 붙어있다. 그 크고 검은 앨범 표지는 금강처럼 반질반질 윤이 났다.

이 소설을 읽으면서 내가 가장 감탄한 내용은 쌀 시장이다. 단순히 쌀을 사고파는 것이 아니다. 내가 경영대학원에 가서야 겨우 배운 풋옵션과 콜 옵션을 구사하는 선물시장이다. 정보와 소문으로 쌀값이 폭등하고 폭락한다. 큰 손은 돈을 벌고 빚내서 투기하는 사람은 깡통을 찬다. 운으로 돈을 따면 그 운을 믿고 또 투기하고 끝내 다 잃고 빚만 는다. 그러나 투기꾼은 이 시장을 떠나지 못한다. 이 소설의 주인공 채봉이의 아버지 정주사가 그렇다. 작가는 이 사람을 인간기념물이라고 하였다.

일제강점기에 우리나라의 은행과 은행원이 소설에 등장한다. 다가오는 새 시대의 자본주의의 표상이다. 은행에는 당좌수표를 발행하고 있었다. 이 당좌수표가 부도가 나면 세상이 휘청거린다. 주인공 채봉을 사랑하는 은행원 고 태수가 바로 부도수표이다. 바닥난 은행 잔고와 같은 도덕성이 없는 그가 청류淸流의 채봉을 사랑한 것은 당좌수표를 남발하는 것이다. 주인공 채봉은 부도난 당좌수표 때문에 탁류가 되어버렸다.

군산에는 일제강점기 일본의 쌀 수탈이 자행되고 있었다. 군산에 사는 사람들은 별다른 저항을 하지 않고 식민지의 삶을 꾸려나가고 있다. 다섯 식구의 가장 정주사는 쌀 선물시장 투기로 모든 재산을 잃고 빈털터리가 되었다. 그래도 그는 쌀 선물시장을 떠나지 못한다. 그의 큰딸 채봉은 심청이같이 참하고 청순하다. 무능한 아버지를 대신하여 직장에 나간다. 그의 집안은 신판 흥부전이다. 굶기를 밥 먹는 듯이 한다. 수입은 아래채 방세뿐이다. 그 방에 세 들어 사는 사람은 병원에서 일하는 의사의 조수 남승재이다. 그는 장차 의사가 되기 위하여 그 방에서 주경야독하는 사람이다. 가난한 고아지만 곧고 바른 사람이다. 큰딸 채봉과 눈빛과 가슴으로 사랑한다. 그 사랑에 대한 확신은 없지만 서로 순수하게 사랑하였다. 그러나 채봉은 집안을 살려내기 위하여 부도수표 같은 은행원 고 태수에게 시집을 간다. 고 태수는 은행에서 당좌수표를 결재하는 부서에서 일한다. 그는 남의 당좌수표에 가짜 서명하여 수표를 발행한다. 그 수표를 하수인 꼽추 장형보를 시켜 쌀 시장에 투기하고 있다. 가짜 서명한 당좌수표가 최종 당좌계로 돌아오면 담당자인 고 태수가 결재하면 그만이다. 당좌 시재가 줄어들어도 그것은 일일이 회사의 잔고와 대조하지 않으면 잘 모른다. 게다가 시중에 아직 돌고 있을 당좌수표의 금액도 확인되지 않는다. 그는 쌀 선물시장에서 한몫 잡아 당좌의 잔고를 맞춰놓을 셈이었다. 그러나 그의 투기는 실패하였다. 투기의 속성은 실패하여도 끝을 내지 못한다. 그는 점점 더 많은 당좌수표를 발행하고 말았다. 그는 도덕관이 없어서 남의 유부녀와 불륜을 맺고 있다. 채봉이와의 결혼자금도 당좌수표를 돌려서 마련하였다. 그의 하수인 꼽추는 당좌수표를 사채시장에 돌려 쌀 선물시장에 투기를 도왔다. 그는 당좌수표의 부도나기를 호시탐탐 노린다. 그 당좌수표를 할인하여 한몫 챙겨 군산을 떠나 사채업자가 되는 것이 그의 장래 꿈이었다. 그리하여 채봉이도 차지할 셈이다. 꼽추는 기어이 일을 터트렸다. 고태수의 불륜이 탄로 나게 하였다. 고 태수는 불륜녀의 남편에게 살해되었다. 꼽추는 채봉이를 차지하였다. 채봉이는 탁류가 되었다. 아이도 낳았다. 그녀는 더 이 상 살고 싶지 않았다. 꼽추를 살해하였다. 그녀는 내보살內菩薩, 외야차外夜叉가 되었다.

채봉이의 동생 계봉이는 탄력 있는 아침이다. 그녀는 현실을 바로 인식하고 사는 똑똑한 여성이다. 현실에 안주하지 않고 더 나은 미래를 위하여 행동하고 노력하는 여성이다. 그녀는 약제사가 되기 위하여 공부한다. 그녀는 언니의 일생을 돌려놓고 싶다. 여자의 정조란 생리의 한 수단이지 결코 생명의 주재자主宰者가 아니다. 가령 열 번 결혼했다고 하더라도 그 열 번이 번번이 다, 정조 적일 수 있다. 설령 불가항력으로 정조를 잃었다 하더라도 그것이 인생의 실권失權일 수 없다.

남승재는 계봉이를 좋아한다. 첫사랑 초봉이의 동생인 것이 조금 망설여진다. 계봉이도 마찬가지다. 똑똑한 그녀는 언니의 사랑을 되돌리게 할 수 없다는 것도 잘 알았다. 계봉이는 남승재와 함께 언니를 꼽추 장형보에게서 구해내려는 계획을 짰다. 그러나 언니는 이미 꼽추 장형보를 죽여버렸다. 그녀는 자결할 결심을 하였다. 동생 계봉이는 언니에게 굳건히 말한다. 자수하여 벌을 달게 받자고 하였다. 그것은 청류의 희망이었다.

이 소설을 좋아하게 된 것은 시대와 환경묘사다. 전라도 방언을 맛깔스럽게 표현하였다. 작가는 어지러운 일제강점기의 시대 상황을 대놓고 표현할 수는 없었을 것이다. 대신 풍자하고 비꼬았다. 지금 읽어도 시대의 탁하고 갑갑함이 그대로 느껴진다. 가난한 민중이 그 가난을 벗어나는 것은 예나 지금이나 어렵고 힘든 일이다. 계봉이는 세상이 통째로 가난 병이 들었다고 하였다. 분배가 공평치 않기 때문이라고 하였다. 이것은 조선의 쌀이 일본에 빼앗기는 것을 뜻한다. 그 부당한 수탈이 조선 민중에게 몹쓸 전염병이 퍼뜨렸다. 부당한 방법이 판을 친다. 그것은 고태수가 천냥 만냥 돌려대는 당좌수표처럼 부도가 정해져 있다. 채봉의 아버지처럼 투기로 몰락하여 인간기념물이 된다. 남승재의 야학에서 배우는 어린이들마저 병들었다. 그들의 꿈이 조선총독부 직원, 순사가 되는 것이다. 단순히 월급을 많이 받기 때문이라고 하였다. 작가도 친일로 돌아섰다.

하류에서 바다로 가기 전에 소용돌이치며 역류하는 탁류는 청류의 기억을 가졌다. 남승재의 조그마한 사업 야학은 청류의 기억이다. 굳건하고 실한 종아리로 당당하게 땅을 딛고 서 있는 계봉이는 언젠가 솟구칠 것이다. 작가 채만식은 글쓰기로 현실을 풍자하며 불운한 한 시절에 맞섰다. 해방 후 작가는 친일한 것을 뉘우쳤다. 채만식의 탁류와 청류는 금강이다. 그 금강 하류의 군산항은 하류에서 일제에 쌀을 실어주는 오욕을 뒤집어썼었다. 지금은 고요하게 공업도시로 거듭나고 있다. 청류의 기억을 가진 도시이다.

채만식(1902-1950) : 전북 군산
주요작품 : 레디메이드 인생. 탁류(1937년 조선일보 연재). 태평천하. 인텔리와 빈대떡

2부

산은 듣고 나는 말하고

江華에 가다

· 고통과 수난 속에 핀 꽃이야말로 이 세상에서 가장 아름다운 꽃이랍니다!

부산에서 강화까지 갈 엄두가 나지 않았다. 영하의 날씨는 계속되고 폭설도 쌓이고 있다. 2014년의 끄트머리에서 옛 중학교 친구들을 만나서 송년회를 하기로 하였다. 흉금 없는 40년 지기 친구들과 실컷 웃고 떠들어야 내년에도 잘 버티고 살 수 있을 것 같다. 망설임 없이 KTX 열차표를 예매하였다. 강화도는 예부터 외세의 침입을 자주 받았고, 그때마다 꿋꿋이 버티어낸 의기의 섬이다. 강화도로 여행길은 그래서인지 좀 숙연한 기분이 든다. 찬바람에 옷깃을 세우면서 춥다고 말하지 못하겠다.

머릿속에 맨 먼저 떠오르는 사람은 강화 도령 이원범, 조선 25대 철종 임금이다. 떠꺼머리 나무군 총각이 하루아침에 임금이 된 이야기는 조선 시대 최대의 기적 같은 이야기로 회자 되고 있다. 그러나 그것은 절대로 기적 같은 일이 아니었다. 철종 임금의 가계도를 거슬러 올라가 보면 비운의 왕자, 사도세자와 닿아 있다. 철종의 할아버지와 바로 위의 형이 왕위를 차지하기 위한 권력의 암투에 휩쓸려 목숨을 잃었다. 나무꾼을 왕으로 만들기 위하여 운명은, 이미 3대의 남자 직계존속의 목숨을 앗아 간 것이었다. 더욱 슬픈 사건도 있었다. 철종의 할머니와 형수도 천주교 박해에 휩쓸려 처형당하고 말았다. 남편을 잃고 외진 서궁에 기거하던 왕가의 불우한 여인들에게 주 문모 신부가 찾아들었다. 주 문모 신부는 우리나라에 천주교 전교를 위하여 중국에서 파견을 온 것이다. 천주교도 색출에 한층 열을 올리던 조정의 눈을 피할 수 있는 곳이 아이러니하게 궁궐이었다. 왕가의 두 여인은 주 문모 신부에게 세례를 받았다. 곧 천주교도들은 세도정치의 세력다툼에 희생양이 되었다. 두 여인은 추풍낙엽처럼 목이 떨어졌다.

이 순이, 왕가의 여자도 순교하였다. 그녀도 주 문모 신부에게 세례를 받았다. 그녀는 세례를 받을 때 수녀가 되고 싶다고 하였다. 주 문모 신부는 그녀를 전주의 지주 아들 유 중철에게 중매했다. 유 중철도 주 문모 신부에게 세례를 받을 때 수도자가 되고 싶다고 한 것이다. 주 문모 신부님은 천주교도 박해가 심할 때라 두 사람을 결혼으로 엮어 신앙을 지키게 하였다. 수도자로서 두 사람은 혼인식을 치르고 겉으로는 부부가 되었다. 이후 천주교가 공인되었다면 그들은 우리나라 최초의 수도자가 되었을 것이다.

두 사람도 체포되어 처형당하고 말았다. 두 사람 사후 남편 유 중철의 품속에 아내 이 순이의 옥중편지가 있었다. 고이 순교하여 천국에서 다시 만나자는 내용이었다. 놀랍게도 두 사람은 혼인은 하였으나 서로 정절을 지켰다. 감옥에서 그녀는 속치마를 뜯어 친정어머니에게도 편지를 써서 보냈다. 4년의 결혼 생활 동안 두 사람은 정절을 지켜 서로 신앙심을 북돋웠다 쓰여 있었다. 둘은 동정 부부로서 순교하였다. 세계 어느 나라에도 없는 일이었다. 1801년 순조 대부터 시작된 신유박해였다.

이 순이는 철종 임금의 누이다. 두 사람의 순교를 조선 천주교박해사에서는 피 묻은 쌍 백합이라 부른다. 철종은 재위 동안에 천주교도 박해는 하지 않았다.

나무꾼 총각 이원범이 왕이 된 것은 수많은 조상의 순교에 값하는 것이었다. 군주로서 자질과 역량이 없었던 철종은 격랑의 역사에 휘둘리다 33세에 후손도 없이 일찍 죽었다. 사도세자의 또 다른 혈육 흥선 대원군의 아들, 이 명복이 왕위에 올랐다. 26대 고종 임금이었다. 나이가 어려 아버지 흥선 대원군이 섭정하게 되었다. 그는 과감하게 정적들을 제거하고 외인들을 배척하는 쇄국의 정책을 폈다. 불우한 환경에서 오랜 시간 멸시와 모멸을 참으며 살아야 했던 흥선 대원군의 울분이 터진 것이다. 조선왕조의 본향 전주에서 오래 살았던 나는 조선왕조가 강화도에서 당한 역경에 더욱 마음이 쓰이고 슬퍼진다.

그 강화도에 1866년 병인양요가 터졌다. 프랑스 함대가 조선이

자국의 신부 9명을 처형한 보복을 한 것이다. 강화도는 프랑스 군대에 짓밟히고 약탈당했다. 거대 군함과 신무기 대포를 앞세운 침략이었다. 우리의 용감한 양헌수 장군의 지략과 결사 항전으로 전쟁은 조선의 승리로 끝났다. 퇴각한 프랑스의 로즈 제독은 패전을 숨기기 위해 외규장각 도서 297책을 전리품으로 약탈해 갔다. 약탈해 간 그 책으로 승전했다고 떠들었다. 그는 의기양양하게 강화도를 약탈 방화한 보고서를 작성 그들의 해군성에 보고했다. 약탈당한 외규장각 도서는 유럽에 한국을 알리는 계기가 되었다. 고고하게 아름답고 정교한 도서를 본 유럽인들은 가슴이 쿵쿵 뛰었다. 그 책을 만든 종이는 현대에도 만들지 못한다고 한다. 그림의 채색 물감도 만들지 못한다. 단원 김 홍도의 도화서 화원들이 그리고 채색하였다. 팔천여 명 인물들의 표정은 모두 다르고 의복은 속옷까지 그려 넣었다. 그 도서들은 일부 잿더미가 되었고 채색과 그림이 좋은 책은 프랑스가 대영박물관에 팔아넘겼다. 남은 도서는 5년마다 임대 형식으로 조국에 돌아온다. 병인양요의 승리는 상처뿐이었다. 짜고 거센 해풍이 강화도의 상처를 헤집고 핥았다. 강화도는 그냥 앓으며 참고 견딘다.

지도에서 보면 강화도는 한강이 끝나는 앞바다에 떠서 꽃같이 흔들린다. 수도 서울을 뱃길로 가고 오는 시작이요 끝 지점이다. 떠나는 사람들의 소망과 돌아오는 사람들의 소망이 마음속에서 설레면서 꽃처럼 피어오른다. 그래서 지명이 강의 꽃이 피는 강화이다.

조선은 1876년 일본과 강화도조약을 맺고 항구를 개방하였다. 강압적이고 불평등한 조약이었다. 개방할 줄 모르고 오랜 척왜양이斥倭攘夷 정책으로 자기 안에서 들볶고 뒤집던 무능한 조선 정부였다. 우리나라는 이 강화도조약을 시작으로 문호가 개방되었다. 강화도의 거센 물결을 타고 외세가 우리나라를 휩쓸었다. 상처 위에 상처를 키우는 아픈 역사가 되풀이되었다. 강화도를 생각하면 마음이 아프다.

"백만 송이 백만 송이 백만 송이 꽃은 피고~"

팬션의 노래방에서 나는 이 노래를 불렀다. 원래 이 노래는 러시아의 압제에 시달리던 소수민족 라트비아인이 부르던 민요였다고 한다. 강화도에 와보면 애국자가 된다. 강화도는 생각할수록 애틋하고 서럽고 슬프다. 마치 이루지 못한 젊은 날의 내 사랑인 것 같다. 오늘 모인 친구들은 모두 가난 속에서 자랐다. 우리 모교는 가난한 사람을 위한 공민학교였다. 좋아하는 남학생이 있어도 멀리서 보며 응원할 뿐이었다. 그에게 말 한마디 잘못해서 행여 혼란을 줄까 봐서 아닌 척, 모르는 척했던 추억들이 아쉽다. 희끗희끗 흰머리가 보이는 그 남자 동창들 그간 고생 참 많았겠다.

바깥으로 바람을 쐬러 나오니 바람이 너무 차다. 바람이 칼칼하게 몸을 찔렀다. 강화도의 시커먼 갯벌이 얼어서 살얼음에 비벼져 있었다. 흉하게 일그러진 상처처럼 느껴졌다. 강화도가 외세에 침탈되었던 수난을 생각나게 했다. 멀리서 밀물이 슬금슬금 다가오는 것이 보였다. 금 새 속도를 내어서 왈칵왈칵 다가왔다. 나는 다가오는 밀물을 바라보며 강화도에 말을 걸었다.

'당신이 고통과 수난이 없이 핀 꽃이라면 나는 당신을 좋아할 수 없어요. 당신은 흥선 대원군처럼 완강하고 고집스럽지요. 외세에 유린당하고 파헤쳐진 아프고 쓸쓸한 상처가 있지요. 기어이 그들을 물리쳐 낸 당신은 동정 부부같이 순결합니다. 고통과 수난 속에 핀 꽃이야말로 이 세상에서 가장 아름다운 꽃이랍니다!'

나는 다가오는 밀물을 담담하게 바라보았다. 친구들이 추운데서 있지 말고 어서 들어오라 소리쳐 불렀다. 고난 속에서 피어난 꽃, 강화 섬 같은 친구들!

검게 타 버린

신은 진실을 알고 계신다. 그러나 기다리게 하신다.

흑산도 여행을 가게 되었다. 내 맘속에서 검게 타버린 그 사람이 생각난다. 남편이 흑산도를 여행지로 고른 뜻은 무엇일까? 그의 맘속에도 검게 타 버린 사람이 있을까? 짐을 챙기면서 여행 중에 읽을 묵주 기도서를 하나 사 넣었다. 그 사람을 잊기 위하여 그토록 많은 장미를 성모님께 바쳤는데, 지금은 그 기도를 하는 순서도 잊어버렸다. 그는 내 기도로 평안했을까?

모든 것을 육지 위에 내려놓고 홀가분하게 목포에서 흑산도행 쾌속정을 탔다. 배에서 흑산도 아가씨 노래가 흘러나왔다. 노래는 굽이치는 파도를 타고 멀리 바다 위로 퍼져나갔다. 다시 파도는 넘실대며 다가와 뱃전에서 하얗게 부서졌다. 뱃전을 때리는 파도가 나에게 기억을 보챘다.

"검게 타버린~"

배 난간에 기대어 나는 노래에, 파도에 후줄근히 젖는다. 스크루가 돌며 검은 바다를 하얗게 가른다. 좌우에서 작은 섬들이 출렁출렁 다가온다. 내가 탄 배는 비현실의 검은 사이버 세상으로 딸려 들어가는 것 같다. 검게 타버린 기억이 희미하게 되살아나기 시작했다.

바다보다도 더 검은 섬 흑산도가 아득히 나타난다. 이윽고 항구가 다가오고 항구의 상점들이 꿈속처럼 떠오른다. 미카엘, 라파엘, 가브리엘, 천주교 세례명 간판이다. 아! 여기는 조선 시대 천주교를 신앙했던 정약전이 유배를 온 곳이구나!

내가 묵주 기도서를 챙겼던 것이 우연이 아니라는 생각이 번뜻 스쳤다. 흑산도에 뜻밖에 옛사람 정약전이 나를 맞이하는 것이다. 그는 신앙을 배교背教하였다. 천주교 신자를 고발하지 않아 섬으로 유배 가야 했다. 신자들을 고발한 동생 정약용은 육지 강진으로 유배를 배려 받았다. 당시 조선 정부는 연좌제를 걸어 천주교 신자를 색출하였다. 그는 흑산도에 유배되어 사는 동안 흑산의 검을 흑黑자를 몹시 두려워하여 따로 흑산을 자산玆山이라 불렀다고 한다. 그는 생전에 육지를 밟지 못하고 흑산도에서 죽었다. 검게 타 버렸다.

가져온 묵주 기도서를 꺼낸다. 그렇게도 그리워하던 육지를 밟지 못하고 안타깝게 섬에서 죽은 정약전의 영혼을 위로해 주고 싶다. 그가 신자를 고발하지 않은 것은 마음속 깊이 천주교를 신봉하였기 때문일 것이다.

'묵주기도를 매괴玫瑰의 기도라 하는 것은 중국에서는 장미 대신 해당화를 엮으며 기도했기 때문이다. 매괴는 해당화의 한자어이다.'

기도서의 머리말에 조선 초기 천주교 신자들은 해당화를 바치는 매괴玫瑰의 기도를 하였다고 적혀 있다. 흑산도에는 해당화가 무수히 피고 진다. 정약전은 아마도 여기 흑산도에서 유배 생활하는 내내 매괴玫瑰의 기도를 했을지도 모른다. 그는 배교를 후회하였을 것이다.

나도 후회하는 일이 하나 있다. 1979년 그때 나는 사회 초년 생이였다.

'실천적인 사랑을 베풀면 온 세상이 천국으로 변할 것이다' 명작 소설에서 읽은 문구를 외우며 그렇게 살려고 애를 쓰고 있었다.

나는 야간 청소년학교의 교사로 자원봉사를 다녔다. 거기서 나는 그 사람을 만났다. 그는 내게 중학과정을 배우는 나이 많은 남학생이었다. 그는 배우는 학생이었지만 학교를 위하여 자원교사보다도 더 많은 봉사를 하고 있었다. 학교를 너무나 사랑한 그는 교실에서 숙식을 해결하였다. 가난한 학교는 항시 여기저기 허술하게 부서지거나 무너져 있었는데, 그는 학교를 자기 집처럼 애지중지 수리하고 보살폈다.

비가 많이 내린 어느 날이었다. 학교 운동장이 여기저기 파이고 물웅덩이가 생겨서 밤에 헛디딜 위험이 있었다. 그는 혼자서 흙을 퍼서 리어카로 끌어 날라 그 웅덩이를 메우고 있었다. 피로에 지쳐 딱딱한 책상 위에서 팔을 늘어뜨리고 잠자고 있는 그를 보았다. 나는 그가 너무 불쌍해서 가슴이 뭉클했다. 그에게서 동정 이상의 그 무엇인가를 느꼈다. 나는 성급하게 그에게 다가갔다. 그는 놀라 당황하였으나 커다란 행운을 잡은 것처럼 기뻐하였다. 나는 그를 위하여 학교에 더욱 열정을 쏟았다.

그런데 점점 그는 나를 피했다. 마침내 그는 모진 결심을 하고 그토록 아끼던 학교를 떠나버렸다. 나는 그를 만나서 왜 나를 피하느냐고 따졌다. 학교와 나를 위해서라고 말했다. 그는 대학에 가자는 꿈을 같이 할 수 없다고 했다. 내가 학생들을 가르치는 것을 보고 깨달았다고 하였다.

일 년 후 나는 전근을 하게 되었다. 그를 잊기 위해서 나는 다시 대학입시 공부를 하였다. 대학교에 들어가 열심히 공부하면서 나는 그의 생각이 옳았음을 깨닫게 되었다. 그는 나를 만나지 말았어야 했다. 나는 그에게 동정심을 품지 않았어야 했다. 동정심을 베푸는 일이 사람에게 상처를 준다는 것을 처음 알았다.

나는 그를 위하여 묵주기도를 드릴 뿐이었다. 성모님께 세상의 모든 장미를 다 엮어 바친다면 그가 평안해질까? 나는 그를 잊을 수 있을까?

"작아져라. 작아져라. 작아지고 또 작아져라"

장미 화관이 다 만들어졌을 때 나는 이 말을 보속補贖으로 들었다.

무량한 바다에 작은 섬들은 점점이 흩어져 있다. 흑산 섬이 육지로 가려고 바다로 뛰어들었다. 그것은 사이버 세상에서나 가능한 꿈이었다. 섬들은 울다가 지쳐서 선 채로 굳었다. 나와 그 사이는 그렇게 건널 수 없는 바다였을까? 건널 수 없는 바다는 파도가 되어 하염없이 섬을 때린다. 섬들은 통곡하며 울어 예고 있다. 검게 타 버린~ 검게 타버린. 갈매기들 소금 발로 나르며 끼룩끼룩 섬들을 달랜다. 나도 울고 싶다.

정약전은 흑산 섬의 흑黑자를 검을 자玆로 바꾸었다. 검을 자玆는 희미한 빛을 품고 있기 때문이었다. 그는 희미한 빛을 믿으며 수산생물을 그리고 연구하고 기록하기 시작했다. 그가 수산 생물을 그렸던 것은 하염없이 해당화를 엮는 매괴의 기도가 아니었을까? 천주를 믿고 자신의 존엄을 알아가던 무지렁이 가난한 노비들, 여자들 그들을 고발한다면 그들은 끌려가 모진 매질을 당하고 배교背教를 강요받는다. 신앙을 고백하면 굴비처럼 엮여서 사형장으로 끌려가 죽는다. 봉두난발 망나니의 칼조차 아까워서 패대기치고 생매장하여 죽이는데 어찌 고발할 것인가. 아우 약용의 고발로 약현 형님은 칼을 받았다. 조카사위 황사영은 능지처참 형벌을 당하였다. 그의 처는 제주 섬으로 귀양 보내졌다. 그녀는 황사영의 어린 아들을 추자도에 남겼다. 추자도에 이름 모르는 황 씨들이 더러 살고 있을 것이다. 황사영은 날치고기 같다. 멀리 수평선 위에서 과감하게 물 위로 튀어 오르던 날치 말이다. 그는 흰 비단에 밀서를 써서 북경의 주교에게 보냈다. 그 밀서의 내용은 해군 함선을 파견하여 천주교를 탄압하는 정부를 응징하여 달라고 요청한 것이다. 그가 쓴 백서는 로마 교황청에 남았다. 그가 과거에 급제하자 정조임금이 그 손을 잡았다. 그는 임금이 잡은 그 손을 감싸고 다녔다. 그 감싸고 다니던 손은 고기의 물속 지느러미보다 하늘을 날고 싶은 날개였다. 약용 동생은 고등어 같다. 고등어는 등에 얼마나 많은 바다의 푸른 물결의 기록을 지녔는가! 물결을 타고 떼지어 오는 고등어들은 펄럭펄럭 책장을 넘기는 것 같다. 달 밝은 밤에 해변을 까맣게 덮어 사사삭 옆으로 기던 게들! 그들은 저 수많은 천주교 신자들 같다. 숨어야 하는 것이 숙명인 천주교 신자들 말이다. 약전은 그들을 모두 그려내고 싶다. 그들이 바로 해당화였다. 그가 그린 수많은 그림은 방치되었다. 죽은 정약전의 짐을 수습한 노비들이 그 그림들을 가져가서 자식의 신혼 방에 도배하였다. 동생 정약용이 이를 발견하였다. 뜯어내 필사 복원하여 자산어보를 만들었다. 과연 약용은 등에 푸른 기록을 지닌 고등어다.

흑산 항에는 정약전의 자산어보를 기념하는 도서관이 세워져 있었다. 도서관의 지붕은 학사모 모양이었다. 푸른 바다를 바라보며 하얗게 찬란히 빛나고 있었다. 천주교 신자를 지키기 위하여 흑산도 유배를 왔던 정약전의 머리에 씌워 준 관冠이었다.

'신은 진실을 알고 계신다. 그러나 기다리게 하신다.'

해당화 무수히 피고 지고, 물결은 천 번 만 번 밀려오고 밀려간다.

그 세월을 기다리고 기다려서 자산어보는 도서관의 빛나는 관冠이 되었다.

그의 침묵으로, 나는 인내하고 작아지는 관冠을 써 본 것 같다.

도서관 앞 화단에서 나는 해당화를 찾고 있는데 남편이 나를 불렀다. 우리가 타고 돌아가야 할 배가 항구로 들어오고 있었다. 흑산도 아가씨 노래가 점점 항구로 다가왔다. 나는 남편의 팔짱을 꼈다. 그의 팔이 내가 더 인내하고 기다리며 엮어나가야 할 장미 화관이라는 생각이 들었다.

그러한 나라가 있었다네

높고 고귀하고 아름다운 황금 화관을 쓴 압살라로 환생한 것이다.

드디어 비행기가 하강한다. 나는 바싹 창문에 눈을 붙였다. 미지의 땅 인도차이나반도를 내려다보기 위해서다. 구름이 우르릉 우르릉 몰려왔다 밀려났다. 밀려난 구름은 흩어지고 뭉치며 빙글빙글 하늘에 떠돌았다. 구름 사이로 언뜻언뜻 메콩강이 보이기 시작했다. 비행기가 강하하며 흔들리자 메콩강이 구불구불 꼬리를 쳤다. 경동 천지 천지창조의 시간 같았다. 두렵고 경탄스러워 가슴이 쿵쿵 뛰었다. 비행기가 점점 땅에 가까이 다가가 낮게 날았다. 메콩강이 드넓은 농경지를 품고 느긋이 누웠다. 비행기가 날개를 기울였다. 메콩강도 따라서 비스듬히 몸을 옆으로 기울였다. 강물이 범람하였다. 벼를 심은 논이 흥건히 물에 잠겼다. 물에 잠긴 벼잎들이 비죽이 배부른 웃음을 흘리고 있다. 과연 인도차이나반도의 어머니라 불리는 메콩강이 그렇게 농경지에 젖을 먹이고 있었다.

온 세상이 앙코르Encore 찬사를 보내는 앙코르 와트Ancore 사원을 보기 위하여 우리 7명은 드디어 머나먼 길을 떠나왔다. 베트남을 거쳐 국경을 넘고 캄보디아의 씨엠립 공항에 도착했다. 말 하나도 통하지 않는 이국땅에서 우왕좌왕하며 어렵게 비자를 받았다. 긴장되고 두려워서 밤에 잠을 설쳤다.

아침에 한국인 가이드가 왔다. 서울 사람이었다. 마음이 한결 누그러져서 그때야 비로소 여행의 설렘이 시작되었다. 세상에! 거기 그곳에 그런 사원이 있었다니!

앙코르 와트 사원은 12세기 초 고대 캄보디아의 수리야바르만 2세가 건립한 힌두교 사원이다. 힌두교 3대 신중 하나인 비슈누 신에게 바친 것이다. 비슈누 신은 유지의 신이다. 수리야바르만 2세는 징기스칸 다음으로 드넓은 제국을 건설한 정복왕이라고 한다. 자신이 정복한 제국의 영원한 번영을 유지의 신 비슈누에게 기원하기 위하여 앙코르 와트 사원을 건설한 것이다. 정복왕 수리야바르만 2세는 제국 지배의 효율성과 정당성을 위하여 자신을 비슈누로 신격화한 것이었다.

1000년 전의 일을 마치 3D 화면 입체영화를 보는 것같이 생생하다. 27만 평의 거대 대지에 건립된 사원은 병렬 대칭 편집으로 일목요연하다. 마치 단 한 사람의 작가가 다 해낸 것 같다. 그 작가는 신神이라 할 수밖에 없다.

저 수많은 무거운 돌들을 대체 어디서 어떻게 날랐으며 또 어떤 방법으로 쌓아 올렸을까? 1000년 전의 비밀을 오늘날 신의 영역에 도전하는 컴퓨터로도 풀어지지 않는다. 가이드 말이 한 초등생 하나가 가장 시원한 답을 말하더란 것이다.

"땅에서 솟았어요!"

일 층 회랑 4면 부조에 1000년 전의 고대인들이 그날의 이야기를 생생히 들려주고 있었다. 그 입체 그림들은 모두 속삭이고 소리치고 부르짖고 울고 웃고 신음하고 있었다. 그것은 문자가 있기 전의 만국 공통어 보디랭귀지Body Language로 쓴 소설이었다. 고대소설의 전형적인 주제 권선징악을 6하 원칙에 맞춰 발단 전개 절정 대단원의 박진감 있는 구성으로 표현한 것이었다.

세상의 악을 물리치는 정복 전쟁 장면은 너무나 리얼한 묘사였다. 해가 뜨면 전투를 시작하고 해가 지면 전쟁은 쉰다. 전쟁은 반드시 같은 병장기를 가진 군대와 싸운다. 해가 지기를 기다리는 뒷줄의 병사들은 태업怠業하고 있다. 뒤를 돌아보며 잡담을 하고 있다. 맨 앞줄엔 총알받이 용병을 세운다. 용병들은 헤벌쭉 웃고 있다. 공포심을 없애기 위해 마약을 먹였다. 패전국의 사신이 공물을 바치러 온다. 사절 속에 난쟁이 재인과 동물들로 구성된 서커스단이 풍악이 울리며 따라온다. 슬그머니 웃음이 났다. 때는 서기 1,200년 우리나라는 고려 시대다.

다음 회랑의 부조에는 장이 바뀌어 승전국의 치국이념을 선포하였다. 치국이념은 철저하고 무시무시한 권선징악이었다. 다양하고 세세한 죄와 벌이다. 죄의 항목과 그에 맞는 철저한 벌을 리얼하게 새겨 묘사했다. 사람 세 명을 함께 꼬챙이에 끼우는 벌도 있었다. 협잡꾼에게 내리는 벌이었다. 너무나 타당해서 웃음이 터져 나왔다. 신을 모독한 죄, 즉 무신론자에게 내리는 벌 그것은 온몸을 재봉질, 오바로크 치는 형벌이었다. 오감도 느낄 수 없고 입도 열지 못하게 하는 것이다. 살아 있어도 삶을 느끼지도 말하지도 못하는 형벌이다. 심오하다. 징벌의 맨 마지막은 불에 태워지는 형벌이다. 뜨거운 불에 타는 형벌이 가장 아픈 벌이라고 한다. 그런데 이 죄인들은 웃고 있었다. 그다음은 천상으로 가서 환생하는 순간이 기다리고 있기 때문이었다.

마침내 벌을 다 받은 죄인이 승천한다. 새로 태어났다. 높고 고귀하고 아름다운 황금 화관을 쓴 압살라로 환생한 것이다. 압살라는 손가락과 발가락을 섬세하고 느린 동작으로 천천히 춤을 춘다. 그 춤동작을 연구하고 분석한 학자들은 그 춤동작이 강물의 다양하고 자잘한 물결의 표현이라고 하였다. 물결이 방울방울 웃고 재잘거리며 뽀글뽀글 거품 지으며 하늘로 날아오르는 모양이다. 춤을 감상하면 강가에 앉아서 물결 따라 흔들리는 것 같다. 압살라의 춤은 유네스코 세계 무형문화재에 등록되었다.

회랑의 모퉁이를 돌면 신화의 시간이 우리를 초대한다. 머리가 아홉인 뱀 아난타의 한없이 긴 몸통을 온 나라 사람이 붙들어 잡고 우유의 바다를 휘저어 천지를 창조한다. 아난타의 중심에는 수리야바르만 왕이 붙잡고 있었다.

비행기 차창으로 내려다보았던 메콩강이 내 머릿속에 번쩍 떠올랐다. 머리 아홉 달린 뱀 아난타는 바로 강인 것이다. 비행기에서 본 메콩강의 원류는 캄보디아의 바삭 강이다. 그 바삭 강은 멀리 중국의 티베트에서 발원하여 흘러온다.

캄보디아 민가의 대문은 나가신 형상이 지키고 있었다. 이 뱀은 머리가 일곱이다. 강에 기대어 사는 캄보디아 사람들은 강을 닮은 구불구불한 뱀을 신성하게 여긴다.

다음 회랑은 유지의 신 비슈누를 기리는 내용이라고 한다. 일정상 그곳까지 가지 못했다. 왕국을 영원히 지켜내려 했던 수리야바르만 왕의 염원이 담겨 있을 것이다. 왕은 나관중의 중국 소설 삼국지연의에도 등장한다. 바로 제갈공명이 남만의 장수 맹획을 칠종칠금七縱七擒 하는 고사에 나온다. 똑똑한 제갈공명이 그처럼 쥐락펴락하고 싶은 인물은 수리야바르만의 딴 이름이 맹획인 것이다.

저녁을 먹고 야시장을 돌아보았다. 우리는 캄보디아 사람들이 즐겨 입는 옷을 단체복으로 입기 위하여 샀다. 단돈 5불로 흥정을 보았다. 온 힘을 다하여 고르고 흥정하였다. 환산하면 6천 원 정도의 적은 가격인데 우리는 가장 비싸고 좋은 옷을 고르는 것처럼 행동하였다. 호텔로 돌아와서 한방에 모여 그 옷들을 서로 바꿔가며 입어보며 웃고 떠들었다. 그야말로 생쇼였다. 그런 친구들이 너무나 밝고 천진하였다. 옛적 호우 시절을 인생의 가장 좋은 시절 화양연화花樣年華의 시절로 만들자던 여행 목적이 달성되는 것 같았다.

다음 날 우리는 울긋불긋 화려한 캄보디아 옷을 입고 톤레샵으로 갔다. 톤레샵은 캄보디아의 바삭 강이 이루어 놓은 깊고 넓은 자연 호수였다. 우리는 호수에 잠긴 맹그로브 숲을 누비는 쪽배를 탔다. 맹그로브 숲 사이에 흐르는 강물 위로 엷게 숲 그림자가 어렸다. 사원의 압살라 선녀들의 속살이 은은히 비치는 시스루 옷 같았다. 노 젓는 뱃사공이 우리들의 머리에 진분홍 부켄베리아꽃으로 만든 아름다운 화관을 씌워 주었다. 우리는 호수의 맹그로브 숲을 누비는 선녀의 무리가 된 것 같았다. 앙코르 와트 사원의 바로 그 선녀 압살라 말이다!

캄보디아의 기후는 열대에 속한다. 하지만 습도가 낮고 공해가 없어 하늘은 청명하고 쾌적하다. 공기와 흙이 서로 반응하여 몸에 좋은 긴 파장의 적외선을 방출한다고 한다. 우리나라의 비가 그치고 해가 비치는 상쾌한 초가을 날씨와 같다. 벼농사는 모내기를 한 번 하면 벼 이삭을 여러 번 베어낼 수 있다. 천혜의 자연환경 혜택을 받은 나라이나 가난하다. 북한과 먼저 교역을 하고 있었고 남한과의 교역은 늦게 시작하였다. 악명 높은 폴포트 정권이 지식인을 탄압하고 영원한 농업국 이상향을 꿈꾼 것은 이 나라의 좋은 자연 기후를 영원히 간직하고 싶었기 때문인 것 같다.

2019년 캄보디아와 교역을 위하여 문재인 대통령이 캄보디아를 방문하였다. 대통령은 앙코르 와트를 보고 탄성을 질렀다. 세상에! 여기 이곳에 이런 사원이 있었다니!

앙코르와트 사원 : 1122-1150년 건축. 캄보디아 씨엠립에 위치. 1992년 세계 문화유산 등재

내 마음의 무성서원

한국의 서원은 중국의 서원과 달리 입신양명보다 학문연마와
마음의 수양을 위하여 지어졌다.

무성서원이 유네스코 세계문화 유산으로 지정되었다! 2019년 7월 6일이다. 텔레비전의 뉴스를 보며 나는 깜짝 놀랐다. 내가 오랫동안 그리워하던 그곳이 세상에 날개를 활짝 펼치는 것이었다. 그곳은 텔레비전 속에서 천천히 빙빙 돌며 내 시야로 다가왔다 물러나며 내게 어서 따라오라 손짓하였다. 오래전 그 모습 그대로였다. 눈물이 솟았다. 그새 잘 있었구나. 무성서원은 전북 정읍시 칠보면의 한 시골 마을 안에 있다.

내 어린 시절 열 살쯤이었던 것 같다. 나는 군내 초교 사생대회 참가자로 뽑혔다. 선생님은 네가 뽑혔으니 다음날 차비와 도시락을 준비해서 버스정류장에 모이라고 하였다. 어머니는 돈이 없다 '가지 마'라고 하였다. 버스가 떠날 시간은 다가오고, 가지 못하면

결석이 되는 것이다. 그런데 내게 행운이 찾아왔다. 어머니가 나가자마자 할머니가 다가오셨다. 할머니는 속바지 주머니에 감춰둔 꼬불꼬불한 지전을 꺼내 펴서 내게 주시는 것이었다. 그리고 재빨리 보리밥 도시락을 싸주셨다. 무사히 나는 사생대회에 참가하게 되었다. 버스에서 내려 냇물을 건너갔다. 냇물은 넓고 얕게 흐르며 쟁쟁 소리를 냈다. 냇물 바닥에는 수많은 바윗돌이 구르고 있었다. 나는 쟁쟁 소리에 사로잡혀 난간도 없는 다리를 아슬아슬 떨며 건너갔다. 그 사생대회 장소는 무성서원이었다. 각자 흩어져 서원 주위의 좋은 장소에서 시간 안에 그림을 그려서 제출했다. 나는 명륜당을 그렸다. 기와지붕 양옆을 살짝 들어 올린 처마와 붓글씨 같은 골골 기와, 주춧돌 위에 서 있는 기둥을 그렸다. 내가 기억하는 것은 회색 바탕에 검정크레용 선으로 골골 기와를 겹쳐 그린 것이다. 그림을 그려놓고 나는 뒤 곁 사당으로 들어갔다. 무섬증이 확 끼쳐왔다. 그런데 그날 무성서원 명륜당을 그린 그림은 상을 받았다. 거기 사당의 주인이 나를 어여삐 본지도 모른다.

한국의 서원은 중국의 서원과 달리 입신양명보다 학문연마와 마음의 수양을 위하여 지어졌다. 아름다운 자연 속에 항상 위치한다. 그러나 무성서원은 마을 속에 지어져 있어 특이한 예가 된다. 유네스코는 그 특징으로 무성서원을 세계유산으로 지정한 것이다. 마을이 서원을 가꾸고 보존하여 오늘의 영광을 있게 한 것이다. 나는 무성서원을 찾아갔다. 오십여 년 만이다. 정읍시 칠보면의 마을과

들은 변함이 없다. 도로변에는 무성서원의 세계 문화유산 지정 경축 깃발이 나부끼고 있었다. 벌써 마음이 달뜨고 흐뭇해져 왔다. 작은 시골 마을의 들판에서 나부끼는 깃발은 세계의 깃발이다! 다만 내 마음속에 쟁쟁히 흐르던 그 맑은 냇물은 없어지고 어린 날 울먹이며 건너던 난간 없는 다리도 없어졌다. 나는 그 다리 위에 서서 하얗게 돌멩이를 넘는 물보라를 보며 내가 왔노라 말하고 싶었다. 울적해져 서둘러 서원으로 들어갔다.

대원군의 서원철폐령도 비껴간 무성서원은 옛 모습이 그대로 남아 있었다. 바깥에 현가루 솟을대문은 시원스레 팔작지붕을 이고 늠름히 버티고 서 있다. 그 대문을 지나니 내가 사생대회 때 그렸던 기와집 명륜당이 반갑게 맞는다. 양쪽 추녀 날개를 펼치며 달려 나와 나를 감싸 안을 듯하다. 내가 공들여 그린 기둥들이 툭 튀어나온다. 너무 반가워서 하마터면 소리를 지를 뻔했다. 골골의 기와들은 그들의 서사를 쓰고 있었다. 나는 입술을 달싹이며 그 서사를 읽는다. 내 열 살 적 검정크레용은 정성껏 그 서사를 다듬어 나갔다.

명륜당의 대청마루에서 낭랑히 글 읽는 소리가 들려오는 것 같다. 흰 도포 입고 갓을 높이 쓴 옛사람들이 정좌하고 있을 것이다. 양옆에 딸린 단칸의 좁은 방은 웃음을 머금게 한다. 방이 넓으면 다리를 뻗게 되고 글 읽는 자세가 흐트러진다고 하여 좁게 만들었다고 한다. 나는 자주 누워 뒹굴며 책을 읽는데 말이다.

여기서 면암 최익현 선생은 항일 의병을 모집하는 강연을 하였다. 비분강개하는 그분의 음성이 들린다. 그분은 일본에 끌려가 대마도에서 돌아가셨다. 일본이 주는 음식을 거부하고 굶어 죽었다. 뒤편 사당을 배회하며 나는 열 살 적 공포를 더듬어 보았다. 그 공포는 무성서원에 대하여 아무것도 모르는 아이만 느끼는 신성한 공포심이었다. 고귀하고 위대한 조상들의 혼이 서려 있기 때문이다. 사당에는 이 고장에서 선정을 베푼 최치원과 신잠, 가사 문학을 연 정극인을 모셨다. 우리나라 최초의 가사 상춘곡은 여기 이 고장에서 탄생했다. '어화, 홍진에 묻힌 분네 이내 생애 어떠한고' 정극인이 노래하며 천천히 사당 뒤 곁에서 돌아 나올 것만 같다.

앞에는 공부하는 공간을 두고 뒤에는 사당을 배치한 전학후묘의 서원에서 나는 할머니를 생각한다. 눈물이 솟는다. 앞으로 어떤 고난이 오더라도 할머니를 생각하면 힘이 날 것이다. 내게 '가지 마' 라고 단호히 거절하던 어머니도 한세상 힘겹게 버티고 있었던 걸 알겠다. 서원 강당의 기둥을 받친 주춧돌을 생각한다. 나는 무엇 때문에 그때 주춧돌까지 세세하게 그렸던 것일까? 돌아보니 우리는 모두 과거라는 주춧돌 위에 서 있다. 어린 내가 뒤 곁 사당을 돌아보다니! 할머니가 더욱 생각난다. 또 눈물이 솟는다. 서원 주위 마을의 집들이 눈물 어린 내 시야에서 조용히 하나둘 일어선다. 쟁쟁~ 그때의 시냇물 소리가 들려온다. 마을과 서원이 어우러진다.

무성서원 : 전북 정읍시 칠보면 소재. 조선시대(1844) 건축.
2019년 유네스코 세계 문화유산 등재

산은 듣고 나는 말하고

산 무리 들이 "^^~ ^^~" 파안대소하며 잘 가라 손을 흔든다.
터널 앞에서 펄럭 끝자락이 날렸다.

강변으로 자전거 드라이브를 하러 간다. 우리 집 화명신도시 아파트에서 경부선 아래 터널을 통과하면, 드넓은 화명생태공원이 팔을 벌린다. 내 몸은 하나인데 왼쪽, 오른쪽 어디든 다 가고 싶다. 자전거는 잠시 위태하게 바퀴를 비틀거린다. 왼쪽엔 연꽃이 한창인 연못이 있고, 오른쪽엔 그윽한 신어산 줄기가 강 건너편에 앉아서 기다리고 있다. 맞은편에서 전철이 슬금슬금 철교에 붙어 강을 건너오고 있다. 전철은 마치 나뭇가지에 보호색으로 붙어 기어가는 자벌레 같다. 산이 꽃처럼 아름답게 둘러서 있는 낙동강을 건너는 것은 그저 황송하고 미안하기만 하다. 흘끔흘끔 엿보며 강을 건너와 구포역사에 몸을 숨긴다. 다리 밑에는 바다로 갔던 강물이 산을 못 잊어 썰물을 타고 돌아와 서성거린다. 다리가 성치 못한 나도 망설인다. 산이 있는 오른쪽으로 핸들을 돌렸다.

신어산 줄기와 마주 보는 강변 홰나무 아래로 간다. 홰나무가 있는 곳까지 가려면 운동 시설이 늘어서 있는 공원 중심을 지루하게 지나야 한다. 자전거가 버티며 느리게 간다. 태업怠業하는 노동자 같다. 페달을 돌리며 나는 헉헉댄다. 무릎이 아프기 시작했다. 겨우 홰나무 아래에 왔다. 널브러져 눕는다. 자전거도 와장창 넘어진다. '커다란 풀밭 나무 밑에서 그대하고 나하고 정답~게 이야기합시다.' 나의 그대는 건너편 신어산 줄기이다. 산줄기를 어디에서 시작하였는지 물어본다. '백두산이요' 내가 대답하고 멋쩍어 싱긋 웃는다. 양산 쪽의 오봉산이 멀리서 바쁘게 달려가고 있다. '동해를 건너려나 봐?' 옅은 안개 속에서 산자락이 날린다. 눈앞의 산은 멈춰 서 있다. 무슨 할 말이 있는 사람처럼.

벌떡 일어나 멈춰 서 있는 산을 본다. 산은 여럿이다. 아이, 어미, 아비... 산의 코가 좁고 낮은 아이 산은 강변에 주저앉았다. 뒤에 서 있는 어미, 아비산이 주춤거린다. 아이 산을 어서 일으켜 세워서 다른 산들처럼 휘달리고 싶다. 그러나 아이 산은 일어서지 못하는 것 같다. 내 무릎이 쑤셔온다. 아이 산은 다리를 다쳤을 것이다. 어미, 아비산 뒤에는 등성이가 무너진 노인산 들이 달리기를 포기한 듯 낮고 길게 누웠다. 강변에 늘어선 산들에 말을 걸기 시작한다.

'나도 어렸을 때 다리를 다쳤단다. 그 후유증으로 이순耳順이 된 나이에도 다리가 아프단다. 예닐곱 그때 기억도 선명해. 어른들은 골수염으로 퉁퉁 부은 내 다리를 절단해야 한다고 했었지. 그 소리를 엿들은 나는 강물에 빠져 죽기로 했어. 엉덩이를 비비적거려 강둑에 다다랐지. 강기슭에서 강물이 으르렁거리며 나를 잡아당겼지. 성한 발이 나를 버텼지만 이내 미끄덩 딸려 들어갔지. 빨래터에서 사람들이 일제히 일어서 아우성쳤어. 나는 서럽고 서러웠어. 용감한 뒷집 아저씨 강물로 뛰어들어 나를 안아 올렸지. 그 아저씨네 마루에 걸린 액자 속 성모마리아가 시켰나 봐.'

나도 모르게 눈물이 났다. 내 말을 들어준 강 건너편 산들이 너무 정답고 고맙다. 산에 가깝게 강변으로 다가선다. 낙동강의 밀물과 썰물이 교차를 멈추는 정靜의 시간이 되었다. 강은 움직임을 멈추고 거울의 수면이 되었다. 산 그림자가 강물 위로 어린다. 산의 숨소리가 들리는 듯하다. 산의 입김이 강물 위로 끼치며 겹겹이 포물선이 퍼진다. 산 그림자가 포물선을 따라 움직인다. 아! 산이 커지는 포물선을 따라 내게로 건너오고 있었다. 나는 깜짝 놀랐다. 그립고 서럽고 기쁘다.

화명신도시에서 김해로 출퇴근한 지 15년이 되었다. 신어神魚산 줄기는 늘 나를 바라본다. 결코, 눈을 감지 않고 지키는 물고기의 눈, 억 만년의 시선이다. 태고적, 삼한의, 가야의, 신라의 시선이다. 그 시선에 물으면 무엇이든지 답해 줄 듯하다. 나는 내내 물어보곤 하였다. 내 다리는 어떻게 하면 나을 수 있느냐고. 늘 조급하고 쫓겨 사는 나는 빨리빨리를 몸에 달고 산다. 건강을 위하여 운동하는 시간을 내지 못한다. 빨리빨리 병은 운동하는 시간이 아깝다. 경전철을 타고 출퇴근하기로 했다. 경전철을 타면 신어산 줄기를 타고 가는 것 같다. 덕분에 걷기 운동을 하게 되니 마음도 편하다. 자동차로 다닐 때는 산은 안타깝게 휙 휙 지나갔다. 경전철을 타면, 산은 느릿느릿 다가와 내 눈을 바라보며 서서히 물러난다. 내 이야기를 듣고 싶어 하는 것 같다. 나는 또 산에 내 이야기를 주절주절 늘어놓는다. 그때 죽으려고 강물에 빠졌을 때, 나를 건져 준 아저씨네 집 벽에 걸린 액자 속 성모마리아께 감사기도를 드린다. 산의 코마다 장미 송이를 얹는다. '은총이 가득하신 마리아~' 산은 줄 장미로 늘어선다.

대저역에서 4호선 전철로 갈아타니, 산은 강을 내보내며 조금씩 물러나고 있었다. 나는 자리에 앉지 않고 출입구 차창에 바싹 붙는다. 차마 하지 못한 말을 꺼낸다. '그때 강에서 구해져 돌아왔을 때, 나는 다행이란 생각이 들었어. 나는 미끄러졌을 뿐이었어. 그런데 어머니가 내 머리를 남몰래 쥐어박았지. 세상에는 나 혼자뿐인 것 같았어. 나는 늘 서둘러야 했어. 그 어머니는 이제 돌아가셨으니 나는 누굴 위해 기도해야 하나.' 전철은 무겁게 철컥대며 구포다리를 건넌다. 산은 놀란 듯 주춤 멈춘다. 괜한 소리를 했다. '우리 집은 10명이나 되는 대가족이었고 나는 네 번째도 딸, 딸그마니였어. 어머니는 걷지 못하는 딸을 업고 십리 길을 걸어서 병원을 오가야 했어.' 나는 조급하게 속삭였다. 강을 건너는 전철이 산을 떨구는 듯 꼬리가 끌리며 휘어졌다. 강심에 이르러 뒤돌아보니 따라오지 못한 산의 무리는 길게 강변에 늘어섰다. 전철은 구포역사에 숨는 듯 멈춘다. 스크린도어와 역사의 창들이 창 너머 강물 따라 서로 겹치며 빗금, 빗금 물결쳤다. 나는 물에 빠진 것 같은 착각이 들었다. 따라오지 못한 강 건너의 산 무리가 빨래터에서 소리치던 그때의 아낙네들처럼 우왕좌왕 흔들린다. 다시 전철은 덕천역을 향해 도망치듯 지하 터널로 향한다. 터널 앞에서 번쩍 산 무리가 다시 나타났다. 산 무리 들은 그 새 가지런히 줄을 고르고 다듬어 늘어섰다. 휴우~ 나는 물에서 건져 올려진 그 날을 기억하며 황급히 대답하였다. '나는 앞으로 잘 걸을 수 있어!' 산 무리 들이 "^^~ ^^~" 파안대소하며 잘 가라 손을 흔든다. 터널 앞에서 펄럭 끝자락이 날렸다. 환승역 덕천역에서 나는 에스컬레이터를 타지 않고 계단을 힘껏 뛰어올랐다.

신어산 : 경남 김해시 높이 630m. 2023년 세계 문화유산 등재 가야 고분군이 있음.

알함브라 이야기

넘어진 자리에 항아리가 비쭉 돋아나 있었다.
그 항아리 속에서 무언가 번쩍이고 있었다. 금화였다.

알함브라 궁 대사의 방은 우주의 한복판이다. 깊은 궁륭 천장에는 별이 반짝인다. 흑갈색 삼나무 판에 꽃을 금박으로 수놓았다. 반짝이는 천장을 올려다보면 천장은 깊게 물러나며 높아진다. 사방팔방 무수히 반복된 금박 꽃은 짙은 갈색의 어둠 속에서 오묘한 빛을 발한다. 그 바탕이 만약 검은색이었다면 별은 빛을 잃을 것이다.

반짝 별 하나가 시야를 잡는다. 금 새 주위의 작은 별들이 소용돌이치며 다가온다. 천장은 무한공간의 우주가 된다. 빨려 올라갈 것 같아 현기증이 난다. 정면의 두 쌍의 아치형 창이 고요히 시선을 붙들어준다. 그 너머로 그라나다시가 아득히 뻗어가고 있다. 부유한 이슬람 왕의 비옥한 영토다. 그 끝에 만년설을 이고 시에라네바다 산맥이 뜨거운 햇살 아래 전설처럼 웃고 있다. 사방벽면에 '알라신

외에 정복자는 없다.' 문구가 휘돌아간다. 아라베스크 넝쿨이 양쪽에서 그 주문을 보필하며 넌출 늘어선다. 사면 벽에는 격자무늬가 사방팔방으로 뻗고 치솟고 휘돈다. 격자무늬 안에는 꽃과 과일과 기하학적 무늬가 웅크리고 있다. 이윽고 이슬람 왕 보압딜이 아치창 앞에 고요히 가부좌를 틀어 정좌한다. 왕은 그 방의 소실점이 되고 대사의 방, 모든 빛은 왕에 집중된다. 대사들 덜덜 떨며 엎드려 알현한다. 낮고 둥근 실내 분수가 고요히 물을 뿜는다. 왕을 알현한 대사들 정원으로 안내된다. 긴 연못이 거울처럼 대사의 방을 비춘다. 대사들 문득 뒤돌아보니 가냘픈 기둥이 야자수잎 아치를 슬쩍 들어 올려 늘어뜨리고 서 있다. 딱 있어야 할 그 자리에 딱 필요한 수만큼이다. 그것은 수학으로 비율을 맞춘 모양과 거리와 수이다. 마법과 수학은 같은 것이다. 대사들은 오아시스 같은 그 정원에 아무렇게나 흐트러져 주저앉아 쉬고 싶다. 대사의 방 지붕 너머로 거대한 코마레스크 탑이 붉은 얼굴로 파수를 보고 있다.

보압딜 왕은 사자의 중정으로 납시었다. 12마리 사자로 이루어진 분수가 물을 토한다. 정숙한 왕비들 양탄자를 대령하여 깔아드린다. 석류꽃 한층 붉게 피고 배롱나무꽃 흐드러져 핀다. 뒤따르던 대사들 궁 안으로 뒷걸음치며 물러난다. 겹겹이 꽃으로 둘러쳐진 아치문으로 들어서자 높디높은 천장이 그들을 맞았다. 천장 바로 아래 위로 수많은 아치창이 둥글게 돌아간다. 여기는 대체 어디인가? 경탄을 쏟아내는 대사들 숨 쉴 틈도 주지 않고 또 하나 천장이 으르렁 입을 벌렸다. 모카레스트의 꽃이다. 석류 알이 꽃이 된 듯, 꽃잎이 석류 알로 영근 듯, 툭 툭 터지고 벌어진 꽃송이가 천장에서 으르렁 입을 벌리고 있었다. 악랄한 마법에 걸릴 것 같다. 대사들 부르르 몸을 떤다. 일정한 모양의 삼각형과 직사각형을 세우고 붙인 입체를 또 붙이고 늘이고 퍼트렸다. 그것은 아다라하 매드매틱스라는 마법이었다.

1492년 이사벨 여왕은 알함브라 궁을 점령했다. 알함브라 궁의 사람들은 도망쳐야 했다. 궁 밖의 토굴 속에서 비참하게 살던 집시들이 비밀통로를 가르쳐 주었다. 여왕은 알함브라 궁의 아름다움을 파괴하지 않고 보존하였다. 궁을 빼앗긴 보압딜 왕은 울면서 그라나다를 떠났다. 그라나다를 빼앗긴 것은 아깝지 않으나 알함브라 궁을 두고 가는 것이 슬퍼서 울었다. '남자답게 지키지 못하고 여자같이 우는 것이냐' 아들을 나무라며 그의 어머니도 같이 울었다. 그의 후궁들은 버림받아 흩어졌다. 그들은 알함브라 궁의 아름다움을 못 잊고 알함브라 궁 근처 토굴 속에서 집시들과 살게 되었다. '나라면 울지 말고 알람브라에서 죽었을 것이다.' 카를 5세는 점령한 알함브라 궁 옆에 카를 5세 궁을 지었다. 그러나 그 궁은 빼앗은 자의 저급함만 더하고 알함브라 궁의 아름다움은 더 돋보이게 했다. 지진이 발생하자 사람들은 알함브라 궁을 떠나갔다. 알함브라 궁도 카를 5세 궁도 잊혀져 갔다. 알함브라 궁은 황토 먼지를 뒤집어쓰고 황폐해 갔다. 올빼미가 밤새 궁을 지키며 슬피 울었다.

가난한 소녀 산치카는 부모와 함께 집시들의 토굴 속에서 살았다. 산치카의 할머니는 알함브라 궁이 우리 집이라고 하시며 언젠가 우리는 저 궁에서 들어가 살아야 한다고 하였다. 할머니의 소원대로 산치카네는 최근 버려진 알함브라 궁으로 옮겼다. 알함브라 궁 관리인이 있었으나 없는 것만도 못했다. 함부로 궁에 사람을 들이고 제 맘대로 방세를 받았다. 관리인은 궁을 수리하기 위하여 산치카의 아버지를 불렀다. 품삯 대신 산치카네 식구들이 어두운 지하 방에서 살 수 있게 해주었다. 그 지하 방에는 낯익은 얼굴의 초상화가 걸려있었다. 그 얼굴은 할머니와 어머니가 매일 쓸어안고 울었던 그림과 비슷했다. 산치카는 일하는 아버지에게 마실 물을 떠다 주곤 했다. 궁의 헤네랄리페 수로를 따라가면 아세퀴아 수로가 나오고 그 수로를 따라가면 저수지가 있었다. 착한 산치카는 아버지에게 좀 더 시원하고 깨끗한 물을 떠주기 위하여 수로를 따라 계곡으로 들어갔다. 아세퀴아 수로는 늙고 황폐하여 바닥이 높아지고 잡풀이 엉켜 썩어 있었다. 산치카는 자꾸만 맑은 웅덩이를 찾아 계곡으로 들어가게 되었다. 물길 따라 한참 들어가니 갑자기 쿵쿵 폭포 소리가 들렸다. 그 소리에는 고함치는 소리, 대포 소리, 말이 울부짖는 소리가 섞여 있었다. 놀란 산치카는 달아났다. 그만 발을 헛디뎌 구덩이에 빠졌다. 그리고 정신을 잃었다. 쿵쿵 대포 소리에 산치카는 정신이 들었다. 산치카가 떨어진 구덩이에는 폭포수가 떨어지고 있었다. 그 뒤로 굴이 길게 뻗어 있었는데, 놀랍게도 알함브라 궁의 주인인 보압딜 왕의 군사들이 진을 치고 있었다. 굴

위의 뚫어진 천장 위로 보이는 하늘에는 보름달이 휘영청 밝게 떠 있었다. 그들은 "가자! 알함브라로!"소리쳤다. 그들은 창을 꼬나 쥐고 말을 타고 굴속을 빠져나가고 있었다. 놀란 산치카는 울며 그들을 따라갔다. "안돼요! 우리 엄마 우리 아빠" 그러나 그들은 산치카를 돌아보지도 않고 스쳐 지나갔다. 산치카는 그들의 뒤를 따라 뛰어가다가 무언가에 걸려 넘어졌다. 넘어진 자리에 항아리가 비쭉 돋아나 있었다. 그 항아리 속에서 무언가 번쩍이고 있었다. 금화였다. 산치카는 그 금화를 정신없이 치마폭에 주워 담았다. 아버지에게 주려는 것이었다. 산치카는 군사들이 빠져나간 곳을 향하여 온 힘을 다해 뛰어갔다. 보압딜의 군사는 바람처럼 날아갔다.

산치카가 알함브라 궁에 도착했을 때는 어스름 새벽녘이었다. 알함브라 궁은 밤사이 일어난 일을 다 알고 있다는 듯 산치카를 보고 웃는 것 같았다. 헤네랄리페 수도관을 통하여 들어가는 물소리가 유난스럽게 또독 거렸다. 그 물소리를 들으니 마음이 편안해졌다. 산치카는 자기만이 알고 있는 비밀통로를 통하여 집으로 들어갔다.

산치카는 아버지에게 금화를 보여주면서 모든 것을 이야기하였다. 산치카와 아버지는 날마다 몰래몰래 동굴 속에서 금화를 꺼내왔다. 아버지는 그 금화 한 닢을 주고 관리인의 자격을 샀다. 갑자기 생긴 많은 돈을 감추기 위하여 알함브라 궁의 방세를 받아서 계속 나누어 내는 조건이었다. 그 후 산치카와 아버지는 알함브라 궁을 정성껏 가꾸어 나갔다. 돌아가신 할머니가 알함브라 궁은 본래 우리 집이다고 한 것을 항상 기억하였다. 헤네랄리페 분수로 물방울이 쉴 새 없이 떨어졌다.

1850년에 스페인의 타레가는 그 물소리를 기타 곡으로 작곡했다. 그는 그 곡으로 실연의 상처를 어루만지고 치유했다. 그 궁을 떠돌고 있던 보압딜 왕의 상실의 아픔도 함께. 1832년 미국인 작가 워싱턴 어빙이 알함브라 궁으로 방을 빌리러 왔다. 그는 그 방에서 알함브라 궁의 이야기를 썼다. 산치카의 전설도.

알함브라 궁 : 스페인남부 그라나다시. 이슬람 건축물(1238-1358)건축.
1492년 스페인에 복속됨. 유네스코 세계문화유산.

움직이는 기둥

기둥이 일렁일렁 소용돌이치며 움직인다. 그 파도의 기둥 산책로를 걸으면
파도의 회오리 속으로 딸려 들어가는 것 같다.

고대 그리스의 건축물은 기둥으로 시작되고 기둥으로 완성되었다. 미끈하고 날씬한 줄무늬의 도리아식, 기둥 끝에 두 개의 두루마리 문양을 장식한 이오니아식, 도리아 이오니아를 섞어 쓴 코린트식, 이 세 가지 양식의 기둥은 그리스를 거쳐 유럽의 건축물에 다양한 형태로 구사되었다. 지붕과 벽이 무너진 신전의 기둥은 폐허 속에 더 당당해 보인다. 죽음의 순간까지 사명을 다하는 위대한 장군처럼 숭고해 보인다. 기둥이란 떠받치고 서서 지키는 사명이다. 여럿이지만 각자 홀로 서야 한다. 자기를 희생하고 구도하는 고독한 성자의 무리다. 파르테논 신전의 도리아식 기둥은 고집스럽게 단일 신념의 기도를 드리는 것 같다. 이오니아 기둥이 이고 있는 소용돌이 두루마리엔 기도의 말을 적었을 것이다. 이오니아 에페소스

의 무너진 교회당 잔해 사이에 뒹굴고 있는 기둥머리는 그 두루마리를 어서 펼쳐 읽으라고 말하는 것 같다. 코린트 기둥은 섬세한 장식과 치장으로 기도한다. 아칸소 잎사귀와 왕관으로 장식한 로마의 판테온 신전의 코린트식 기둥은 팍스로마나의 기도를 드렸을 것이다.

2018년 6월의 바르셀로나는 뜨거운 태양 아래 빛나고 있었다. 비행기에서 내려다보니 길고 단조로운 해안선이 도시를 호위하고 있었다. 바르셀로나는 포에니 전쟁의 한니발 장군이 그의 아버지의 바르카를 기념하기 위하여 도시 이름을 지었다고 한다. 때마침 6월25일부터 도시의 수호자 성 요한의 기념 축일이 시작되고 있었다. 온 도시에 폭죽 터트리는 소리가 요란하고, 스페인 광장에는 분수 축제가 열리고 있었다. 스페인 광장에는 이오니아식 기둥 4개가 높이 서 있었다. 광장의 분수는 그 높은 기둥을 향하여 치솟고 부서지고 흩어져 내렸다. 스페인의 통일과 화합을 기념하기 위한 기둥이다. 카스티야. 레온 나바라 아라곤을 상징한다. 축제에 온 사람들은 모두 기둥으로 화한다.

히스파니아를 건설한 한니발의 아버지 바르카, 포에니 전쟁에 패하여 여러 나라로 망명을 갔으나 추적하는 로마를 피하지 못하고 독배를 마신 한니발, 헤롯왕을 비판하다 처형당한 바르셀로나의 수호성인 세례 요한들의 기둥이라는 생각도 든다. 마지막 하나의 기둥을 나는 스페인의 천재 건축가 가우디라고 생각한다. 그는 평생 독신으로 살며 바르셀로나의 도시건축에 몸 바친 사람이었다. 그는 1926년 6월 어스름 저녁에 길을 건너다 전차에 치여 사망하였다. 남루한 옷차림의 그를 사람들은 행려자로 오인하였다. 그는 죽었지만, 바르셀로나의 굳건한 기둥이 되었다. 그가 남긴 건축물을 보기 위하여 전 세계 사람들이 바르셀로나로 순례를 온다. 가우디 건축 투어가 있다. 그 도시에 발 빠른 한국인들이 운영하고 있었다.

카사바트요와 카사밀라의 거리에 아침 일찍부터 한국인 관광객이 모였다. 카사바트요는 가우디가 건축한 대저택이다. 인체의 뼈와 해골로 장식한 파격적인 건물이다. 사람의 무릎관절이 건축물을 장식하는 기둥으로 서 있다. 사람 사는 집이니 사람이 떠받쳐야 한다. 자연주의의 건축가 가우디의 철학이었다. 맞은편에는 아파트형 공동주택 카사밀라가 서 있다. 집 모양이 곡선이다. 가우디는 직선은 인간의 선이고 곡선은 신의 선이라는 신념을 가졌다. 불편하고 기이하여 분양이 거의 되지 않았다고 한다. 게다가 건축주와 건물 설계자 가우디는 오랫동안 소송을 벌였다. 소송을 벌인 이유는 지붕에 세울 기둥 마리아상 때문이었다고 한다. 신앙심 깊은 가우디는 끝까지 마리아상을 건물 지붕 사면에 세우려고 했다. 법원 판결 결과는 가우디 승이었다. 그 마리아상 기둥은 굴뚝 역할을 한다. 그 모양이 21세기 스타워즈영화에 등장한다. 온유 자비의 모습이 아닌 그로테스크한 우주인의 모습이다. 치켜든 눈, 뿔 달린 투구와 갑옷을 입은 모습이 수호자보다는 악당의 모습이다. 실제 스타워즈에서 악당의 캐릭터였다. 19세기를 산 가우디는 벌써 우주를 보고 있었다.

선은 선한 것으로만 지켜지지 않는다는 입체적인 생각을 한 것이다. 그 아파트에 40년 이상 거주하다 죽음을 맞은 한 노인은 말했다고 한다. '해 뜨고 지는 시간 동안 거실에 비치는 건물의 그림자는 시시각각 다양하게 변하여 거실에 앉아 있으면 마치 우주여행을 하는 것 같다고 하였다. 한국인 관광객을 태운 미니버스는 시내를 빠져나와 교외의 구엘 콜로니아로 갔다. 구엘은 가우디의 평생 후원자였다. 콜로니아는 구엘이 운영하는 생산 공동체 마을이었으며 가난하고 신앙심 깊은 노동자들이 거주하였다. 가우디는 마을에 그들을 위한 성당을 지었다. 마을의 집을 지은 값싸고 투박한 붉은 벽돌로 소박하게 낮게 지었다. 그는 오래 고심하였다. 숲속에 성당을 지었으므로 키 작은 소나무들을 베지 않기 위해서였다. 성당의 기둥은 뻗어가고 휘어지는 소나무 가지였다. 낮은 가지는 서까래가 되었고 옹이 지고 휘어진 기둥은 그 서까래를 완강하게 바쳤다. 모두 여기서 일하는 가난하지만 소박하고 신앙심 깊은 노무자들의 팔뚝과 종아리를 연상케 한다. 등받이 낮은 의자는 2인용인데 모두 물결치는 곡선으로 만들어졌다. 정답게 기둥 아래 무리 지어 있다. 헤지고 기운 옷을 입은 노무자들이 앉아서 기도하는 모습이 눈에 선하다. 제대를 보좌하고 있는 양쪽의 천사들도 낮게 날개를 접고 다소곳이 손을 모으고 있다. 대천사待天使 미카엘과 가브리엘이다.

구엘 공원에 왔다. 지을 때는 주택이었으나 인기가 없어 한 채도 분양되지 않았다고 한다. 기이하고 파격적인 디자인인 대다 지대가 높았기 때문이었다. 미국인에게 팔려 조각조각 분해되어 미국으로 실려 갈 뻔했는데, 구엘의 자손들은 매각을 취소하고 바르셀로나시에 기증하였다. 구엘 공원의 기둥들은 비 내리는 모습이다. 실제로 기둥엔 수로가 있어 옥상의 빗물이 흘러내린다고 한다. 그 물은 지하 저장고에 저장되어 넘치면 흘러나간다. 가뭄이 심한 바르셀로나를 위한 설계였다. 그는 공원의 산책로를 파도치는 모양의 기둥으로 설치하였다. 기둥이 일렁일렁 소용돌이치며 움직인다. 그 파도의 기둥 산책로를 걸으면 파도의 회오리 속으로 딸려 들어가는 것 같다.

드디어 가우디가 설계하고 건축한 사그라다 파밀리아 성당에 왔다. 성당 앞쪽 곡선의 파사드는 예수 탄생의 역사이다. 예수 탄생을 눈 내리는 조형으로 이야기한다. 전면에 눈이 펄펄 내린다. 기쁘고 설렌다. 4개의 뾰족 기둥은 장엄하게 하늘로 치솟고 있다. 스페인의 성산 몬세라토라고 한다. 검색대를 통과하여 성당 안으로 들어갔다. 천장에서 스테인드그라스를 통하여 신비한 빛이 쏟아져 들어오고 있었다. 성당 안의 기둥은 나무 모양이다. 하늘 향해 일제히 가지를 뻗었다. 그 가지 끝에 커다란 꽃송이가 태양처럼 터졌다. 천국이다! 사람들은 조급해져 발돋움을 치며 고개를 쳐들었다. 사람들은 스테인드글라스 신비한 빛을 받아 명암의 입체가 된다. 움직이는 기둥이다.

가우디(1852-1926) : 스페인의 건축가. 자연물 형상의 건축.
평생 독신으로 살며 건축예술에 헌신함. 전차에 치여 사망. 거지로 오인 방치되었다고 한다.
그의 건축물은 7개나 유네스코에 등재 돼있다.

바이칼, 한민족의 시원을 찾아서

후지르 마을에 도착하였다. 그 마을엔 몽고족 브리야트인이 살고 있다.
그 브리야트인 중 코리족이 바로 우리 민족의 시원이라고 한다.

풍요로운 호수 바이칼은 세계 담수의 20%를 머금고 있다. 그 면적이 남한 땅의 반이며 깊이는 한라산 높이보다 조금 적은 1,627m로 세계에서 가장 깊다. 이 넓고도 깊은 호수는 2,000m의 높은 산맥이 둘러싸고 있다. 듣기만 해도 그 규모에 압도당하는데 더 놀라운 것은 그 호수 가운데 가장 큰 섬인 알혼섬에 우리 민족의 시원이 있다는 것이다. 우리들의 나이 60세! 인생에서 가장 넓고 깊고 풍요한 시절이다. 이제 우리의 시원을 찾고 인생을 정립할 때이다. 예로부터 환갑잔치는 그런 뜻인 것 같다.

1974년! 우리는 꿈에 그리던 전주여고 입학시험에 합격했다. 그 3년 동안 학교의 목표는 대학입시였고 우리는 그 목표에 헌신하였다. 그 목표 때문에 우리들의 여고 시절은 초조하고 고달팠다. 40여년이 흐르면서 그 3년의 추억은 때로는 힘이 되고 때로는 후회와 자책이 되기도 하였다. 뒤돌아보면 그때 우리는 피어나는 꽃봉오리였다. 저마다 피워야 할 꽃을 가슴 속에 그리고 그렸다.

2018년 7월 30일, 바이칼 호수의 도시 시베리아 이르쿠츠크로 여행하기 위해 인천공항에 38명이 집결하였다. 전주와 서울 경기 지역에서 최다 인원이 참가하였고 부산 경남에 사는 친구들도 참가하였다. 반공교육을 철저히 받고 자란 세대이므로 러시아에 대한 불안과 공포가 있었다. 더구나 죄수들의 유형지로 악명 높은 시베리아라 여행이라니 어쩐지 으스스한 기분은 들었다.

아, 그 불안과 공포가 마침내 얼굴을 드러내고야 말았다. 세 친구가 러시아입국을 할 수 없다는 것이다. 세 친구는 남미여행을 다녀온 친구들이었다. 여권에 남미 유명 여행지 인증 스탬프를 찍은 것 때문이었다. 그것은 여권을 훼손한 것이다. 러시아는 그것을 허용하지 않는다. 한 친구만 여권 재발급에 성공하여 전생에 나라를 구했다는 평가를 받으며 출국에 성공했다. 이렇게 명확한 인생의 갈림길이라니! 놀란 가슴을 쓸어내리며 우리는 묵묵히 비행기에 탑승할 뿐이다. 무심한 비행기는 시베리아를 향해 가볍게 하늘을 날랐다. 도착한 이르쿠츠크 공항 입국심사실은 허름하고 폐쇄적이다. 입국심사대 앞을 천정까지 막고 출입구도 보이지 않는다. 러시아 입국 심사원들이 유난히 까탈을 부리는 거 같다. 나에게 안경을 두 번씩이나 벗어 보라고 했다. 여권을 돌려받고 출입구를 못 찾아 허둥대었다. 같이 여행을 못 온 두 친구에게 미안한 맘이라고 둘러대

본다.

둘째 날 꿈같은 환 시베리아 바이칼 열차에 몸을 실었다. 여기가 러시아라는 생각도 들지 않는다. 기차 안은 우리로 꽉 찼다. 우리는 이대로 어딘가로 간다. 이 철길을 끝까지 가면 모스크바가 나오고 페테르부르크가 나오고, 거기서 바다 건너면 노르웨이 스웨덴이 나오고, 도버해협을 건너면 영국이 나오고, 거기서 대서양을 건너 미국으로 갈까. 친구들의 얼굴을 둘러본다. 이제부터 끝없이 세상을 떠도는 방랑자가 되겠다는 표정이다. 나는 누구의 어머니도 아내도 아니요, 지독한 직책에 시달리는 직장인도 아니다. 끝없는 철도를 따라 방랑의 생각도 따라간다. 철커덕거리는 기차 소리에 바이칼 호수의 물은 찰랑찰랑 너울너울 심장을 울린다. 리아스식 호수만은 쑤욱 허리를 앞으로 숙이고 뒤로 휘면서 불쑥 절벽을 내놓는다. 절벽에 기댄 천년 소나무는 외로움에 사무쳐 머리를 풀어버리고, 그 절벽을 호숫물이 때린다. '철벅' 호수도 소나무 함께 운다. 그 밑에 깔린 돌멩이들도 따라서 서걱서걱 운다. 센티 해진다. 가버린 옛사랑이 떠오른다.

기차는 가다 쉬고, 쉬다가 또 간다. 기차길 따라 붉고 노란 들꽃들이 점점이 뿌린 듯 피어 흩어져 있다. 외로움이 사무쳐 붉게 멍든 바늘잎 꽃송이 엉겅퀴꽃, 노란 좁쌀 꽃이 북쪽 시베리아에서도 피고 있었다. 우리는 '아리랑'을 부르고 이어서 '고향의 봄'을 불렀다. 아직 꽃을 피우고 싶은데 나를 버리고 가는 세월이 야속하고, 백선

마크 달던 여고 시절은 그립고 아쉽다.

셋째 날, 알혼섬으로 가기 위해 버스로 시베리아 벌판을 6시간 달렸다. 끝없는 초원이 보자기처럼 펄럭댄다. 소 떼가 점점이 모여 풀을 뜯고 있었다. 목동은 어디에도 없다. 사육이 없는 소들이 무척 평화로워 보였다. 주인과 소들은 서로 얼굴을 알고 있어서 소들은 스스로 귀가한다고 한다. 시베리아 초원은 소들의 낙원이다.

화장실을 가기 위해 군데군데 휴게소에 들렀다. 화장실은 모두 유료였다. 옛날에 시골 영감이 서울 나들이를 와서 화장실 문이 잠긴 것을 보고, 훔쳐 가지 못하게 잠갔다고, 서울인심 야박함을 비웃었다는 것이 생각났다. 시골 영감에게 오물은 농사에 중요한 '거름'이다. 모두 무료로 퍼 가게 한다. 모든 것이 국영화되어 '무료'라는 사회주의 국가에서 화장실 이용료를 받는 것이 의아했다. 대표들이 달려가 일괄 계산을 했다. 인천공항에서 화장실 갈 때 쓰겠다고 루블을 잘게 바꿔 온 내 손이 무색하다.

알혼섬으로 들어가는 선착장에 도착했다. 배는 국영으로 무료로 운영되고 있었다. 추적추적 비가 내린다. 추워서 겉옷을 꺼내 입었다. 조국은 지금 가마솥더위로 들끓고 있다는데 이 무슨 호강인가? 춥다는 소리를 아낀다. 알혼섬에서 숙소가 있는 마을로 가기 위해 사륜구동 군용 지프 우아지를 탔다. 원유 가공 순도가 가장 낮은 가등경중의 중유를 사용하는지 매캐한 냄새 때문에 머리가 아프다. 한 동창생은 마스크를 착용했다. 섬은 길고 완만한 곡선으로 게으르게 누워있다. '비이~잉' 길고 완만한 곡선으로 누운 산들은 희부옴한 초록 연기가 감싸 길게 늘어지고 휘어진다. 그 곡선을 따라 시선도 길게 늘어지고 휘어진다. 어지럽다. 마법에 걸릴 것 같다. 산들은 문득 품은 푸른 호수를 꺼내 보인다. 호수는 깊고 푸르게 반짝인다. 알혼섬의 영롱한 눈동자 같다. 과연 스페인의 건축가 가우디의 말처럼 '곡선은 신의 선'이었다. 황톳길은 길게 고개에 걸려있고 우리는 그 길에 얹혀 울퉁불퉁 딸려 가고 있었다.

친구가 운전기사에게 '기사님 아직 멀었어요?' 큰 소리로 물었다. 대답이 없다. 우리말을 못 알아듣는 운전기사가 마법에 걸린 것만 같다. 샤먼이 되려면 '통과제의'를 거쳐야 하는데, 우리는 그 통과제의를 하는 것 같았다. 독한 중유 냄새를 맡으며 울퉁불퉁 전신을 떨어가면서 말이다.

후지르 마을에 도착하였다. 그 마을엔 몽고족 브리야트인이 살고 있다. 그 브리야트인 중 코리족이 바로 우리 민족의 시원이라고 한다. 유전적으로 한국인과 같고 풍습과 구전되는 전설이 유사하다는 것이다. 무병장수를 위해 아이들 이름을 개똥이 골목개. 골밖개등 일부러 천한 이름을 지어 부른 풍습, 나무꾼과 선녀, 심청전 같은 인신 공양의 전설이 바로 이곳에도 전해 내려오고 있다. 마을을 열심히 둘러본다. 마주치는 사람 누구든 붙잡고 잘 있었느냐 묻고 싶다. 목조건물과 마당을 두른 목책이 황토 먼지를 뒤집어쓰고 뿌옇게 바래가고 있었다. 아득한 어린 시절 내가 뛰어놀던 마을의 모습이다.

드디어 부르한 바위가 보이는 샤먼의 언덕에 왔다. 어워라는 장승이 13개 서 있다. 모두 샤먼의 13명 아들로 세케르라는 오방천을 찬란하게 휘감고 있다. 성황당에 돌을 던지며 소원을 빌 듯, 음식을 먹기 전에 떼어 던지며 고수레하듯 관광객들이 던진 동전들이 어지럽게 널려있었다. 한 개 챙겨보려 동전을 집었는데 여기저기서 않되! 라고 소리친다. 내가 소도로 도망간 죄인을 잡은 것도 아닌데 말이다.

부르한 바위 섬이 날렵한 해안선을 그리며 호수로 달려가다 딱 멈췄다. 뒤돌아서 서서 세케르 장승을 돌아보고 있었다. 아니, 세케르 장승이 부르한 바위를 불러 세운 것 같다. 둘은 강한 자력으로 서로 끌어당기고 있었다. 그 기氣를 받기 위해 영靈을 갈구하는 사람들이 세계 각지에서 이곳으로 순례를 오는 것이다. 우리가 오늘 여기 온 것은 핏줄이 당긴 게 분명하다. 오묘한 신비에 우리는 몸 둘 바를 모른다. 늦은 저녁에 바이칼의 하늘은 장엄한 노을을 펼쳤다. 우리는 거기서 멋지게 라인댄스를 했다. 손을 뻗어 천신을 부르고 발을 굴러 지신을 불렀다. 바이칼의 신은 노을로 파안대소하였다. 하늘의 얼굴은 청회색 주름을 너울거리며 주홍색으로 화려하고 웃는다. 호수 위로 그 웃음이 좍좍 끼얹어진다. 출렁출렁 지신이 춤을 춘다. 우리는 그 기를 받으며 샤먼 춤을 추는가!

바이칼의 밤은 깊어가고 우리는 신비한 어둠의 이불을 덮고 잠이 든다. 꿈속은 태초에 여기를 떠나올 때의 밤이다. 그 꿈속에서의 꿈은 남쪽 나라 부여, 고구려, 백제 그리고 전주.

마지막 날이다. 북방 미인 자작나무 숲을 지나 민속촌 박물관을 돌아보았다. 춥고 척박한 시베리아 벌판에서 농경과 목축 수렵으로 살아가는 소박하고 부지런한 농부들의 삶이 보인다. 집 집마다 러시아 정교회 성가정 성화가 걸려있다. 한국에서 그 성화를 볼 때마다 얼굴이 역 삼각인 것이 의아했는데, 이곳 주민들의 얼굴이었다. 톨스토이의 '전쟁과 평화'에 나오는 농민 카라타예프의 얼굴일 것이다. 그는 하느님을 믿고 순응하며 온화한 삶을 사는 농민이었다. 나폴레옹의 러시아 침공 때 강제징병 되어 포로가 되었다. 비참한 포로 생활을 하면서 날마다 기도한다. '돌처럼 누워 자고 빵처럼 일어나게 하소서' 대문호 톨스토이의 이상적 인물인 것이다.

마지막 날 저녁 식사 때였다. 전통 복장을 한 현지인들이 전통 현악기 발랄라이까, 아코디언, 바얀을 연주하였다. 각종 농기구가 타악기로 등장하였다. 우리는 모두 참여하여 농기구로 된 타악기를 연주하며 어울려 흥겹게 춤추었다. 나에게 러시아 무희가 고무래를 들려주었다. 나는 순간 씨앗을 뿌리고 싶었다. 고무래는 뿌린 씨앗을 흙으로 곱게 덮어주는 농기구다. 우리는 곡창 호남평야가 낳아 기른 딸들이지 않은가!

바이칼에 안녕을 고하는 시간이 다가왔다. 체르스키 전망대에 올라가 바이칼 호수에 눈으로 인사를 하고 반별로 단체 사진을 찍었다. 대표가 튀어나와 신들린 춤을 추었다. 바이칼에 보내는 샤먼 춤이다. 유람선을 타고 호수를 돌며 바이칼을 눈으로 어루만져 본다. 바이칼이 내어준 물고기 오믈 훈제와 러시아의 술 보드카를 마셨다. 러시아문학과 바이칼이 무대인 이광수의 '유정'으로 이야기꽃을 피웠다. 가이드가 관심 없다는 듯 딴전을 피우며 스마트폰만 들여다보고 있다. 그는 말했다. 한국은 이곳 시베리아 이르쿠츠크에 한국 총영사관을 설치하여 자원외교에 총력을 기울이고 있다고. 그것은 문학이 먼저 씨앗을 뿌렸기 때문에 가능한 일이었을 것이다. 마지막 날 그가 우리가 샀던 꿀의 개수를 잘못 계산해 배부를 잘못한 헤프닝이 일어났다. 명석한 우리의 친구가 다시 계산해 오히려 돈을 돌려받았다. '문학과 6펜스' 허허~

이르쿠츠크를 '이러코저러코'로 불러야 한다는 한 친구의 말에 폭소를 터트렸다. 출국할 때부터 이러저러한 일이 많이도 발생했다.

이제 내 나라로 돌아간다. 저마다 가슴 가득히 상념을 안고서. 그러나 가서 말해야지. 내 나라가 가장 좋다고.

바이칼 호 : 동시베리아 소재. 세계에서 가장 깊은 내륙호수 1996년 세계 문화유산 등재. 호수 가운데 우리 민족의 시원 알흔 섬이 있다.

3부

행복한 왕자

그 침상

적격증빙의 원칙만 내세우는 세무조사는 그리스 신화에 나오는
괴물 푸로쿠스테스의 침상과 같다.

내 고객에게 세무조사 결정 통지서가 날아왔다. 하늘이 무너지는 것 같다. 그것은 세금폭탄이기 때문이다. 국세청이 사업자가 자진 신고한 종합소득세를 분석하였다. 그 결과 경비 과다를 의심하는 것이다. 불행하게도 사업자는 이 경비에 자유롭지 못하다. 자진신고 이것이 문제다. 자진신고는 세금의 자기 결정권을 존중하는 것이다. 세금 앞에서 자유라고 할 수 있다. 그러나 세금이란 곧 돈이고 돈에 자유로운 사람은 없다.

기한에 맞춰 세무 신고된 비용은 적격증빙이라고 한다. 해마다 종합소득세 신고 안내문에는 적격증빙이 없는 경비에 대하여 경고를 한다. 그 금액을 오천만 원으로 한정하였다. 매출의 고하를 막론하고 무조건 오천만 원이다.

적격증빙의 원칙만 내세우는 세무조사는 그리스 신화에 나오는 괴물 푸로쿠스테스의 침상과 같다. 그 괴물은 자기만의 침상에 사람을 눕혀서 침상 밖으로 나간 신체는 잘라낸다. 세무조사는 적격증빙 없다는 변명을 잘라버린다. 고객의 비명이 들리는 것 같다. 이 사업자에게 종합소득세율 15%가 적용되었다. 경비 오천만 원이 부인되면 과표는 9천6백만 원으로 뛰어 세율도 35%로 오른다. 18,700,000의 세금을 추가로 내야 한다. 가산세 40%가 붙고 지방세 10%가 붙으면 28,798,000원을 더 내야 한다. 날이 갈수록 일일 2.5/10,000 이자가 또 붙는다. 이 사업자에게 적격증빙이 없는 비용이 일억 원이 넘는다. 이 사업자는 4대 보험에 가입하지 못하는 불법체류 외국인을 고용하였다. 3개년도만 조사한다고 해도 세금은 억 소리가 두 번은 날 것이다. 오십 대의 여성 사업자는 이 세무조사를 극복하지 못하고 무너져 버릴 것이다. 그녀의 세무사인 나는 오싹 소름이 끼쳤다.

사업자의 조사대상 기간인 3년의 기장을 다시 하였다. 이것은 무의미하게 허무를 할퀴는 것 같았다. 이미 흘러가서 달라질 수 없는 과거사를 들추며 나 자신을 고문하는 일이었다. 나는 머리를 움켜쥐고 뜯었다. 종합소득세 신고할 때 사업자와 세율과 세금을 놓고 실랑이를 하였다. 나는 적격증빙을 갖추지 못한 것을 경고하였었다.

세법의 원칙인 사실주의로 변명을 해 보는 수밖에 없다. 그녀는 임차료가 싼 험지에 사업장을 꾸렸다. 교통이 불편하니 일하러 오는 사람이 없었다. 떠돌이 불법 외국 노동자를 겨우 구할 뿐이었다. 힘센 갑인 원청은 하청을 주면서 단가를 후려쳤다. 공급가액을 올린 가공 매출세금계산서도 요구하였다. 조사관은 왜 그랬냐고 쿨하게 말할 것이다. 그럴 수밖에 없었다. 살고자 했으니까. 살아내야 했으니까. 와서 보면 나라님도 어쩔 수 없다는 것을 알게 될 것이다. 나는 혼자서 넋두리를 중얼대며 증빙자료를 주섬주섬 모으고 예금통장을 뒤적였다. 적격증빙이 없는 것은 예금통장의 출금을 경비로 소명할 것이다. 통장의 수많은 출금이 어지러웠다. 겨우 콤마 한 개 찍는 적은 금액이 연민을 불러일으켰다. 그렇게 적은 금액은 눈물이다. 아끼고 망설이고 참고 견딘 흔적이다. 그러나 세금은 피할 수 없는 두려움이다. 그 금액은 콤마를 세 번은 찍을 것이다. 억 소리 나는 금액 말이다. 가산세는 또 얼마나 무자비한가. 신고불성실. 납부 불성실. 세금계산서 미발행 가산세. 인건비 지급 조서 미제출 가산세까지 합치면 본세의 50%가 넘어버린다. 가산세 포함된 종합소득세의 10% 지방세까지 부과된다. 에누리 없이 야무지게 비정하다. 예로부터 세금쟁이 앉은 자리에는 풀도 안 난다고 하였다. 사업자는 이 사실을 알고나 있을지 의문이다. 알게 되면 그녀는 죽으려 할 것이다. 사업자들에게 돈은 생명과 같다.

밤늦게 돌아와 자리에 누웠으나 잠도 오지 않는다. 뜬눈으로 지새우고 무거운 맘으로 출근하였다. 아침부터 전화가 울렸다. 자료 제출하라. 소명하라. 빨리빨리! 전화벨 소리가 포탄처럼 날아들었다. 계속하여 날아오는 또 다른 포탄 소리가 무섭다. 사업자의 전화였다. '나는 한 푼도 더 세금을 낼 수 없다! 세금을 더 낸다면 책임을 물을 것이다. 각오하라!' 이것은 또 무슨 소리란 말인가. 폭탄보다 더한 폭언이다. 오로지 사업자를 지키기 위하여 밤을 새운 자기의 수호천사에게 폭언을 퍼붓다니. 수호천사에게 폭언할 수 있는 이는 하느님과 악마뿐인데 말이다.

마침내 세무서 조사과 테이블에 삼자가 마주 앉았다. 서로 깊이 불신하며 으르렁거렸다. 조사관은 사업자 통장의 현금 입금을 매출 누락으로 몰아쳤다. 이 건은 내 예상 밖이었다. 현금 입금이 또 다른 괴물의 침상이 되었다. 사업자는 빌린 돈이라고 황급히 변명하였다. 조사관은 빌려준 사람을 밝히라 으르렁댔다. 그것은 빌려준 사람 쪽으로 세금 포탄을 던지겠다는 것이다. 판이 점점 커졌다. 예금통장 내용으로 지루하게 공방전을 벌이다가 세무조사가 끝날지도 모른다는 생각이 들었다. 예금통장의 입금은 사업자의 침상이므로 나는 조금은 안도하였다.

그러나 예금통장 입금으로 불티가 날아들자 사업자는 애먼 나를 의심하였다. 이미 나와 조사관이 거둘 세금 규모를 정하였다고 넘겨짚었다. 조사관과 나는 소통을 하고 있었다. 쉽고 빠르게 조사를 하기 위하여 서로 협력하기로 한 것은 사실이다. 사업자는 내가 예금통장 내용을 꼬치꼬치 묻는 것을 의심하는 것이었다. 일원이라도 경비를 더 찾아보려는 내가 의심스럽기만 한 것이다.

조사관은 기세등등하였다. 통장의 '입금'이라는 먹이를 물었다. 그런데 반전이 일어났다. 사업자가 울부짖는 것이었다. 나는 숨을 죽이고 둘의 싸움을 지켜보았다. 이제 사업자에게 세금은 목숨을 노리는 무기와 같았다. 안 먹고 안 쓰고 고생고생하며 돈을 번 대가가 바로 이런 것이냐며 울부짖었다. 조사관들이 흠칫 놀라며 난처한 표정을 짓는다. 세무조사를 받는 납세자는 원래 납작 엎드리고 보는 것인데 그녀는 오히려 기세등등하였다. 조사관은 질세라 목소리를 높이며 이내 맞섰다. 조사 기간을 연장하겠다고 으름장을 놓았다. 사업자도 냉큼 맞섰다. 얼마든지 하시라 하나도 안 무섭다 땅땅 소리쳤다. 둘 다 장하다. 잘들 하신다. 대체 통장의 입금은 어디에서 왔는지 나도 알고 싶었다. 그녀는 집에 쌓아놓은 현금을 통장에 입금했다고 소리쳤다. 어제 분명히 빌린 돈이라더니 왜 딴 말이냐? 그것은 고의로 누락시킨 현금매출이 분명하다. 현금 입금 출처와 증거가 없으니 과세하겠다! 억울하면 증거를 대라고 조사관이 일격을 가했다. 현금매출 누락은 세금폭탄 속의 폭탄이다. 종합소득세와 부가가치세 폭탄을 한꺼번에 맞는 것이다. 세금계산서 미발행 가산세 2%도 붙는다. 나는 더욱 졸아들었다. 이쯤에서 그녀에게 무릎을 꿇고 빌어보라고 말하고 싶었다. 그러나 그녀는 증거가 있다고 소리 질렀다. 어찌나 분명하고 용감하고 단호한지 모두 깜짝 놀랐다. 그녀는 분명한 증거를 제시하겠다고 하는 것이었다. 나는 증거 제시 준비를 위하여 세무조사 휴전을 요청하였다. 조사관들은 상부에 세무조사 연기 신청을 냈다. 조사관들의 권위가

서는 것 같았다.

여전히 잠을 이룰 수 없다. 현금은 어디에서 왔을까? 세무조사 시작일 3년 전을 거슬러 소지한 현금이 있다면 현금흐름을 소명할 수 있을 것 같다. 재무제표의 전기이월을 찾아야 한다. 하지만 그건 내일이 아니니 나도 어쩔 수 없다는 생각이 들었다. 낮에 조사과에서 벌어진 전쟁에 치가 떨린다. 그까짓 거 세금을 가지고 멀쩡한 사람들이 그토록 으르렁거리다니. 예상외로 여성 사업자는 사납고 당차고 용감했다. 조사관은 처음부터 여성 사업자를 쉽게 생각했던 것 같았다. 나도 마찬가지였다. 그 용감함이 더 큰 세금을 불러일으킬 것 같았다. 이 조사에서 나는 빠지고 싶었다. 하지만 세금계산과 신고는 내가 한 일이었다. 내게 피할 수 없는 책임이 있었다. 나는 그녀의 세금을 원칙대로 다시 계산하였다. 불법 외국인을 고용하고 지출한 임금은 가산세를 내고 인정을 받을 것이다. 실제 쓴 경비와 현금으로 지출한 경비 내역서를 작성하기로 했다. 잘못을 시인하는 것이다. 그것만이 이 조사를 끝낼 수 있을 것이다. 세금을 내는 사람은 내가 아니고 사업자다. 나는 이 사업자를 잃을 것이다.

다음 날 사업자가 비장한 표정으로 사무실에 들이닥쳤다. 뜻밖에 3년 전의 현금이 있었다. 바로 교통사고 보상금이었다. 그녀가 조사관들에게 울부짖을 만 한 일이었다. 그 현금이 바로 전기이월액이었다. 현금의 입금이 가까스로 소명되었다.

이제 과다경비를 따질 차례다. 적격증빙만 고르는 괴물의 침상에 눕는 일을 시작할 차례다. 사업자는 재빨리 힘 있는 세무사를 섭

외하였다. 조사관의 전 직속상관이었던 세무사를 찾아간 것이다. 나는 진심으로 사업자와 고난과 고통을 함께 했다. 그들은 괴물의 침상에 나를 눕히고 싶은 것이었다. 내가 스위스 용병이라면 얼마나 좋을까. 용감히 맞서 싸우다 죽을 수 있으니 말이다. 당황한 나는 조사관에게 돈키호테 이야기를 하였다. '작가 세르반테스는 세리였습니다. 그는 항상 납세자에게 유리하게 세금을 적용하라고 하였습니다.'

세무조사 결과 예상대로 억 소리 나는 세금이 부과되었다. 나는 침상에 누워 이리저리 오그리고 움츠렸다. 돈키호테를 운운하면서 말이다. 그나마 적은 액수였다. 그러나 사업자는 신체가 잘려나간 듯이 앓았다. 고열과 몸살 편도선염으로 신음하였다. 세금은 정확한 디지털의 숫자다. 세무조사는 아날로그 방식이다. 공평하지 못하다. 자진 신고한 과표를 조사하는 것 자체가 이론에 어긋난다. 약 주고 병을 주는 것이다.

세무조사가 끝나자 사업자는 폐업의 수순을 밟고 있다. 그녀는 세상을 떠나 깊은 산속으로 들어가서 살 것이라고 하였다. 나름은 열심히 일하고 세금을 냈는데 부당한 대우를 받아 너무도 억울하다는 것이다. 세무조사 받는 그 기간을 생각하면 세무사인 나도 치가 떨렸다. 그녀가 다른 세무사를 불러들인 것조차도 이해가 되었다. 이 조사에서 그녀는 굴복하지 않는 용감한 장군 같았다. 그녀가 폐업한다면 국가는 한 귀퉁이를 잃게 된다. 고대 로마의 명장 스키피오는 로마를 침략한 카르타고의 한니발을 무찔렀다. 위기의 로마를 구했다. 그러나 장군은 공금횡령으로 원로원의 탄핵을 받았다. 일촉즉발의 위험뿐인 전쟁터에서 쓴 비용은 적격증빙이 없었다. 그것을 원로원의 정적들이 공금횡령으로 몰았다. 스키피오 장군은 자신의 뼈를 로마에 묻지 말라는 유언을 남겼다. 실제 장군의 무덤은 로마에 없다고 한다. 그녀가 폐업하고 산으로 들어가더라도 세금은 내고 가야 할 것이다. 그녀는 나에게 세무조사대행 수임료를 줄 생각이 없다. 조사관들은 내가 상당한 수임료를 받은 것으로 알았다. 그 난처한 눈빛을 피하며 나는 둘러댔다. 이번 세무조사는 당신들의 전직 상관이었던 세무사의 공이 크다. 넘겨짚은 것인지 모르겠지만 그렇게 해야 내가 좀 덜 억울했다.

그녀에게 높아진 소득의 건강보험료 폭탄이 또 날아올 것이다. 당연한 사실이지만 그것을 차마 미리 알릴 수가 없었다. 계약사항만 지키는 용병처럼 나는 불리한 것을 피하려 했다. 나는 로마 교황청에 한번 가보고 싶다. 거기 가서 교황청을 지키는 멋진 스위스 용병의 사진을 찍을 것이다. 교황청이 그들에게 종신 계약을 해준 것을 부러워하면서 말이다.

꽃의 파티

담배는 오늘도 복지를 위하여 몸을 사른다. 소신공양한다.

양귀비꽃이 붉게 피었다. 유월의 싱싱한 햇살 속에서 바야흐로 절정이다. 쑥 뽑아 올린 목을 살짝 휘어 비트는 모습은 간드러진 여인 같다. 여인 양귀비도 이 꽃처럼 화려하고 아름다웠다. 과연 당나라 현종의 태평성대(713년) 개원의치를 말아 먹은 경국지색傾國之色이었다.

양귀비는 원래 현종의 며느리였다. 그녀는 시와 노래를 잘하였고 춤을 잘 추었다. 희고 부드러운 피부와 풍만한 몸매의 그녀는 파티의 꽃과 같았다. 시아버지 현종은 며느리에게 반했다. 현종은 며느리를 아들에게서 빼앗았다. 절차를 밟았다고 하지만 그것은 군주의 치명적인 실수였다. 양귀비의 친정 양씨가문은 권력을 잡고 부정부패를 일삼았다. 그 썩은 정권을 유지하기 위해서 양귀비는 변방의 장수 안녹산을 끌어들였다. 양귀비는 안녹산을 양아들로 삼아 포대기에 싸서 업는 퍼포먼스를 하였다. 포대기에 싸여 양귀비 등에 업힌 안녹산은 양 씨 족벌의 부패에 치를 떨었다. 안녹산은 절치부심하며 양 씨들을 뒤엎을 생각을 하였다. 아이로 불릴 때 장수는 치욕을 느낀다. 양귀비는 장수를 너무나 몰랐다. 양귀비가 아들이라 칭하던 장수 안녹산이 마침내 난을 일으켰다. 현종은 난을 피하여 장안을 버리고 북서쪽 감숙성으로 피난을 갔다. 왕의 호위무사들이 난의 원인인 양귀비를 제거해야 한다고 주장하였다. 현종은 살기 위하여 양귀비를 제물로 바쳐야 했다. 양귀비에게 목을 매어 자결하라는 명을 내렸다. 당 현종은 아이처럼 엉엉 울었다. 현종의 양귀비에 대한 사랑은 진심이었다.

천년 후 1839년 8월 29일이었다. 중국은 영국과의 아편전쟁에 패하였다. 전쟁의 마무리로 난징조약이 체결되었다. 중국은 홍콩섬과 주룽반도를 영국에 제물로 바쳐야 했다. 이것은 양귀비를 제물로 바친 것과 같다. 아편을 바로 양귀비 열매로 만드니 말이다. 아편은 영국의 대중국 무역역조 해소용이었다. 중국인들은 처음에 아편을 약으로 썼다. 약이란 독의 다른 이름이다. 독 중에 중독이 가장 독하고 무섭다. 당시 중국에 흉년과 기근이 닥쳤다. 농민들은 살길을 찾아 도시로 모여들었다. 인구가 집중된 도시는 병마와 범죄가 들끓었다. 그나마 위안으로 피우던 담배는 금지되었다. 이틈을 아편이 파고들었다. 중국인에게 아편만큼 매력적인 위안이 있을까 싶다. 황제가 즐기던 시와 노래 춤이다. 약의 위안이 지나치면

중독의 환락으로 빠진다. 중국인만이 빠질 수 있는 역사적 환락이지 싶다.

황제의 전권대사 임칙서는 영국 상인의 아편을 몰수하여 바다에 던졌다. 그의 결단과 용기는 우국충정이었다. 영국은 이를 핑계 삼아 중국을 침략하였다 프랑스를 끌어들였다. 영국과 프랑스군은 연합하여 대포와 총을 쏘며 북경을 침략하였다. 중국의 함풍제는 북경을 버리고 열하로 몽진을 떠났다. 위험에 빠진 중국이 다급하게 러시아에 중재를 부탁하였다. 러시아가 이 전쟁을 중재하여 난징조약이 체결되었다. 중국은 영국에 불평등한 배상금을 물었다. 영국은 홍콩을 100년간 조차租借하였다. 영국은 서구열강제국들의 간섭을 피하고자 100년과 빌린다는 뜻의 조차라는 용어를 썼다. 그러나 중국인에게 백 년은 영원의 시간을 뜻하고 조차는 땅을 빼앗긴다는 뜻과 같았다. 중국인들은 제물로 바친 양귀비의 천년 한이라고 통탄하였다. 그들은 아편전쟁의 원인을 찾아보았다. 담배가 한가지의 원인을 제공하였다. 당시 중국에는 담배가 사치품이었다. 사치품이므로 중국은 담배를 금지하고 통제하였다. 국가가 금지하고 통제하면 반대로 그것은 인기가 치솟는다. 담배가 대단한 사치품으로 공인받은 셈이다. 담배 피우는 남자는 상남자라고 자타가 인정하게 되었다. 담배 유통이 금지된 틈으로 영국 상인이 아편을 들였다. 영국 상인의 불법 밀매가 독버섯처럼 퍼졌다. 중국인에게 담배보다 아편은 구하기 쉬웠다. 치료와 환락을 주는 만병통치약이 되었다. 영국 상인의 목표 아편의 자발적 재구매는 손쉽게 달성

되었다.

현대에 흡연은 대단한 사회문제다. 흡연이 유익하다고 믿는 사람은 없을 것이다. 하지만 담배는 엄연히 먹는 음식이다. 어린 시절 동네 할아버지들은 토끼풀꽃으로 담배를 말아 피웠다. 아직도 나는 그 할아버지들을 멋진 사람으로 기억하고 있다. 적당한 흡연은 위안을 준다. 고된 육체노동을 하는 노동자들이 피우는 담배는 그들의 위안이다. 그것을 보는 이도 위안받는다. 글이 잘 안 풀리는 작가가 담배를 피우는 모습도 멋있다. 그는 곧 심금을 울릴 명작을 내어놓을 것이다. 담배 한 대가 살인도 면하게 한다는 말도 있다. 담배는 고단한 인생의 동반이요. 성찰과 사유의 반려다.

담배는 국가가 관리한다. 담배는 청정지역에서 재배하며 농약을 쓰지 않는다. 담배 만드는 과정에 향을 넣어 찐다. 담배는 향기롭고 구수하고 그윽하다. 담배 개비에 세심한 필터가 달려있다. 그래도 흡연에 중독된 사람은 많고 많다. 중독자의 위험은 개인의 자유의지를 잃는 것이다. 무엇보다도 이들이 국가에 세금을 내고 있다. 우리나라는 담배가격 중의 74%가 세금이다. 사람들은 담배에 붙은 세금을 흔히 죄악세라 한다. 담배의 세금은 소비자가 부담하는 간접세이므로 세금징수가 편하다. 흡연자들은 세금을 바치는 숨은 애국자다. 누구에게도 환영받지 못하는 슬픈 애국자다. 담배의 세금은 담배 수급 관리만 하면 된다. 담배 수급 관리는 제품생산 단계에서 마무리되어 사실상 세금이 확정된다. 흡연은 국가의 세금중독을 부른다고 할 수 있다.

2015년 담배가격이 인상되었다. 무려 115%였다. 시중에서 가장 많이 유통되는 담배는 2,500원에서 4,500으로 인상되었다. 정부는 다른 나라와 비교하여 가격이 저렴하다는 핑계를 댔다. 담배세를 복지와 교육예산 금연 클리닉운영비에 쓴다고 하였다. 담배가격 인상으로 세금이 손쉽게 확보된다. 다 알고 있으면 안 피우면 그만이다는 식이다. 건강에 해롭고 돈이 낭비되니 누가 담배를 살 것인가. 대부분 국민은 안도했다. 이번 기회에 담배를 끊자는 캠페인도 일었다. 전자담배도 생겨났다. 담배가격 인상으로 정작 떤 것은 정부였다. 흡연인구가 줄면 거두어들일 세금이 줄기 때문이다. 담배로 징수되는 세금은 근로소득세의 50%다. 2015년 기준 12조 4천억 원이다. 흡연인구는 성인 기준 22%다. 10명 중 2명이 담배를 피워서 8명분의 세금을 내고 있다는 말이다. 이제 그 2명은 담배를 끊을 것이다. 그러나 흡연율은 다시 오르기 시작했다. 담배의 중독성이 그 역할을 하는 것이다. 양귀비의 데자뷔가 보인다.

건물의 뒤편 으슥한 곳에서 자욱한 연기가 피어오른다. 그 연기는 낮게 뭉글뭉글 피어오르는 꽃송이다. 봉오리 지고 피어나고 퍼진다. 그것은 세금 꽃 파티다. 교육과 복지예산의 제물로 바쳐진 이 꽃 파티가 오래 계속되어야 할 것이다. 그 꽃이 진자리에는 열매도 달린다. 미래의 복지예산 절약이라는 열매다. 흡연자들은 흡연으로 인하여 장차 수명이 단축될 것이다. 국민의 장수로 미래의 복지예산은 눈덩이가 될 것이다. 흡연자들의 담배중독으로 일찍 죽으면 복지예산은 남는다. 증세 없는 복지 실현을 할 수 있다. 담배는 오늘도 복지를 위하여 몸을 사른다. 소신공양燒燼供養한다.

홍콩에 거주하는 중국인들은 보이차와 동충하초, 우리나라의 홍삼으로 아편중독을 치료하였다고 한다. 이 물건들을 사는 사람들은 네트워크를 짜고 구매 실적에 따라 상금을 지급하였다. 보상 시스템은 아편중독 치료에 효과를 거두었다. 홍콩은 번영하기 시작했다.

담배중독을 홍삼으로 치료할 수 있겠다. 기왕이면 홍삼 담배를 만들어 팔면 좋겠다. 흡연자들이 홍삼 담배에 중독된다면 간접세 시스템으로 세금이 증가한다. 구매 실적에 따라 포인트를 쌓아주는 보상 시스템도 마련한다면 증세와 복지는 덤으로 따라올 것이다. 홍콩이 초일류 도시가 되어 중국 품으로 돌아간 것처럼 말이다.

아편전쟁(1839-1860) : 중.영의 무역 전쟁. 중국이 패하여 종이호랑이로 적락함.

내 이름은

납세자는 호모 택스 데우스 그 앞에서 진실로 작아질 것을 맹세합니다.
그물에서 빠져나가는 법입니다. 납세자의 공평 과세 구현입니다.

세금의 옛 이름은 조세租稅였습니다. 농사지은 벼를 지주에게 바치는 것은 조租입니다. 그것을 지주가 나라에 다시 바치는 것이 세稅입니다. 둘 다 바치는 것이므로 조세는 세금이고 세금은 조세입니다. 세금은 인간이 정착하여 공동생활을 하면서 만들어졌습니다. 공동체를 지키고 보호하고 발전시키기 위한 기금입니다. 세금은 법으로 정하여 강제로 징수합니다. 강제로 바치는 것이므로 불평불만이 숙명처럼 따라다닙니다. 그 불평불만의 없애는 방법은 공평 과세입니다. 세무서 현판에는 큰 글자로 '공평 과세 구현'이 걸려있습니다. 조세 행정의 이상입니다. 납세자는 그 현판의 '공평'이 왠지 두렵기만 합니다. 그것은 공법의 강제 적용이며 의무와 처벌이 따르기 때문일 것입니다.

세금의 명칭은 수도 없이 많아졌습니다. 국세, 지방세, 관세 이 명칭 아래 또 얼마나 많은 세금의 명칭이 다닥다닥 붙어 있는지 셀 수도 없습니다. 21세기 학자 유빌 할라리는 신처럼 전능한 인간을 일컬어 호모 데우스Homo Deus라고 하였습니다. 현대의 세금은 바야흐로 신처럼 전능한 호모 택스 데우스Homo Tax Deus라 할 수 있을 것 같습니다. 우리는 숨 쉴 때마다 세금이 따라붙는다고 할 수 있습니다. 아니? 숨 쉴 때마다? 우울해집니다. 막연히 불안하고 초조해집니다. 스페인 사람들은 금을 마음의 병을 치료해주는 약이라고 했습니다. 그 금 앞에 세稅자가 세균처럼 붙었으니 그 세금이 마음의 병을 일으키는 거 같습니다.

돈이 필요 없는 사람이 있을까요? 우리는 첫돌도 떼기 전에 돌상에서 돈을 보고 집었습니다. 돈이란 줄 수는 있어도 빼앗기면 안 되는 것입니다. 애써 바친 세금이 잘못 쓰이거나 헛되이 새나가면 세금은 바친 것이 아니라 빼앗긴 돈이 됩니다. 역사 이래로 나쁜 세금 때문에 많은 내전이 일어났습니다. 미국의 독립전쟁은 식민지 거주민에게 수입하는 차茶에 차별 과세했기 때문에 발발하였습니다. 프랑스혁명은 평민에게만 부과하는 불평등한 세금 때문에 일어났습니다. 우리나라의 동학혁명은 농민에게 과중하게 부과한 세금이 원인이었습니다. 내전은 바로 빼앗기는 돈에 대한 반발입니다. 전쟁 결과 수많은 인명이 살상되었습니다. 사람 나고 돈 났는데, 돈 나고 사람이 죽은 것입니다. 사람이 죽지 않게 하려면 국가는 돈 나는 법을 잘 알아야 합니다. 즉 누가 세금을 내고, 왜 세금을 내야 하며 어떻게 거둘지 알려야 한다는 것입니다. 능력에 맞게, 부담도 같게는 세금의 기본 원칙이고, 좀 더 똑똑한 세금은 그 세금을 사용하여 어떤 대가를 줄 수 있는지를 보여주어야 합니다.

능력이란 부富의 수직적 측정입니다. 부자는 세금을 많게, 빈자는 세금을 적게, 라는 원칙입니다. 부담도 같게, 라는 것은 그 수직적 측정에 맞는 수평적 평등입니다. 같은 크기의 과표에 같은 세율을 적용하는 원칙입니다.

국가는 납세자에게 공평 과세를 수직적, 수평적 평등으로 구현합니다. 그 빡빡한 강제 의무에는 자진신고 납부의 자유를 부여합니다. 자유는 선택하고 책임지는 것입니다. 세금을 내는 사람은 그것을 덫과 그물이라고 합니다. 고속도로의 속도위반처럼 말입니다. 번개를 잡은 남자 밴자민 프랭크린은 '우리가 아는 것은 죽는다는 것과 세금을 내야 한다는 것'이라고 하였습니다. 그 공로로 그는 미국 100달러 지폐에 얼굴이 올랐습니다. 대통령이 아닌데도 말입니다. 그는 피뢰침을 발명하여 하늘의 무서운 뇌성벽력은 잡을 수 있었습니다. 그러나 세금은 이 세상 어느 것으로 막을 수 없는 것을 알았습니다. 그는 프랑스의 원조를 받아내 미국 독립운동을 성공적으로 이끌었습니다. 세금은 세계의 통화 달러와도 같은 것입니다. 세금은 내야 합니다. 내는 것입니다. 공평하게 내야 합니다. 납세자의 공평은 작게 내는 방법을 찾는 것입니다. 그것이 납세자의 의무이며 세금의 자유일 것입니다.

국가는 부가가치세의 그물을 가지고 있습니다. 그 그물은 국민에게 펼쳐져 있습니다. 국민은 꼼짝없이 부가가치세의 그물에 걸려있습니다. 재화 용역을 매입할 때 꼬박꼬박 물어야 하는 부가가치세 말입니다. 사업자는 부가가치세를 환급받습니다. 소비자는 사업자에게 부가가치세를 주지 않으려고 합니다. 자금난에 시달리는 사업자는 부가가치세를 안 받고 음성 거래를 하게 됩니다. 단골 소비자는 스스로 돕는 사업자를 돕는 것입니다. 사업자에게 단골은 성골 진골보다 높은 귀족이기 때문에 알아서 모셔야 합니다. 사업자에게 부가가치세는 참으로 천연기념물 같은 세금입니다.

사업자에게 환급되는 부가세는 불평등의 대명사입니다. 이것은 갑을 관계의 사업자들에게 자주 악용됩니다. 부풀리거나 줄이는 위장매입, 알맹이도 없는 가공매입에 부가세를 붙이는 거래는 너무도 많습니다. 이 위장 가공 거래에 자유로운 사업자는 과연 몇이나 있을까요. 갑은 단골보다 더 높은 하느님인 셈이지요. 과세당국은 이런 현실을 직시하고 있습니다. 그물을 당겨야 할 때를 선택하는 것입니다.

사업자는 납기와 징수 절차의 기간에 기대어 설마설마 조마조마하며 위안받고 있을 뿐입니다. 설마 조마는 끝내 사람을 잡고 말았습니다. 실체가 없는 부가세는 납기가 한참이나 지난 후에 과세당국의 검증에 걸리게 됩니다. 부가세는 소득세로 이어지는 자가 검증의 기능이 있습니다. 소득세를 줄이는 부가세의 실체가 없으므로 소득세 과표가 커집니다. 세율은 오르고 세금은 커지고 가산세는 무자비하게 불어나갑니다. 국가는 베니스의 상인 샤일록보다 더 무섭지요. 정확하게 확실하게 살을 베어 가는 가산세 칼이 있습니다. 예로부터 세금은 거위의 깃털을 뽑듯이 아프지 않게 표나지 않게 살살 뽑아야 한다고 했는데도 말입니다. 이때의 세금계산을 다시 해 보면 가산세가 반이 넘습니다. 50%의 이자율과 같습니다. 사업자가 법인인 경우는 대표자의 인정 상여로 간주 되어 한 번 더 갑근세를 물어내야 합니다. 갑근세에 10%의 지방세가 또 붙습니다. 이 정도면 세금을 미워해야 하지 죄가 미운 게 아닙니다. 예수는 세금에 대해 말씀하시길 가이사의 것은 가이사에게 가는 것이라고 하였습니다. 그러나 이 경우는 내 살을 뜯어갔단 말입니다. 사업자는 눈물겨운 복종을 하여야 합니다. 나는 잘못을 뉘우치고 나의 고객을 위하여 모든 세금을 뒤집어썼습니다. 세상에! 잘못을 뉘우치면 용서해 준다는 말은 대체 누가 했단 말입니까.

과표가 크면 따라서 세율이 높아집니다. 세율 차이로 세금은 커집니다. 세금이 커지면 그 커진 금액은 바치기 싫어집니다. 세금의 혜택은 바친 사람이 받는 것이 아닙니다. 국가의 이름으로 분배의 정의가 실현됩니다. 그 분배의 정의는 또 다른 불평등이기도 합니다. 열심히 일하여 세금을 바치는 자와 놀면서 복지혜택을 누리는 자의 불평등 말입니다. 그 세금에 대하여 주춤해보지 않은 사람은 없을 것입니다. 이것이 세금의 딜레마입니다. 국가의 유지와 발전을 바라지 않은 사업자는 없습니다. 그래도 사업자는 눈에 보이는 덫에는 안 걸리면 그만이고 그물이란 빠져나갈 구멍이 있게 마련이라는 희망을 품고 삽니다. 덫을 피하고 그물을 빠져나오는 방법이란 과표를 작게 하는 것 말고는 없을 거 같습니다. 어느덧 납세자는 세금을 '작게'라고 말하는 것에 익숙해져 갔습니다.

경제학자들의 최적 과세론은 세금에 대한 기도문 같습니다. 세금은 첫째, 공평해야 한다. 둘째, 세금이 국민의 경제생활에 걸림돌이 되지 않아야 한다. 셋째, 정부의 수입을 안정적으로 확보해야 한다. 이것은 국가가 국민을 위해 해야 하는 의무입니다. 그리고 권력입니다. 그러나 국민에게는 국가를 위해 해야 하는 의무입니다. 세금을 내는 것은 국민이기 때문입니다. 세금을 내는 국민은 작아져야 합니다. 신에게 은총을 구할 때는 한없이 작아지겠다고 하는 기도처럼 말입니다. 작아진다는 것은 겸손해지는 것이며 겸손은 반성과 성찰을 하게 합니다. 납세자는 호모 택스 데우스 그 앞에서 진실로 작아질 것을 맹세합니다. 그물에서 빠져나가는 법입니다. 납세자의 공평 과세 구현입니다. 내 이름은 '작게'입니다. 세금이라 부르고 숫자로 씁니다.

마그나 카르타

세금 없는 국가란 존재하지 않는다. 세금이란 천연자원이 아니다.
인간이 땀과 노력으로 만들어 내는 자원이다.

대헌장 마그나 카르타는 위대한 세계유산이다. 세계 역사에 공헌하였다. 마그나 카르타는 존왕이 서명하고 선포하였다(1215). 영국 역사에서는 못난 왕이라 불리는 그가 대헌장에 서명하고 선포한 것은 역설적이다. 존Jhon왕은 헨리 2세의 막내아들이었다. 존의 형은 유명한 사자심왕 리처드 1세이다. 그는 사자의 심장으로 3차 십자군 원정을 승리로 이끌었다. 그들의 부친 헨리 2세는 리처드에게 물려준 땅을 회수하여 존에게 주려고 하였다. 아버지는 막내가 귀엽고 애틋하였다. 부자들 간에 전쟁이 일어났다. 모친 엘레오노르도 합세하여 진흙탕 가족 전쟁이 되었다. 그 모친은 중세를 통틀어 유럽에서 가장 부유한 상속녀였다. 이 가족 간 싸움에서 리처드가 승리하여 영국의 국왕이 되었다. 모친 엘레오노르와 리처드 1세는 십자군 전쟁에 참전했다. 교황청의 십자군들이 이슬람인들로부터 힘겹게 빼앗은 성지 예루살렘은 이슬람 왕 살라딘에게 다시 빼앗겼다. 유럽은 충격에 빠졌다. 영국은 일명 살라딘 세를 거두어 십자군 원정 비용을 조달하였다. 리처드 1세는 동생 존에게 영국 왕위를 맡기고 십자군을 꾸려 예루살렘을 향하여 원정을 떠났다. 리처드 1세는 십자군 원정에서 공을 세우기 시작했다. 대행왕 존은 국민에게 영국 왕 리처드 1세의 지원을 호소하며 세금을 거두기 시작했다. 국민은 환호하며 기꺼이 그 세금을 냈다.

리처드 1세는 예루살렘을 다시 정복하지 못했다. 이슬람의 살라딘은 강력했다. 영국은 중동에서 너무 멀어 전쟁물자보급이 느렸다. 무엇보다 예루살렘에는 십자군의 진짜 원정목적인 경제적 이득이 없었다. 관대한 이슬람의 살라딘은 성지 예루살렘을 개방해 유럽의 기독교인들에게 성지순례를 허용하였다. 성지회복이라는 어느 정도 목적을 달성한 리처드 1세는 고국으로 철수하기로 하였다. 그는 유럽 대륙을 거쳐 영국으로 돌아가다 오스트리아 왕에게 사로잡혔다. 타국의 왕이 허가 없이 그 나라의 땅을 경유하였기 때문이지만 몸값이 비싼 영국 왕은 탐나는 존재였다. 오스트리아 왕은 영국 대행왕 존에게 리처드 1세의 몸값을 요구했다. 존은 국민에게 그 몸값으로 또 세금을 거두었다. 영국민은 왕의 석방을 위하여 어쩔 수 없이 또 세금을 내야 했다. 예루살렘 정복을 환호하며 살라딘 세를 냈으나 이제는 눈물을 흘리며 왕의 석방 세를 내야 했다. 그러나 그 눈물은 헛되고 말았다. 거둔 세금은 왕의 석방을 늦

추는 음모에 쓰였다. 리처드 형이 돌아오면 존은 왕위를 돌려주어야 하기 때문이다. 가까스로 고국으로 돌아온 영국 왕 리처드는 불의의 사고로 죽었다. 존은 마침내 영국 왕이 되었다. 그에게 남은 건 빚투성이의 황량한 영국 땅이었다. 그는 빚을 국민에게 떠넘기고 세금을 징수하였다. 군주의 부국강병책은 어디에도 없었다. 세금을 내지 못한 국민은 토지와 가축, 집을 빼앗겼다. 반항하면 끌려가서 고문을 당하고 죽었다. 세금을 못 낸 국민은 숲속으로 달아나 도둑이 되었다. 숲속에서 그들은 뭉치고 무장하여 마을을 습격하고 관리들을 죽였다. 도둑의 무리 중에 활 잘 쏘는 로빈후드가 있었다. 그는 도둑들을 규합하고 조직하여 군대를 만들어 훈련을 시켰다. 로빈후드와 그의 부하들은 성주가 있는 큰 성을 습격하였다. 그들은 감옥을 부수고 죄수를 석방했다. 창고를 열어 곡식과 재물을 털어서 가난하고 병든 사람들에게 나누어 주었다. 도적들은 그를 대장으로 추대하였다. 로빈후드는 영국의 영광인 사자심왕 리처드 1세의 신하라는 소문이 널리 퍼져나갔다. 영국인들은 그를 의적 로빈후드라고 불렀다. 영국 각 지역에 의적 로빈후드가 넘쳤다. 로빈후드가 영국인들의 로망이 된 것이었다.

존왕은 왕권신수설을 종교처럼 떠받들고 있었다. 그 종교는 맹목의 사이비 종교처럼 위험하고 위태했다. 마침내 존왕의 신하들도 세금징수를 거부하고 봉기하였다. 세금 수입이 끊긴 존왕은 신하들에게 항복하고 문서에 서명하여야 했다. 그 문서가 바로 마그나 카르타 대헌장(1215)이다.

"대표자 없이 세금 없다"(No taxation without representation). 이는 세금징수권을 왕의 임의대로 정할 수 없고 반드시 대표들의 협의를 통하여 결정하여야 한다는 것이다. 존왕은 다급하여 서명하였다. 귀족들은 대표를 뽑아 의회를 조직하여 존왕으로부터 재산을 지킬 수 있었다. 영국 역사가 존왕의 별명을 무지無地왕이라 부른다. 그것은 세금에 대하여 무지無知하다는 낙인이기도 하다. 세금은 곧 정책이다. 정책은 국민적 합의이며 명분 있는 가치관이 필수다. 왕의 귀환을 위한, 성지탈환을 위한 것은 목표이며 기독교적 국가의 이상이 내재 되어 있다. 목표와 이상이 없는 세금은 빼앗기는 돈으로 인식된다. 국민은 세금을 거부하고 로빈후드가 된다.

400년 후 1629년 찰스 1세가 존왕처럼 잘못된 세금의 역사를 반복하였다. 찰스 1세는 세금을 마구 거두어 소모적 전쟁을 일으켰다. 그는 소모적인 전쟁에 거듭 패하여 재정을 거덜 냈다. 의회는 국왕을 압박하고 협상을 거듭하였다. 왕은 왕권신수설을 신봉하여 협상을 거부하였다. 하지만 상공업과 무역으로 강해진 국민은 이제는 왕권신수설을 신봉하지 않았다. 찰스 1세는 권리청원(1629)에 서명할 수밖에 없었다. 왕당파는 의회파인 크롬웰에 의해 격파되었다. 영국 의회는 대헌장의 정신을 새로이 확인하고 강화하여 권리청원서를 작성하였다.

"의회의 승인 없이는 국민에게 과세할 수 없다." 이것은 세금의 징수권을 전제적 왕으로부터 토론과 합의로 이루어진 의회가 가지는 것이다. 대표자 없는 곳에 세금을 징수할 수 없다.

찰스 1세는 청교도 혁명을 일으킨 의회파 크롬웰에 의해 처형되었다. 그는 급진적 금욕적 청교도 정신을 온 국민에게 강요하였다. 크롬웰은 독재자 호국경으로 군림하고 그 지위를 아들에게 왕위처럼 세습하였다. 영국 의회는 반란을 일으켜 공화정을 폐지하고 왕정을 복고하였다. 제임스 2세가 왕위를 이었다. 왕위를 이은 제임스 2세도 왕권신수설을 신봉하여 전제정치를 하였다. 영국민은 또다시 반발하여 혁명을 일으켰다. 제임스 2세는 국외로 망명하였다. 제임스의 딸 메리와 사위 윌리엄이 공동 왕으로 추대하였다. 피 흘리는 전쟁을 하지 않고 이룬 1689년의 '명예혁명'이었다. 영국 의회는 국왕에게 권리장전의 승인을 요구하였다. 권리장전은 권리청원서의 세금의 과세와 인신 보호를 재차 강조하였다. 훨씬 넓은 국민의 자유를 보장하였다.

영국 의회는 삼세번에 걸쳐 왕의 독점과세권을 제압하였다. 대헌장을 발표 후 474년 만이다. 오랫동안 시행착오를 거쳐 이것은 현재의 조세법률주의로 발전하였다. 영국 국민은 세금으로부터 재산권을 보장받고 경제활동에 전념할 수 있었다. 나아가 산업혁명을 일으켜 영국은 번영의 길로 들어서게 되었다. 의회민주주의가 일구어낸 권리장전은 미국의 독립선언, 프랑스의 인권선언 세계인권선언에 공헌하였다. 세계 모든 나라의 헌법이 반영하고 있다.

1960년 미국 대통령 존 F 케네디는 대헌장을 작성하고 서명 발표한 장소였던 러니미드를 찾았다. 그곳은 폐허 되고 늪지가 되어 있었다. 미국은 영국인이 세웠다. 그 영국인들은 세금 폭압을 피하여 아메리카 대륙으로 건너갔다. 영국 왕은 권리청원에 서명한 세금의 과세권과 징수권을 지키지 않았다. 그들은 세금의 폭압을 피해 메이플라워호를 타고 미국의 플리머스 항으로 갔다(1620). 그들의 후손 미국 대통령 케네디는 러니미드를 영국 정부로부터 양도받아 대헌장기념관을 세웠다. 그곳은 인권수호의 성지이다. 왕의 독점과세권을 폐지하고 조세법률주의를 확립한 곳이다.

세금 없는 국가란 존재하지 않는다. 세금이란 천연자원이 아니다. 인간이 땀과 노력으로 만들어 내는 자원이다. 그 일부를 거두어 확대와 재생산 복지에 쓰기 위한 자원이다. 그러므로 천연자원처럼 무더기로 채굴되는 것도 아니고 자발적으로 내는 기부금도 아니다. 세금은 의회의 치열한 토론과 합의를 거쳐 법률로 정한다. 당당하고 떳떳하게 세금을 내야 한다. 거두는 들이는 정부는 세심하고 정확해야 한다. 세금을 내는 국민은 모두 의로운 로빈후드이다. 메이플라워를 타고 떠나는 국민은 지금도 있다.

러니미드 : 영국 런던 남부에 있는 도시

어떤 재판

이 사건의 핵심은 결국 나였다. 내가 판결을 내려야 했다.
나는 판사에게 조정을 신청하였다.

나에게 법원의 지급명령서가 날아왔다. 채권자가 일방적으로 진행하였다. 무섭고 두려웠다. 상대가 사채업자이기 때문이다. 1992년 2월에 나는 빚을 갚았다. 지급명령서의 작성일은 2017년 1월이었다. 무려 25년의 세월이 흘렀다. 그 명령서에는 송달된 다음 날부터 연 19%의 이자율을 적용한다고 적혀 있었다.

실수는 내게 있었다. 사채업자에게 돈을 빌리면서 약속어음을 써준 것이다. 돈을 갚고 나서 그 약속어음을 회수하지 않은 것이다. 나는 송금영수증을 보관하고 있지 않았다. 그러나 사채업자는 고스란히 내가 써준 약속어음을 보관하고 있었다. 2013년 8월부터 그는 내게 빚 갚으라는 내용증명을 보내기 시작했다. 서울에서 온 내용증명 우편물을 보고 온몸에 소름이 쭉 끼쳤다. 그 공포와 두려움 때문에 나의 일상생활이 와르르 무너졌다. 경찰과 법조인들은 걱정하지 않아도 된다고 했다. 청구하지 않고 1년이 지난 약속어음은 소멸시효가 완성되어 무효라는 것이다. 내가 나이 많은 여자라서 그 점을 이용하는 것이니 주의하라고 조언하였다. 그분들의 말이 맞는 것 같았다. 내가 할 수 있는 것은 묵묵부답이었다. 그러나 4년 후에 법원의 지급명령이 또 날아왔다. 이것은 나의 묵묵부답에 사채업자가 반격한 것이다.

이 지급명령에 대하여 내가 이의신청을 하지 않으면 그대로 명령은 이행된다. 내가 이의신청을 하면 상대는 민사소송절차를 진행한다. 옛말에 선한 사람은 법 없이도 살 수 있는 사람이라고 하였다. 현대에는 법 없이 살 수 있는 사람은 없다. 법을 알고 당하지 않는 사람이 선한 사람이다.

끝내 사채업자가 내게 민사소송을 제기하였다. 나는 피고가 되었다. 나는 설마 원고가 하찮은 소액 사건을 소송까지 할까 싶었다. 나는 이제 피나는 고생을 해야 하는 피고가 되었다. 원고는 지급명령을 보내고 나서 형편이 어려우면 반만이라도 갚으면 된다고 회유하였다. 그 정도는 또 줄 수 있다고 생각했다. 그것은 내 고난의 흔적이었다. 나는 다행히 그 흔적을 딛고 오늘을 살고 있다고 스스로 위안하면서 말이다. 그러나 22년이나 지나서 내용증명을 보내고 또 3년을 기다려 지급명령을 보내는 사람의 말은 믿을 수가 없다. 비록 반이라도 돈을 보내면 그것은 채무를 인정하는 기록이 된다. 그것은 내 사후에 후손들에게 상속도 될 수 있다. 이 사건은 피를 흘려서라도 해결해야만 하는 것이었다.

로마의 초대 황제 아우구스투스의 젊은 시절 일화가 생각났다. 그가 옥타비아누스로 불리던 청년 시절이었다. 그는 지중해를 항해하다 해적에게 붙잡혔다. 해적은 그가 로마의 귀족인 것을 알고 거액의 몸값을 요구했다. 옥타비아누스는 오히려 해적에게 큰소리를 쳤다. '내 몸값이 겨우 그거냐.' 그는 해적이 요구하는 액수보다 훨씬 많은 몸값을 치르고 풀려나왔다. 해적으로부터 풀려난 옥타비아누스는 군대를 동원하여 해적을 소탕해 버렸다. 옥타비아누스의 군대를 찾아야 한다. 나는 여러 법조인을 찾아다녔다. 모두 소멸시효를 말하며 나를 위로하였다. 하지만 아무도 수임하려고 하지 않았다. 서울에서 열리는 원거리 소액재판이기 때문이다. 그 시간과 비용을 계산하면 원금 오백만 원을 넘을 것이다. 내 등 뒤에서 '어쩌다가 사채업자와.'라는 소리가 들리는 것 같았다. 자존심이 상했다. 그때 25년 전에 송금영수증과 사채업자의 이름은 나에게 주홍글씨 같았다. 나는 그 흔적을 남기지 않으려고 송금영수증을 없앴다. 한 10년은 보관한 뒤였을 것이다. 통장에서 이체하면 그의 이름이 통장에 남는 것이 싫었다. 계좌에서 송금했더라면 은행에 전산 기록이 남을 것인데 실수였다. 처음부터 근거도 없는 자존심이 문제였다. 그것은 자존심이라고도 할 수도 없는 부끄러운 것이다. 그때 어려운 사정을 숨기지 말고 부모 형제와 의논할 수도 있었다. 나는 부끄러움을 무릎 쓰고 남편의 친구인 변호사를 찾아갔다.

그분은 선선히 준비서면을 작성하여 주었다. 서면에 변호사 3명이 함께 서명하였다. 원고에게 준비서면이 송달되면 그는 겁을 먹을 것이다. 재판 자체를 포기할 것이라는 생각이 들었다.

드디어 재판이 열리는 날이다. 나는 하루 전날 서울로 올라왔다. 법원 앞에 숙소를 정하고 재판정을 사전 답사하였다. 길고 긴 준비서면을 다시 작성하였다. 눈물겹게 살아온 이야기를 썼다. 법과 정의를 지켜야 한다고 힘주어 간곡하게 썼다.

재판이 열렸다. 신성할 것 같은 법정은 산만하고 어수선했다. 담당 판사는 앳된 여자 판사였다. 하필 내 담당 판사가 여성인 것이 싫었다. 내 사건에 대하여 그녀는 같은 여자로서 혐오감을 느꼈을지도 모른다. 커다란 컴퓨터가 판사의 얼굴을 가렸다. 의도적으로 얼굴을 가리는 것 같았다. 오후에 백 건도 넘는 재판을 진행하고 판결을 내려야 하므로 판사는 서두르고 있었다. 그 와중에도 나는 방청객들을 하나하나 뜯어보고 있었다. 아, 거기에 그 험상궂은 남자가 와 있었다. 머리카락만 희게 변했을 뿐 그의 인상 때문에 금방 내 눈에 띄었다. 그는 내가 제출한 답변서를 들고 심각한 표정으로 골똘하게 읽고 있었다. 나는 하마터면 소리를 지를 뻔하였다. 그를 향해 몸을 돌리고 쏘아보았다. 법원 서기가 다가와 나에게 자세를 바로 하라고 경고를 하였다. 수많은 재판이 신속하게 진행되었다. 대체로 원고는 당당하고 피고는 주눅이 들어 있었다. 피고가 울고 흐느끼고 하소연하여도 재판은 그대로 진행되었다. 한 사건이 5분이내로 속전속결 처리되어 나갔다. 원고와 피고가 불출석인 사건도 많았다. 모두가 재판을 밥 먹고 물 마시는 듯하였다.

내 차례가 왔다. 판사는 내 주장을 간단하게 소멸시효를 말했다. 원고에게 그 소멸시효에 이의가 있느냐고 물었다. 그렇죠! 역시 판사님! 20년이나 지났어요!. 나는 속으로 안심했다. 이 남자 머뭇거린다. 아, 그런데 이 남자가 엉뚱한 소리를 한다. 1년 전에 내가 서울에 와서 자기에게 차용금 지불각서를 써 주었다는 것이다. 앞뒤도 맞지 않는 거짓말을 하였다. 재판을 지연시키려는 것이다. "지불각서 쓴 적 없습니다." 내가 소리쳤다. 판사는 멈칫하였다. 그 남자는 '변호사 사무실에 제출했는데 빠뜨렸네.' 능청스럽게 말하며 머리를 긁적였다. 원고의 의도대로 판결은 다음번 재판으로 미뤄졌다. 판사는 그 지불각서를 다음 재판에 제출하라며 판결을 미루는 것이었다. 그 남자라면 지불각서는 어떤 식으로든 만들어질 것이다. 그 진위를 따지며 또 미룰 것이다. 나는 또 서울에 와야 했다. 480km 거리와 1박 2일의 시간이 걸린다. 판사는 눈물로 쓴 나의 서면 답변서는 읽어보지도 않았다. 법원 서기가 내 답변서를 고스란히 돌려주는 것이었다. 법원은 소모적인 재판이 업무일 뿐이다. 그저 공평한 듯 무심하게 피고와 원고를 다루었다. 이 사건의 핵심은 결국 나였다. 내가 판결을 내려야 했다. 나는 판사에게 조정을 신청하였다.

곧 조정관실로 불려 들어갔다. 나는 50만 원을 원고에게 갚아주겠다고 조정관에게 제의했다. 그 금액은 내가 서울에 와서 쓰는

1일간의 체재비용이었다. 조정관은 따로 원고를 불렀다. 조정관이 그 사채업자 원고에게 무슨 말을 했는지 모른다. 나는 그의 오랜 법원 근무 경력과 식견을 믿어 보기로 했다. 이윽고 조정관이 원고 피고를 함께 불렀다. 조정관이 내게 70만 원을 원고에게 줄 수 있느냐고 물었다. 나는 즉시 "예!"하고 대답했다. 하마터면 너무 싸다고 말할 뻔했다. 사채업자는 선뜻 내게 약속어음을 돌려줬다. 속으로 웃음이 났다. 다시 법정으로 갔다. 그 많던 재판은 벌써 다 끝났다. 판사는 우리를 기다리고 있었다. 기쁜 듯이 작은 목소리로 판결을 내렸다. 좀 큰 소리였으면 권위가 설 것 같다.

집으로 돌아가는데 그 사채업자가 법원 정문 앞에 나타났다. 나는 겁이 났다. 또 뭘 바라는 것일까? 섬뜩 놀라서 주춤 서버렸다. 그런데 그 남자가 허리를 90도로 꺾어 절을 하는 것이었다. "사모님 살펴 가십시오" 그것은 70만 원짜리 인사였다. 옥타비아누스도 거액의 몸값을 받은 해적에게 이런 인사를 받았을 것이다.

2017년 9월 6일 나는 서울중앙지방법원으로부터 조정조서를 받았다.

1. 피고는 원고에게 700,000원을 지급하라.
2. 원고. 피고는 이 건에 대하여 일체의 문제를 제기하지 않는다.
3. 원고는 나머지 청구를 포기한다.

법원이 25년 전, 5백만 원의 채무를 다시 받아내려는 사기꾼을

판별하지 못한 것은 아닐 것이다. 그런데 원고가 나머지 4백3십만 원의 청구를 포기한다는 문구를 넣었다. 그 남자는 법원을 이용하여 합법적으로 가짜를 진짜로 만들었다. 나는 없던 빚을 탕감받았다. 그 남자가 4백3십만 원을 내게 베풀었다는 뜻이다. 아우구스투스 황제도 군대도 받을 수 없는 혜택이다.

아우구스투스 황제(BC63-AD14) : 로마의 초대 황제. 존엄한 자라는 뜻. 로마의 일인자 카이사르의 양자

토지

농부는 피를 토하며 땅에 넘브러졌다. 따라오던 인부들은 농부의 몸에 맞는 구덩이를 팠다. 농부는 누워서 한 평의 땅을 차지하였다.

중년 남자 B는 상당한 자산가인 것 같다. 내게 자주 세무 상담을 한다. 그의 아들은 나의 고객이다. 그는 한 여자와 함께 직접 내 사무실로 찾아왔다. 그녀는 고액의 양도소득세 체납세금이 있었다. 그 체납세금 때문에 국세청에 아파트가 압류당했다. 양도소득세란 부동산 매매차익에 관한 세금이다. 양도세가 나올 정도라면 상당한 매매차익이 있다. 그녀는 초조하게 세금을 체납한 이유를 이야기하였다. 남편이 죽고 나서 생계가 곤란했다고 하였다. 상속받은 토지를 담보로 은행에서 대출을 받아 생계를 이어왔다고 하였다. 그녀는 대출이자를 감당하지 못해 토지 일부를 팔았다. 토지매매대금으로 은행대출금과 밀린 이자를 갚고 나니 양도세 낼 돈이 없었다고 하였다. 간간이 남자 B가 설명을 거들었다. 두 사람은 어떤 사이인지 궁금했다. 그들은 내 고객이 되겠다고 하였다. 그들과 함께 세무서의 담당자를 찾아갔다. 담당자도 나처럼 그 둘 사이가 궁금한 눈초리다. 그녀는 남자 B를 외사촌이라고 하였다. 동성同姓이 아니면 외사촌이 제일 만만하다. 그녀는 담당자에게 울먹이며 말했다. 아파트를 체납세금 때문에 공매한다면 그 아파트에서 뛰어내려 버리겠다고 하였다. 공매란 국가가 압류한 자산을 직접 매각하는 것이다. 나는 담당자에게 체납세금 분할 납부 계획서를 제출하였다. 아파트는 기본생활권 의식주이니 공매할 수는 없다. 그 후 체납된 세금 일부를 B의 아들이 내게 송금했다. 세금은 내 통장에서 납부가 되었다. 나는 넌지시 세 사람 사이를 짚어보았다. 쓴웃음이 났다. 그런데 두 사람을 모시러 남자 B의 아내가 자가용을 가지고 왔다. 나는 고개를 갸웃했다. 그녀는 나에게 남아 있는 토지를 팔 것이라고 하였다. 그때 내게 수임료를 챙겨주겠다고 하였다. 나는 그 토지의 양도세를 계산하였다. 세금이 너무 많았다. 나는 그 세금을 줄여보려고 연구를 거듭하였다. 고액의 수임료를 기대하였다. 그녀가 상속을 받자마자 은행에서 대출을 받았다면 은행에서 담보물을 시가로 평가하였을 것이다. 그 시가는 공시지가보다 두 배 이상 높을 것이다. 법에 의거 그 평가액을 취득 가격으로 선택하면 양도세는 반 이상 줄어든다. 그러나 은행에는 토지의 평가서가 없다고 하였다. 또 남자 B가 그 사실을 내게 전달하였다. 그녀는 거액의 양도세를 내야 한다. 나는 수임료를 작게 청구했다. 그녀는 차일피일 미루었다. 이제 전화도 받지 않았다. 남자 B도 내 전화를 안

받았다. 수임료를 떼먹을 생각이다. 이런저런 반성을 하며 나는 그 일을 잊으려고 애를 썼다. 톨스토이의 단편소설 '사람에게 얼마만큼의 토지가 필요한가'를 읽어보기로 했다. 나는 위안을 받고 싶다.

한 농부가 어렵게 모은 목돈을 가지고 토지를 사려고 한다. 운 좋게 땅 주인은 얼마든지 땅을 팔겠다고 하였다. 그 대신 내기를 걸었다. 해지기 전까지 사고 싶은 땅을 골라야 한다. 농부는 사고 싶은 땅을 돌아보면서 구덩이를 파서 표시하였다. 뒤따르던 인부들이 구덩이를 연결하는 선을 쟁기로 갈아서 토지의 경계선을 만들었다. 농부는 자꾸 멀리 나아갔다. 땅만 있으면 이 세상 아무것도 부러운 것이 없다! 금전을 은행에 맡기면 은행이 파산할까 불안하고, 집에 보관하면 도둑이 들까 봐 불안하다. 게다가 물가가 오르면 금전의 가치는 쪼그라들 뿐이다. 그러나 땅은 아무도 훔쳐 갈 수 없고 물가가 뛰면 땅값은 고맙게 같이 뛰어준다. 자손만대 물려 줄 수도 있으니 땅이야말로 보물 중 보물이다. 그러나 약속대로 해지기 전에 출발점으로 되돌아가야 한다. 농부는 너무 멀리 나와 버렸다. 해가 벌써 넘어가고 있었다. 너무 욕심을 냈다. 이 순간을 반드시 넘기고 땅을 차지할 것이다. 그는 출발점을 향하여 힘껏 달리기 시작했다. 상의를 벗어 던지고 신발도 벗어 던지고 뛰었다. 심장은 벌떡벌떡 쿵쿵대며 다리를 굴렸다. 눈앞에 아물아물 계약금을 넣은 가방이 보였다. 가까스로 그 가방을 움켜쥐었다. 농부는 피를 토하며 땅에 널브러졌다. 따라오던 인부들은 농부의 몸에 맞는 구덩이를 팠다. 농부는 누워서 한 평의 땅을 차지하였다.

그들은 분납을 약속한 세금을 안 냈다. 그녀에게 상속된 토지가 또 있었다. 국세청은 이 토지를 찾아서 압류하였다. 이번에는 그의 아들이 나를 찾아왔다. 어쩐 일인지 아들의 통장도 국세청이 압류하였다. 아들이 나에게 그녀의 세금을 송금했기 때문인 것 같았다. 국세청은 세금을 체납한 토지의 실제 소유자가 B의 아들인 것으로 판단하였다. 실제로 토지를 산 사람이 아들의 통장에 여러 번 입금하였다. 또 하나의 토지는 사업자 C가 임대하여 제조업을 하고 있었다. 아들이 자기의 예금통장을 가져왔다. 나는 아들에게 세금을 송금받았으므로 어쩔 수 없이 일을 또 맡아야 했다. 나는 종일 아들의 예금통장 내용을 분석하였다. 토지에서 사업을 하는 C가 아들의 통장에 입금을 여러 번 하였다. 국세청이 이것을 포착한 것이다. 사업자는 국세청에 사용하는 계좌를 반드시 신고한다.

나는 사업자 C에게 전화를 걸었다. C는 오래전부터 그 토지를 임차하여 사용하고 있었다. C는 사용하는 토지가 압류당했으니 대책을 마련하고 있을 것이다. C는 나에게 뜻밖의 사실을 밝혀 주었다. 나를 증인으로 삼기 위한 것 같았다. 그 토지는 원래 아버지 B의 소유였다고 하였다. 미망인의 남편은 남자 B의 동업자였으며, B가 토지를 살 때 명의를 빌려주었다고 하였다. 남자 B는 오래전에 어음부도를 내고 신용불량자였다. 토지의 명의자였던 그녀의 남편이 갑자기 사망하였다. 부인에게 남편 명의의 토지 2개가 상속되었다. B가 토지의 소유권을 찾으려면 매매 절차를 밟아야 한다. 매매하면 양도차익에 대하여 양도소득세를 내야 한다. 2011년 이전에 정부는 토지투기를 막기 위하여 비사업용 토지 양도차익에는 최고의 단일 세율 66%의 세율을 적용하였다. 취득세도 중과한다. 남자 B는 토지를 되찾기 위해 전전긍긍하였다. 미망인을 독촉하여 은행에서 상속토지 담보대출을 하였다. 남자 B는 그 대출금으로 사실상 토지 대금을 거의 챙겼다. 토지는 빈껍데기 인체로 다른 사람에게 팔렸다. 미망인은 자기의 땅이 아니므로 양심적으로 토지의 명의를 이전해 주었다. 당연히 남자 B가 양도소득세를 낼 것이라고 믿었다. 그러나 그 남자 B는 세금을 안 냈다. 미망인의 아파트가 압류되었다. 미망인이 아파트에서 뛰어내리겠다고 한 것이 이해되었다. 미망인에게 상속된 나머지 한 개의 토지는 C가 샀다. 그러나 양도소득세 때문에 명의이전을 미루고 있었다. 미망인은 남자 B가 시키는 대로 C에게 임대차계약서를 써 주었다. C가 임대차계약서를 국세청에 제시하고 사업자등록을 하였다. 국세청이 C가 제시한 임대차계약서를 보고 미망인의 임대료 수입에 대하여 과세하였다. 그 세금도 체납되었다. C에게 가짜 임대한 토지를 국세청이 압류하였다. 명의자는 미망인이었다. 하는 수 없이 C가 서둘러 그 세금을 대신 내고 소유권을 이전 하였다. C는 토지 위에 많은 시설 투자를 하였다. 토지가격도 많이 올랐으니 감수해 주었다. 남자 B는 속으로 쾌재를 불렀다. 이제 미망인은 양도세 때문에 압류당할 재산도 없다. 아파트 명의도 이미 바꾸었다. 양도소득세를 떼먹어도 된다. 그 세금은 미망인이 떼먹은 것이다. B는 알 바 아니다. 토지를 판 돈은 아들의 통장에 입금하게 하였다. C와 아들은 사업자이므로 서로 거래대금으로 위장할 수 있다.

남자 B는 양도세를 피하여 멀리멀리 달아났다. 달아나면서 여러 사람의 구덩이를 팠다. 사랑하는 아들의 구덩이도 팠다. 국세청이 그 구덩이를 연결하였다. 국세청은 소유권 이전이 된 C의 토지를 또다시 압류하였다. C와 아들은 사업자이므로 국세청에 계좌가 오픈되어 있다. 국세청은 두 사람이 세금을 포탈하기 위하여 부당 행위를 한 것으로 판단하였다. 국세청은 두 사람의 계좌를 압류하였다. C가 미망인의 체납세금까지 대신 갚아 주면서 애써 마련한 토지는 국가에 빼길 처지에 놓였다. 이 사건은 지금 법정에서 다투고 있다. 아들은 내가 국세청에 소명해달라고 부탁하였다. 그 토지는 분명 아들의 토지는 아니다. 그러나 나는 단번에 거절하였다. 그것은 또 하나의 구덩이를 파는 일이다.

티파티

아메리카인들은 뼈아픈 티파티의 독립전쟁을 치른 후, 비싼
차 대신 커피를 마시게 되었다. 그 커피의 이름을 아메리카노라고 한다.
아메리카노 커피는 미국의 독립전쟁을 기념하는 차가 되었다.

영국인에게 티타임은 일상이다. 그들은 살기 위하여 바다와 식민지를 개척하였다. 개척은 약탈과 희생을 제물로 바친다. 그들의 몸에는 불안하고 으슥한 죄의식과 습한 바닷바람 추위와 우수가 배어있다. 그런 환경에 살아가기 때문에 그들에게 힐링이 필요하다. 그들의 티타임은 힐링이다. 백옥의 찻잔에 갈색으로 우러난 차를 눈으로 정화하고, 향으로 마음을 달래고, 맛으로 치유한다. 그들에게는 포도주와 빵을 먹는 속죄의 성찬식을 하는 오랜 역사가 있다.

영국의 식민지 아메리카는 많은 차를 수입하였다. 그곳에 이주하여 사는 영국인들도 티타임이 일상이다. 1773년 12월 13일 북아메리카 보스턴 항에서 차 수입에 붙은 과중한 세금 때문에 사건이

발생했다. 보스턴 항의 차 상인들은 요란하고 험상궂게 인디언으로 분장하였다. 그들은 차를 가득 싣고 하역을 기다리는 배에 침입하였다. 선원들을 협박하여 배에 실린 수많은 차 상자를 탈취하여 바다에 던져 버렸다. 바다에 차를 던진 이 사건을 역사는 티파티tea party라고 하였다.

차는 힐링이다. 멋진 티타임에 초대된 적이 있다. 그 댁 다실 선반에는 고풍스러운 찻잔과 다기가 즐비하고 값비싼 차 뭉치가 천장에 주렁주렁 매달려 있었다. 여주인이 따라주는 차를 마시며 연신 차와 다기들의 가격을 물었다. 그녀는 애견이 선반의 차보시기를 하나 깨뜨렸는데 이를 보고 남편이 한 달 치 월급이 날아갔네 하더라며 그 놀라운 가격을 담담히 말하였다. 그녀는 우리의 놀라는 기색을 우려내듯 차를 마시게 된 사연을 이야기하였다.

어느 날 부유한 그녀의 집에 강도가 들었다. 강도는 부부를 감금하고 돈과 귀중품을 털었다. 강도의 목소리와 태도를 보고 부부는 강도가 잘 아는 주위 사람임을 확인하였다. 강도는 자신의 신분이 탄로 난 것을 알자 살인의 순서에 돌입하였다. 부부와 강도는 격렬하고 위험한 몸싸움을 하였다. 불리해진 강도가 먼저 도망을 쳤다. 강도는 경찰에 신고하면 가족을 다 죽이겠다고 무서운 협박의 말을 던졌다. 부부는 고심하였으나 강도를 경찰에 신고하지 못했다. 그 결과 매일 극심한 공포에 떨며 살아야 했다. 시간이 갈수록 그 공포는 화병이 되어 부부의 피를 말렸다. 주위 어딘가에서 맴돌고 있을 강도를 피해 먼 곳으로 은밀히 이사해야만 했다. 부부는 살기 위하여 화병에 좋다는 비싼 차를 사서 마시게 되었다고 하였다. 차를 마시면서 화병도 차츰 치유되었다고 하였다. 그들의 차는 강도의 공포로부터 독립하여 자유를 얻게 했다.

식민지인들이 일으킨 티파티는 영국이 차에 부과하는 세금의 공포로부터 탈출하기 위한 것이었다. 식민지의 차는 원래 네덜란드 상인이 공급하였다. 영국 정부는 차 조례를 통과시켜 영국의 동인도회사가 차 공급을 독점하게 하였다. 사실 영국에서 직수입하여 원가는 그 전 네덜란드 상인에게 살 때보다 훨씬 낮았다. 그러나 그 차이를 관세가 메웠다. 차 상인들은 높게 붙은 관세에 분노한 것이다. 즉 세금을 본국인과 차별하여 과세한 영국 정부에 항거한 것이다. 이 사건은 국가의 법을 거스른 명백한 불법이었다. 티파티에 소금보다도 쓰고 짠 세금 문제가 있었다. 그들이 바다에 던진 것은 세금의 공포였다.

'대표 없는 곳에 과세 없다.' 과세의 주체로서 독립적 대표가 되기 위하여 아메리카의 영국인들은 본국으로부터 독립전쟁을 시작하였다. 그들이 인디언 복장을 한 것은 영국 본토가 그들을 자국민으로 인정하지 않은 것에 항거한 것이다. 세금이란 독립적인 주체로서 차별 없이 평등하게 내는 것이다.

열악한 환경에서 악전고투로 삶을 개척하며 사는 아메리카의 영국사람들은 본토의 징벌이 두려웠다. 처음에는 바다에 던져버린

차의 값을 배상하기 위하여 모금도 하였다. 상인 데모대에 발포하여 수감 기소된 영국 군인들을 위하여 변호사들은 무료로 변호하였다. 그러나 영국 정부는 군대를 파견하여 단호하고 과감하게 아메리카의 영국인들을 징벌하였다. 아메리카 영국인들은 민병대를 조직하여 대항하였으나 역부족이었다. 그들이 믿고 의지한 것은 드넓은 국토였다. 산발적으로 공격과 후퇴를 반복하며 게릴라전을 펼쳐 영국군을 교란하였다. 뜻밖에 역전의 기회가 찾아왔다. 영국과 오랜 앙숙인 프랑스와 스페인이 식민지 군을 돕기 위하여 군대를 파견하였다. 그 결과 식민지 군이 전쟁에서 승리하였다. 마침내 영국으로부터 독립을 쟁취하였다. 세계 최초 입헌 민주공화국이 탄생한 것이다. 바다에 차를 던진 사건을 후세 사람들은 티파티라 하였다. 바다의 신 포세이돈은 이 차 제물을 받아주었다.

아메리카인들은 뼈아픈 티파티의 독립전쟁을 치른 후, 비싼 차 대신 커피를 마시게 되었다. 그 커피의 이름을 아메리카노라고 한다. 아메리카노 커피는 미국의 독립전쟁을 기념하는 차가 되었다.

요즘 사무실 주위엔 날마다 새로운 카페가 들어선다. 한정된 시장에서 경쟁하니 모두 심각한 적자를 겪고 있을 것이다. 그들은 고객을 끌어들이기 위하여 가격을 낮추는 경쟁을 한다. 사람들은 새로운 가게가 생기면 가서 줄 서서 커피를 산다. 거기 줄 서서 기다리는 것도 즐거워 보인다. 직원들은 이제 봉지 커피를 거들떠보지도 않는다. 날마다 커피를 사러 나간다. 밥값보다 비싼 커피를 매일 그렇게 마시는 것이 나는 걱정된다. 나의 고정 메뉴는 아메리카노 커피다. 가장 싼 가격이기 때문이다. 직원들의 메뉴는 이름조차도 생소한 비싼 커피다. 여기서 아메리카 독립운동을 이야기하며 커피값을 운운한다면 직원들은 그들의 독립전쟁인 퇴사를 해버릴 것이다. 아무래도 근로자들이 과세당국에 비과세 항목으로 커피값을 하나 더 제정해 달라고 해야 할 것 같다. 근로자들이 '커피 없는 곳에 근로 없다. 우리에게 힐링의 시간을 달라!'고 과세당국 앞에서 피켓을 들고 농성을 해야 한다. 힐링이란 자기만의 시간을 가진다는 것이니 진정한 독립인지도 모르겠다. 커피를 들고 다니는 사람이 많은 거리는 젊고 스마트해 보인다. 보온병을 싼 쟁반 커피를 들고 다니는 사람이 있는 거리는 한물간 거리다.

'띠링' 오늘도 내 스마트폰에 카드회사의 커피값 메시지가 떴다. 그것은 내게 우후죽순으로 생겨난 카페의 적자 불안을 느끼게 한다. 제때 월급을 주고 세금을 내는 것이 나의 독립이다. 아메리카노 커피를 선택하여 나는 독립 의지를 다진다. 여름에는 아아, 겨울에는 뜨아, 나의 힐링 시간은 외롭고 쓰다.

보스톤 차사건(Tea party) : 1773년 12월 16일. 미국 독립전쟁의 도화선이 된 사건

행복한 왕자

우리는 살기 위하여 기부하듯 세금을 내야 한다. 마치 과수원의 나무가
과일을 주듯이, 목장의 양 떼가 우유를 주듯이 말이다.

종합소득세의 산출은 어렵고 힘들다. 시간을 두고 찬찬히 검토하고 또 검토해야 한다. 최후의 시간인 납기가 조여 온다. 납기는 둠스데이doom'S day 같다. 세금은 자진신고 납부를 해야 한다. 자진신고납부는 개인의 자유의지를 존중하나 책임과 의무의 굴레를 씌운다. 납세자들은 가장 작은 세금을 내고 싶다. 책임과 의무는 가장 작은 세금의 딜레마 속에서 헤맨다. 세율의 계단을 수없이 오르내려 보지만 법에 맞는 작고 착한 세금 따위는 없다.

소득세는 내가 벌어들인 소득 일부분을 떼서 국가에 바치는 것이다. 국가에 바칠 때는 그 세금의 혜택을 받을 것을 기대한다. 그러나 그 혜택을 받는 사람은 세금을 낸 납세자가 아니다. 그것이 세금을 내는 납세자의 불만이다. 세금이 커질수록 불만과 함께 유혹

도 커진다. 곳곳에 예산이 낭비되는 것이 보인다. 하루가 멀게 정치인들이 정책 없는 헛된 싸움질을 하는 것이 보인다. 살아가기 충분한 사람들이 수단과 방법을 동원하여 복지혜택을 받아낸다. 세금을 줄이기 위하여 괴로워하고 번민한 시간이 허무하기만 하다. 현대의 조세 전산 시스템 앞에서 유혹이 가당할 것 같지도 않다. 죄와 벌의 칼날은 더욱 예리하다. 책임과 의무를 자유의지로 다스리는 일은 어렵고 힘든 일이다.

손익계산서에 접대비 계정이 있다. 접대비는 판매관리비로 영업을 위하여 지출한 금액이다. 영업 혜택을 받기 위하여 영업과 관련 있는 사람들에게 베푸는 비용이다. 세금은 혜택받으려 기대하고 내면 접대비가 된다. 접대비란 늘 부족할까 봐서 염려하며 마지못해 베푸는 것이다. 샘이 가득 찼어도 목마름을 염려하며 베푸는 것이다. 괴로운 마음으로 베푸는 것이어서 그 괴로움으로 바로 자신이 접대받는 것이다. 위로를 가장한 향응으로 베풀게 마련이다. 잘 알다시피 부패한 향응은 곳곳에 도사리고 있다. 우리나라는 이 접대비를 경계하여 한도를 정하였다.

손익계산서에 기부금 계정이 있다. 기부금은 영업과 관련 없는 비용이다. 영업과 관련 없이 자발적으로 지출한 것이다. 국가 발전을 기대하고 자진 납세하면 세금은 기부금으로 생각할 수 있다. 기부금은 분명한 신념에 의해 지출하는 것이다. 삶의 가치를 믿고 지출에 대해 확신하여 자존감을 준다. 즐거운 마음으로 베풀면 그 즐거움 자체가 보상받는 것이 기부금이다. 성경에 가진 것은 적으나 전부를 베푸는 이를 가장 아름답다 하였다. 가장 아름다운 기부는 기부한다는 생각도 없이 기부하는 것이다. 그것은 마치 계곡의 상록수가 허공에 향기를 내뿜듯 베푸는 것이다. 기부는 소비의 비용이 아니다. 가치를 쌓는 금 기부금이다.

우리는 살기 위하여 기부하듯 세금을 내야 한다. 마치 과수원의 나무가 과일을 주듯이, 목장의 양 떼가 우유를 주듯이 말이다. 과일과 우유는 향응이 아닌 베풂이다. 나무와 젖소가 살기 위한 자존적 베풂이다. 건실한 자존적 베풂이므로 삶을 윤택하고 풍성하게 한다.

마음이 움직이면 기부하게 된다. 마음이 움직인다는 것은 공감한다는 것이다. 성경의 오병이어五瓶二魚 복음은 공감의 기부이다. 오병이어로 수많은 군중이 배불리 먹고 남은 것을 거두어들이니 열두 광주리나 되었다.' 오병이어는 기적이 아니다. 마음이 움직인 기부다. 예수의 복음을 듣고 감동한 민중이 자진하여 내놓은 각자의 떡과 물고기였다.

아일랜드 작가 오스카 와일드의 동화 '행복한 왕자'는 기부의 이야기이다. 왕자의 동상은 시내를 내려다보며 가난한 이들의 고통을 보았다. 왕자는 자기의 몸에 붙어 있는 보석을 그들에게 주기로 한다. 왕자의 황금 발 위에서 잠을 자던 제비는 왕자가 떨어뜨리는 눈물을 맞았다. 제비는 다음날 겨울을 나려 이집트의 나일강으로 날아가려고 하였다. 왕자는 제비에게 자기의 몸에 붙은 보석을 떼어 가난하고 고통받는 이들에게 물어다 주라고 부탁하였다. 제비는 왕자의 마음에 감동하여 따뜻한 나일강으로 날아가는 것을 미루기로 하였다. 제비는 열심히 왕자의 보석을 떼어 가난한 이들에게 날랐다. 마지막에는 몸에 붙은 금장까지 다 떼어 날랐다. 보석이 다 떼진 왕자의 동상은 흉물로 남았다. 보석을 나르다 지친 제비는 얼어 죽고 말았다. 제비의 죽음에 슬퍼한 왕자의 납 심장이 깨졌다. 시장은 흉물이 된 동상을 철거하여 해체하라 명령을 내렸다. 해체된 동상의 가슴속에 깨진 납 심장만 남아 있었다. 인부들은 그것이라도 꺼내 재활용하기 위해 용광로에 녹였으나 녹지 않았다. 쓸모없어진 깨진 납 심장은 쓰레기장에 버려졌다. 얼어 죽은 제비도 쓰레기장에 버려졌다.

하느님이 천사에게 지상에 내려가서 가장 귀한 두 가지를 찾아오라고 하였다. 천사는 쓰레기장에 버려진 왕자의 깨진 납 심장과 얼어 죽은 제비를 하느님께 가져다 바쳤다.

제비는 가난한 모자에게 왕자의 보석을 떼어서 날라주었다. 어머니는 금으로 아이가 좋아하는 오렌지를 샀다. 아이는 오렌지를 먹으며 회복되어갔다. 제비는 굴뚝을 타고 내려가서 아이를 향해 쪼르르 춤추며 날개로 부채질하였다. 그 부채질로 아이의 열이 내렸다. 아이는 제비의 날갯짓을 보며 기쁘고 즐거워서 손뼉을 쳤다. 어머니는 땔감을 사서 난로를 피우고 기름을 사서 등불을 켰다. 어머니는 비로소 아가씨가 주문한 파티 옷을 만들 수 있었다. 사정도 모르고 옷을 재촉하는 아가씨가 미웠었다. 어머니는 아이가 낫는 것을 보고 이제 신이 났다. 언 손을 난로에 녹여가며 옷자락에 아름다운 수를 놓았다. 아름다운 옷을 입어본 아가씨는 탄성을 지르며 좋아하였다. 아가씨는 멋진 파티 옷을 입고 무도회에서 춤을 추었다. 멋진 남자를 만났다. 결혼하여 가정을 꾸리고 아이를 낳을 것이다.

행복한 왕자의 이야기는 기부의 이야기지만 기부금을 사용하는 이야기이기도 하다. 기부가 사람에게 희망과 기쁨을 주었다. 기부금을 세금으로 바꾸어 생각하면 왕자는 세금을 사용하는 국가다. 제비는 국가의 공무원이다. 그러한 나라는 국민의 복음이다. 그 국민이 국가에 바치는 세금은 금이다. 희망과 기쁨의 가치를 가진 금이다. 그리하여 천국은 하늘나라와 같이 땅에서도 이루어질 것이다.

오스카 와일드(1854-1900) : 아일랜드 작가 시인 유미주의자.
대표작 : 도리언 그레이의 초상. 살로메. 행복한 왕자

4부

불연기연

용담유사

나는 하느님이다. 나의 무극대도를 받아라. 내 마음이 곧 네 마음이다.

우리 겨레에 위대한 스승이 있다. 바로 동학을 창시한 최제우 선생이다. 그분은 손수 한자로 동경대전을 지었다. 세계 3대 성인 예수도 석가도 마호메트도 손수 경전은 짓지 못했다. 우리의 스승은 아름다운 한글 가사 용담유사 8편을 지었다. 동경대전은 훌륭하지만 어려운 한자여서 한문을 모르면 읽을 수 없다. 우리의 스승은 한문을 읽을 수 없는 이들을 위하여 한글로 용담유사를 지은 것이다. 세계의 성인들은 약자를 돌보라고 외치고 다녔으나 어느 성인도 약자를 위한 경전을 쓰지 않았다. 용담유사는 국문학의 가사체 3.4조의 리드미컬한 운율이 있다. 대중이 함께 장단 가락을 넣고 읊으면 대중은 화합하여 한마음이 된다. 용담유사와 동경대전의 목적은 사람들이 한마음 한뜻을 이루는 것이다. 바로 동귀일체同歸一體다.

동경대전과 용담유사가 세상에 나온 1860년 조선의 현실은 혼란스러웠다. 임진 병자 양난을 겪은 후유증도 가시지 않은 때다. 조정은 외척들이 세도정치를 하였다. 위로 관리들은 가렴주구에 혈안이 되어 있었고 아래로 힘없는 백성은 그것을 피해 숨어야 했다. 세상이 망한다는 정감록이 유행하였다. 그 정감록에는 난을 피할 수 있는 궁궁촌을 예언하였다. 사람들은 살아남기 위하여 궁궁촌을 찾아다녔다. 조선은 불안하고 초조한 세기말적 운명에 처해있었다. 지도층은 중국에 의존하고 유학에 고착하여 일신의 안위만 도모하고 있었다. 백성들은 위태롭게 각자도생으로 간신히 삶을 이었다. 동경대전과 용담유사에는 이를 각자위심各自爲心의 세상이라고 하였다. 자기만을 위하여 사는 각박한 세상이라고 하였다.

천주교가 조선에 들어왔다. 천주교는 양반과 조정으로부터 무시당하고 버림받은 하층민들에게 급속히 퍼졌다. 인간의 평등과 사랑을 가르쳤다. 죽어서 가는 다음 세상 천당을 가르쳤다. 그들은 천주교가 가르치는 천당의 희망을 믿게 되었다. 외국인 신부가 조선에 몰래 들어왔다. 다급해진 조정은 천주교를 믿는 백성을 탄압하였다. 조정은 천주교의 평등과 그들이 추구하는 천당을 왕조의 부정과 외세의 침략으로 간주하였다. 조선 정부는 천주교를 신앙하는 백성에게 사형을 내렸다. 천진한 소녀가 천주학쟁이 죄목으로 잡혀 왔다. 조정은 소녀에게 천주교를 믿지 않겠다고 말하기만 하면 석방한다고 하였으나, 소녀는 죽겠다고 하였다. 죽어서 천당에 가겠다고 당당히 말하였다. 꽃봉오리 같은 소녀가 꺾일 때 정작으로 떨었던 사람은 외국 신부들이었다. 천당에 가 본 사람은 없다. 천당이라면 법을 초월한 신상필벌의 위계질서가 존재할 것이다. 단순히 목숨을 버리면 가는 곳이 아닐 것이다. 소녀는 각자위심의 각박한 현세를 버린 것이다. 천주교를 신봉하는 서양의 가수 존 레넌의 노래를 소녀가 들었으면 좋겠다.

천당이 없다고 상상해보라.
(Imagine there is no heaven.)
우리 위엔 오직 하늘이 있을 뿐. (above us only sky.)
사람들은 오늘을 위하여 살 것이다.
(Imagine all the people living for today)

이제 천주교 탄압을 빌미 삼아 서양 세력은 군함과 대포를 앞세워 조선을 침략할 것이다. 중국은 이미 그렇게 침략당했다. 서양의 천주교에 천당은 없고 무소불위의 강력한 대포와 군함이 있을 뿐이었다.

서양 세력의 침략으로 아편전쟁(1839)을 치른 중국은 휘청거렸다. 그 혼란을 수습하지 못하고 있을 때 중국인들의 내전 태평천국의 난(1850)이 일어났다. 태평천국은 기독교를 믿는 중국인들이 세웠다. 교주 홍수전은 예수의 동생을 자처하였다. 서양 세력은 기독교를 믿는 홍수전을 형제라고 부르며 무기를 대주었다. 홍수전은 청 왕조를 갈아치우기 위해 기독교를 신봉한 것이다. 서양 세력은 홍수전을 발판 삼아 중국을 다시 침략하기 시작했다. 홍수전은 서양 세력에게 이용당하고 내분과 탐욕으로 지리멸렬해져 갔다. 서양 세력은 곧 중국 정부에 무기를 대주어 홍수전의 태평천국을 소탕하게 했다. 중국 정부는 무기 대금을 회수할 수 있는 분명한 거래 당사자이고 저당 잡을 드넓은 땅이 있었다. 이 난으로 중국인 2천만 명이 죽었다.

선생은 과거시험을 볼 수 없었다. 선생은 재가녀의 자식이기 때문이다. 조선의 신분법은 재가녀의 자식을 천민으로 간주하여 과거시험을 금한 것이다. 선생은 보부상으로 전국을 떠돌았다. 선생은 조선에 곧 순망치한脣亡齒寒의 난이 닥칠 것을 예견하였다. 중국과 조선은 입술과 이빨의 관계였다. 선생은 자신이 조선을 위하여 할 수 있는 일을 찾았다. 아무것도 없었다. 칼과 활을 배웠으나 총과 대포를 당하지 못한다. 관리로 선발되어 외교와 정책을 구사할 수도 없다. 선생은 천주학을 깊이 파헤쳐 보면 답을 얻을 수 있을 것 같았다. 소녀가 믿고 당당히 죽음을 받게 한 천주교를 알고 싶었다. 뜻이 있으니 길이 열렸다. 금강산에서 온 한 스님이 천서天書를 전해주었다. 그 책은 천주교 서적이었다. 선생이 알고자 하는 내용이 모두 담겨 있었다. 유교의 성誠인 하늘의 도道와 같으나 또 다른 내용이었다. 변함없는 하늘의 도道는 지극한 성실이며 무념무상 베풂이다. 사람의 도道는 하늘의 성誠을 배우는 것이다. 선善을 선택하고 실천하는 일이다. 선생은 매 순간 선을 선택하는 것보다 선 그 자체가 되려고 하였다. 천주교는 성령의 은총으로 그것이 가능한 것처럼 보였다. 선생은 정신수련을 하기 위하여 49일간 내원사의 천성산 동굴 속에 꿇어앉았다. 바르고 지극한 선생의 정신 속에 무궁무진 하늘이 들어왔다. 그 하늘은 지극히 평화로운 숨결이었다. 이윽고 창창한 생명력이 선생을 떠받들었다. 선생은 물이 되고 바람이 되고 흙이 되고 물고기, 사슴, 새, 꽃, 나무가 되었다. 선생은 두 팔 벌려 허공을 껴안고 엎드려 계속하여 절하고 있었다. 49일 수련 2일을 남기고 선생은 숙부님의 부음을 허공에서 들었다. 기도를 파하고 돌아가야 했다. 선생은 천주교의 성령도 유교의 선도 다 알 수 없었다. 다만 끊임없이 읽고 쓰고 명상하며 선을 실천하며 살아갈 것이라는 생각만 하였다. 47일 뒤에 또 다른 49일이 시작되고 있었다.

선생은 남루한 자신의 현실인 용담 집으로 돌아왔다. 선생은 갑자기 몸과 마음이 춥고 떨렸다. 정신이 아득해서 꿈속에서 헤매는 것 같았다(1860년 4월 5일). 그때 공중에서 외치는 소리가 들렸다. “당신은 누구요 왜!, 무엇 때문이오!?” 선생은 그 소리에 당당히 맞섰다.

“나는 하느님이다. 나의 무극대도無極大道를 받아라. 내 마음이 곧 네 마음이다吾心卽汝心” 그는 하느님과 언약을 맺었다. 그것은 명령이 아닌 동등한 약속이었다. 명령은 강제이고 구속이나 약속은 존중이고 자유다. 선생은 하느님이 내리는 언약의 징표 영부靈符를 백지에 받아 썼다. 그 모양은 태극太極이요 글자는 궁궁弓弓이다. 약동하는 우주였다. 그는 하느님과의 약속을 경건히 지키기 위하여 그 영부를 불살라 재로 만들어 깨끗한 물에 타서 마셨다. 선생은 기적으로 사람이 하늘임을 깨달았다. 기적이란 지극한 정성과 고된 마음 수련으로 이루어지는 것이다. 하늘의 무극대도를 받는 것은 노력이요 실천이다. 바로 배우는 학學이다. 기독교의 사도 바울이 허공에서 예수의 명령을 들었을 때와 다르다. 바울은 꿇어앉아 무조건 명령에 복종하였다. 기독교에서는 사람은 신 앞에 평등하다고 하였다. 사람은 그 신에게 복종하여야 한다. 불복종의 결과는 재앙과 파괴다. 이렇게 확연히 구별되어 동쪽 우리나라의 무극대도는 동학으로 탄생하였다.

선생은 암흑 속으로 떨어져만 가는 조선의 기둥을 힘껏 껴안았다. 이름을 제선에서 제우濟愚로 바꿨다. 조선 민중의 어리석음을 깨우치는 것, 그것은 삶의 보람이요 기쁨이다. 무극대도를 구하는 체계를 세우고 구체적인 글을 지었다. 한문 동경대전과 한글 용담유사였다. 동경대전의 한자는 지식인을 위한 것이다. 비판 정신이 있는 지식인들이 동경대전을 읽는다면 그 내용의 심오함에 탄복할 것이다. 그것은 최고의 선에 도달하는 지어지성至於至聖이다. 한자를 모르는 민중을 위한 용담유사는 한글 가사다. 민중은 어깨를 까닥이며 장단을 맞추며 한글 가사를 생활 속에서 읊고 노래한다. 생활 속에서 저절로 지어지성을 이루는 것이다. 그것이 바로 무극대도요. 우주의 프로세스 무위이화無爲而化다. 동경대전의 21자의 주문은 무위이화의 파천황의 열쇠다.

> 지기금지 원위대강, 시천주 조화정 영세불망 만사지
> 至氣今至 願爲大降, 侍天主 造化定 永世不忘 萬事知

지극한 하늘의 기운을 내 안에 정성으로 모시어 나는 온전히 하느님이 됩니다. 살아있는 평생 이 덕을 닦고 실천하겠습니다. 이 주문을 정성들여 반복하면 마침내 사람이 곧 하늘이 된다.

시천주侍天主는 이 주문의 클라이막스다. 이 뜻은 지극한 하늘의 기운을 받아 모신 사람은 서로 연결된다는 뜻이다. 이것이 동학의 가르침 동귀일체同歸一體이다. 이것으로 조선인은 뭉칠 수 있다. 묵고 병든 조선을 일으켜 세울 수 있다. 지상낙원을 이룰 수 있다. 다시 개벽이다! 선생은 검무를 추며 개벽을 여는 퍼포먼스를 하였다. 칼로 선천의 낡은 세상을 베어내고 후천의 새 세상을 열어나가는 것이다. 그때가 지금이다. 선생은 무수장삼 떨쳐입고 시호! 시호! 칼의 노래를 부른다.

> *시호시호 이내시호 부재래지 시호로다.*
>
> *만세일지 장부로서 오만 년 지 시호로다*
>
> *용천 검 드는 칼을 아니 쓰고 무엇하리*
>
> *무수장삼 떨쳐입고 이 칼 저 칼 넌짓 들어*
>
> *호호 망망 넓은 세상 일신으로 비껴서서*

칼 노래 한 곡조를 시호, 시호 불러내니

용천 검 날랜 칼은 일월을 희롱하고

게으른 무수장삼 우주에 덮여 있네

만고 명장 어디 있나. 장부당전 무장사라

좋을시고 이내 신명, 이내 신명 좋을시고

선생의 칼은 베어서 살리는 진리의 칼, 상생相生의 칼, 다시 개벽을 여는 정신의 칼이다. 시호! 시호! 기쁨을 상승하고, 호호 망망 넓은 세상 시천주 조화정 무수장삼으로 덮어 평정하고, 좋을시고! 좋을시고! 이내 신명 좋을시고! 재차 기쁨을 상승한다. 쓰러져가는 조선왕조 뒤에서 내일의 주인공 민중이 찬란하게 일어서고 있었다. 동학이 있어 우리는 세계 역사에 당당할 수 있다. 민주주의를 꽃피운 내일의 주인공 민중이 일찍이 조선에 있었다. 용담유사의 가사는 21세기 대한민국 국민의 랩으로 불리게 될 것이다.

BTS가 불러주면 좋겠다. 교훈가. 안심가. 용담가. 몽중노소문답가. 도수사. 권학가. 도덕가. 흥비가. 어화 좋을시고!

최제우(1824-1864) : 동학의 창시자.
퇴계 이황 학파의 정통 승계자인 아버지 최옥에게 수준 높은 유학을 배웠슴. 한문으로 지은경전. 동경대전 4편 〈포덕문〉. 〈논학문〉. 〈수덕문〉. 〈불연기연〉과 가사체 의 용담유사 9수를 지었다.

우리의 성자聖者

그들은 책을 만드는 것을 날개를 짓는다고 하였다.
책을 읽는 사람은 겨드랑이에 날개를 다는 것이라 하였다.

최시형은 수운 선생의 편지를 받았다. 편지는 가늘게 말아서 긴 담뱃대에 끼워져 있었다. '나는 순수천명順受天命 하리니 너는 고비원주高飛遠走 하라' 수운 선생이 최시형의 도피를 권하는 내용이다. 그것은 최시형을 동학 2대 교주로 인정한 것이다. 수운선생은 좌도난정左道亂政, 서학쟁이 죄목으로 사형을 받았다(1864). 최시형은 수운 선생이 쓴 수많은 글을 괴나리봇짐에 싸서 도망쳤다. 최시형은 태백산맥의 깊은 산간으로 들어갔다. 인적 없는 산길에 들어서니 눈물이 났다. 눈물 어린 산하가 참 야속하게 느껴졌다. 최시형은 조실부모하여 머슴살이로 서럽게 삶을 연명하였다. 나이 이십을 넘기며 수운선생을 만나 가까스로 삶의 끈을 잡을 수 있었다. 그 전에 자기의 삶은 없었다. 머슴으로서 주인에게 오직 순종하고 또 순종하며 살았다. 주인이 일을 시키면 그 이상의 일을 해냈다. 그것은 순종을 넘어선 살아가는 방법이었다. 최시형은 그 자세로 수운선생을 모셨다. 수운 선생은 최시형의 사람됨을 높이 보아 그에게 동학을 가르쳐주었다. 최시형은 바로 이 동학이 삶의 지표라는 것을 깨달았다.

시형은 동학의 스물 한자 주문을 외우며 산골 깊숙이 들어갔다. 멀리서 저녁밥 짓는 연기가 보였다. 마을이다. 시천주 조화정! 시형은 주문 마지막 부분을 힘주어 외었다. 시형은 어깨에서 괴나리봇짐을 내려 꼭 끌어안았다. 호시탐탐 시형을 노리며 따라오던 조선호랑이는 발길을 돌렸다. 봇짐에서 신령스러운 기운이 뻗쳐났던 것이다.

마을에는 화전민들이 살고 있었다. 시형은 그들을 모아 동학을 가르쳐 주었다. 이 세상에 그들을 가르친 사람은 없었다. 그저 한목숨 사는 데까지 살다가 가면 그뿐이었다. 그들은 다만 봄 여름 가을 겨울은 어김없이 돌아온다는 것을 안다. 눈앞에 싹트고 꽃 피고 열매 맺는 조화를 보고 느낀다. 그 모든 조화에 그저 고개 숙여 감사할 따름이다. 시형은 사계와 조화를 무극대도無極大道라고 하였다. 사람은 무극대도의 한 존재다. 곧 하늘이다. 경천애인敬天愛人. 사인여천事人如千은 무극대도의 덕을 닦는 것이다. 이 덕을 닦고 쌓으면 무위이화無爲而化한다. 우주와 삼라만상이 스스로 변화하는 것이 무위이화다. 사람의 무위이화는 성인聖人이 되는 것이다. 시형은 수운 선생이 지은 스물 한자의 주문을 가르쳤다. '지기금지 원위대강 시천주 조화정 영세불망 만사지.' 화전민들은 주문을 오래 반복해서 외웠다. 그들의 몸과 마음이 부풀어 올랐다. 그들은 하늘을 느꼈다. 어느새 서로 절하였다.

사람들은 시형이 따스하고 좋았다. 그는 함께 밭을 갈고 똥거름을 지고 날랐다. 똥지게 지는 것만큼 고약한 일이 있을까 보냐. 시형은 솔선하여 묵묵히 그 일을 해냈다. 사람들이 물었다. 어찌하여 그 일을 마다하지 않습니까? 시형은 말하였다.

"만물이 하늘이니 만물을 거두어 먹는 것은 이천식천以天食天이요, 인분은 그 하늘이 낳은 거름이니 이로써 다시 하늘을 기른다. 똥지게를 지는 일은 하늘을 길러내는 거룩한 일이다." 사람들은 그의 모습을 보고 생활 속에 도가 있음을 깨닫게 되었다. 그들은 시형의 호 해월海月을 마음속 깊이 받아드렸다. 화전민들의 검은 눈동자는 달빛 비추는 밤바다같이 반짝였다.

해월은 또다시 도피해야 했다. 이 필제가 난(1871)을 일으켰다. 스승의 신원 회복을 도와주겠다는 것을 믿고 그의 거사를 도왔다. 민중이 환호하고 호응한 민란이었다. 이 필제는 영해 고을의 부사를 죽였다. 그의 포악함에 놀라 민중은 피하고 숨었다. 관군이 대거 합동 반격하여 그의 폭거는 진압되었다. 동학도들이 가담했음이 발각되었다. 해월은 다시 스승의 글 보따리를 쌌다. 또다시 도망쳐야 했다. 그는 소백산맥으로 깊숙이 숨어들었다. 가파른 골짜기를 건너뛰며 숲으로 날았다. 그의 손과 발은 날개처럼 퍼덕였다. 숲속의 나무들이 휙휙 스쳐 얼굴을 긁었다. 그는 피투성인 체 풀을 씹고 웅덩이의 물을 엎드려 빨았다. 기진맥진하여 마을이 내려다보이는 산에서 겨우 동굴을 찾았다. 깊은 낭떠러지가 어지러이 그를 유혹했다. 그는 동굴에 웅크려 보름을 지냈다. 그의 귀에 어렴풋이 동학 주문을 외우는 소리가 들려왔다. 죽음의 낭떠러지 끝에 마을이 있었다. 그 마을에 동학도들이 살고 있었다. 해월은 힘이 났다. 동학은 이제 깊은 산중 외딴 마을까지 퍼져있었다. 해월은 마을을 향하여 걸어갔다. 마을 이름은 강원도 인제의 갑둔리였다. 마을은 이름으로 해월을 숨겨주었다.

갑둔리에 동학하는 이들이 모여들었다. 해월은 보따리를 풀었다. 책을 만들어야 한다. 아 아, 스승이시여. 스승님 앞에서 글을 외우고 문답하던 때가 엊그제 같은데 말과 기억이 흩어집니다. 이를 경계하며 삼가 외우고 옮겨 적으나 세월을 이기지 못할 것입니다. 스승님의 글을 목판으로 새길 것입니다. 세월을 이기는 글 세월 속에 온전히 남는 글이 되게 할 것입니다.

해월은 젊은 시절 제지소에서 일했다. 그때 책이 만들어지는 것을 보았다. 책은 글쓴이를 영원히 살게 한다. 글쓴이는 죽어 흙으로 돌아가나 그의 정신인 책은 남는다. 수운 선생의 글은 씨앗이다. 해월은 옛 제지소에서 일했던 사람들을 찾아갔다. 많은 이들이 도움을 주었다. 그들은 책을 만드는 것을 날개를 짓는다고 하였다. 책을 읽는 사람은 겨드랑이에 날개를 다는 것이라 하였다. 동학의 날개를 달자. 그는 가슴이 뛰었다. 사람이 하늘이면 겨드랑이에 날개를 품고 있다.!

강원도 인제 갑둔리 산중 깊은 곳까지 목활자 공이 찾아왔다. 목공의 활자는 씨앗 같았다. 목판에 활자를 갈무리하여 심었다. 그 목판을 종이에 찍어 책으로 엮었다. 동학 역사서 도원 기서를 먼저 간행하였다. 동학의 기둥이 섰다. 수운 선생의 문집 초판본을 발간하였다. 도피 생활 16년 만이었다. 해월은 벅찬 감격에 쌓여 책을 펼쳤다. 글자들이 밭고랑에 돋아난 새싹의 촉 같이 보들보들 뾰족뾰족하였다. 글씨의 촉은 책을 읽는 사람들의 마음과 정신 속에서 자라나 꽃피고 열매 맺고 씨앗이 될 것이다. 그는 눈물을 흘리며 소리내어 글을 읽었다. 눈물 어린 그의 시야에서 글자들이 어릿어릿 춤을 추고 있었다. 해월은 시호! 시호! 칼의 노래를 불렀다. 목공의 칼은 개벽을 열었다. 그는 망설이지 않고 단번에 책 표지에 동경대전 東經大全이라 썼다(1880). 스승과 문답하고 외우고 노래하던 한글 가사를 8편을 모아 간행하였다. 스승의 집 용담이 눈에 선하다. 농사일을 끝내고 스승의 가르침을 들으려 검악의 집에서 삼십 리 먼 길을 걸어갔다. 스승의 집에 도착하면 제일 먼저 용담이 그를 맞았다. 그는 항상 용담의 물로 몸을 씻고 스승을 뵈었다. 스승은 그의 성심을 글로 써 주었다.

龍潭水流四海源 (용담수류사해원) 용담의 물은 넓은 바다를 이루고

劍岳人在一片心 (검악인재일편심) 검악인은 한 뜻을 가졌다.

작은 옹달샘이 넓은 바다를 이루는 그 한뜻은 바로 동학의 경전을 출판하는 것이다. 해월은 망설임 없이 책 제목을 용담유사로 정하였다. 어려운 한자를 모르는 사람들이 한글로 지은 용담유사 가사를 외운다. 농부는 밭 갈며 씨 뿌리며 용담가를 부를 것이다. 아낙네들은 밥 짓고 빨래하면서 시집살이 고단함을 교훈가를 외우며 달랜다. 처녀들은 수놓고 바느질하면서 안심가를 부를 것이다. 총각은 소를 치고 풀 베며 권학가를 부를 것이다. 그는 신이 나서 어깨를 들썩였다. 이만하면 되었다. 불경도 성경도 코란도 그 제자들이 쓴 것이지만, 동경대전과 용담유사는 창도 주가 직접 쓴 위대한 글이다. 고비원주高飛遠走! 이 책들은 날개를 펴고 높이 멀리 훨훨 날아오르리! 도망치기에 익숙한 그의 팔다리가 절로 벌어졌다. 발은 땅을 찼다.

최시형(1827-1898) : 경주. 동학의 2대 교주. 1880년 동경대전과 용담유사를 간행.
관의 체포를 피해 일생을 도망 다니며 동학을 발로 전파한 땀의 성자. 무력을 쓰는 동학 농민봉기를 반대하였으나 일본의 침략이 시작되자 전투 명령을 내렸음. 조병갑의 재판을 받고 사형 됨.

땅을 보며 피는 꽃

나라님의 골치인 어린도책을 극복할 수 있는 글자이다.

화중은 만 평 논에 모내기를 끝냈다. 그는 논에 나가 보고 싶어 가슴이 설렜다. 잔치에 가듯이 옥색 도포를 갈아입고 갓을 썼다. 엷은 초록빛 무논이 반들반들 눈에 어린다. 어린 벼잎이 물에 잠겨 낙낙하게 흔들렸다. 그 모습이 아기의 배냇짓 웃음 같다. 그의 얼굴에 흐뭇한 웃음이 번진다. 그 웃는 얼굴은 피어 나는 한 송이 꽃 같다. 상큼하게 높이 쓴 갓은 꽃받침이다. 얼굴이 땅을 보고 피는 꽃송이 같다. 화중은 손으로 갓을 바치며 들판을 끝까지 휘~이 둘러보았다. 먼 들판 끝에 물러나 있던 산이 손짓하며 다가왔다. 도포 자락이 산자락을 잡을 듯이 날렸다. 화중은 저 산처럼 들판을 감싸 안으며 오래오래 여기서 살고 싶다는 생각이 들었다.

뜨거운 여름이 왔다. 햇볕이 넉넉히 퇴비를 먹은 논을 삶았다. 논에는 건건한 양분이 뽀글뽀글 올라왔다. 흠뻑 양분에 잠긴 어린 모가 심줄을 세웠다. 푸른 기운이 확 솟아 올라왔다. 똥을 누려고 힘주는 어린애 같다. 밑에는 뿌리를 한바탕 싸질렀을 것이다. 기저귀를 갈아 주는 어머니처럼 화중은 흐뭇하게 웃었다.

한바탕 뿌리는 분주히 모포기를 벌리고 새끼를 쳤다. 이윽고 확 퍼져 논고랑을 덮었다. 화사한 줄무늬 초록 비단을 펼쳤다. 바람이 불면 그 비단 자락이 햇볕에 번쩍였다. 벼 포기들은 발돋움으로 키를 키우며 뜨거운 햇볕을 서걱서걱 마셨다. 온 들판에 햇볕 먹는 소리가 가득하다. 화중은 그 모든 마법 같은 순간을 잡아보고 싶었다. 안개가 자욱한 날이었다. 들판에서 서로서로 워워 부르는 소리가 들렸다. 안개 속에 잠긴 검푸른 벼 숲에 누가 돌아다니고 있는 것 같다. 위대한 이가 오신 게 틀림없다. 벼들은 그를 맞아 '웅웅 우웅~' 자기들만의 대화를 나누고 있다. 벼들이 불룩 알을 배었다. 벼 포기는 탯줄을 내고 그 알을 떠받쳐 이삭을 뽑아 올렸다. 바람이 이삭을 어루만지면 암수가 어울려 흰 뜨물이 감긴다. 꽃받침은 오므려 매듭을 단다. 고슬 고슬 은귀걸이를 달았다. 이제 꽃받침은 영글어 벼가 된다. 벼는 오래 보관할 수 있어 두고두고 찧어서 쌀을 내면 언제나 햅쌀이다. 갈무리하여 종자로 남긴 벼는 씨 나락이다. 귀신은 이 씨 나락을 까먹지 못한다.

화중은 그가 누구인지 알고 싶다. 저 들판 끝에서 팔을 벌리고 있는 산이 되려면 그것은 꼭 필요한 일이었다. 저 황금으로 일렁이는 벌판 끝에서 어깨를 들썩이며 같이 춤을 출 수 있는 산은 얼마나 자랑스러운가! 그는 추수를 끝내고 지리산을 향하여 길을 떠났다. 아내는 길 떠나는 남편에게 염낭念囊을 달아주었다. 그는 아내가 만들어 준 오목조목 어여쁜 주머니를 만지작거렸다. 주머니에는 벼를 수놓았다. 화중은 꽃나비보다 벼를 수놓은 아내의 뜻을 알아차렸다. 농자천하지대본이라는 것이다. 화중이 사는 고을은 정읍이다. 우물 정井은 북두칠성의 두레박을 뜻한다. 주머니는 그 두레박이고 거기에 벼를 수 놓은 뜻은 풍년을 기원하는 것이다. 아내를 맞이한 것은 그 위대한 이의 뜻이라고 화중은 생각하였다. 아내도 불룩 배가 불렀으니까.

눈 덮인 지리산은 장엄하고 아름다웠다. 골골 주름 예복을 입고 신성하게 하늘에 대례를 드리는 것 같다. 그 산의 주름 사이로 언뜻언뜻 보이는 산사는 깊고 오묘한 진리의 말씀을 보석처럼 숨기고 있을 것이다. 과연 그 산사에서 그는 한 무리의 동학도를 만났다. 화중은 깨끗한 하얀 두루마기를 꺼내 입고 눈 덮인 지리산 자락인 듯 옷자락을 쓸어보았다. 소반 위에 청수 한 그릇 떠서 올리고 하늘에 큰절을 올렸다. 그 하얀 사기그릇의 맑은 물은 집 떠나오던 날 아내가 장독대 떠 놓은 물과 같다. 조촐하기 그지없고 아내의 성심과 같아서 정겹기만 하였다. 동학도들과 맞절을 올렸다. 서로 절할 때 눈 덮인 하얀 지리산도 함께 움직이며 절하였다.

그들이 진리의 말씀을 가르쳐 주었다. 그것은 '인즉천人卽天'이었다. 내가 바로 하늘이라니! 화중은 너무 놀라 가슴이 고동쳐왔다. 그로부터 화중은 인즉천의 놀라운 진리를 터득해 나갔다. 그것은 우리 모두 알고 있는 성誠, 경警, 신信의 실천이었다. 성誠은 무궁한 질서인 하늘의 도道다. 경警은 그 질서를 본받는 사람의 도다. 신信은 이 두 가지 도를 닦고 실천하는 덕德이다. 씨앗이 싹트고 열매 맺는 것은 하늘의 덕인 성誠이요, 부지런히 농사짓는 것은 사람의 덕인 경警이다. 농사지은 것을 거두어서 감사히 먹고 베풀고 다시 씨앗으로 갈무리하는 것은 신信이다. 그러므로 농사짓는 사람은 하늘이다.

화중은 이 성스러운 진리를 농민들에게 알려주고 싶었다. 좀 더 사람들이 모이기 쉬운 교통의 요지인 무장에 도소道所를 열었다. 사람들이 구름처럼 몰려들었다. 아직 이들에게 인즉천을 말하지도 않았는데 말이다. 하늘인 농민이 생산한 쌀은 금보다 귀하다. 금보다 귀한 쌀을 뺏으려고 일본인들이 조선에 몰려왔다. 그들은 정당하게 거래하지 않고 매점매석買占賣惜의 투기를 조장하여 쌀값을 폭등시켰다. 조선인은 일본인에 대해 본능적인 두려움을 가지고 있다. 화중의 조상 손홍록은 임진왜란 때 전주 사고를 내장산으로 옮겨 지켜냈다. 창도 주 최수운 선생의 조상 최진립 장군은 임진 병자 양란에 나가 싸웠다. 화중은 두렵고 불안하였다. 그 두려움은 자신도 나가 싸워야 한다는 것이다. 그것을 잘 아는 정읍의 농민들은 그를 따랐다.

농민들이 화중에게 두려움을 극복하는 비결이 있다고 알렸다. 그 비결을 적은 책은 고창 선운사 도솔암 절벽의 미륵상 속에 감춰

있다고 하였다. 선운사를 창건한 검단 선사가 그 비기祕記를 넣었다는 전설이 있었다. 그것을 꺼내는 사람이 장차 조선을 구한다는 것이다. 농민들은 도솔암을 지키는 스님들을 묶고 감금하였다. 그들은 화중에게 미륵상 절벽에 기대놓은 사다리를 타고 올라가게 하였다. 화중은 미륵상 배꼽을 깨부수고 거기에 팔을 뻗어 넣었다. 손에 아무것도 잡히지 않았다. 화중은 두려워하며 고개를 들어 미륵상을 올려다보았다. 미륵상은 그를 노려보았다. 미륵상의 얼굴은 괴롭고 슬프고 자애롭고 거룩하고 전능한 표정이었다. 그는 아무것도 잡지 못했으나 미륵이 그를 끌어올렸다는 것을 알았다. 그때 미륵상은 그에게 말을 걸었다. 그 말은 들리지 않으나 알아들을 수 있는 말이었다.

화중과 농민들은 문화재를 훼손한 죄를 지었다. 그들은 관의 추적을 받았다. 농민들은 관에 잡혀 모진 고문을 받았다. 그들은 끝까지 화중의 행방을 숨겼다. 관은 화중을 잡지 못했다. 농민들은 화중이 비기를 지니고 있어 잡지도 못하고 잡히지도 않는다고 소문을 냈다. 그 사건을 아는 사람들이 무장 도소에 구름처럼 몰려왔다. 사람들은 화중이 곧 그 비결을 펼쳐 조선을 구한다고 믿기 시작했다.

화중은 미륵상 배꼽에 넣었던 손을 들어 찬찬히 들여다보았다. 그는 손바닥을 쫙 폈다. 펑펑한 손바닥에 우물 정井을 써넣었다. 나라님의 골치인 어린도책을 극복할 수 있는 글자이다. 어린도책은 물고기 비늘처럼 겹치고 경사진 농지를 관리하는 법이다. 서로 경계가 겹쳐서 소유권분쟁이 빈번하다. 경사가 져서 물을 제대로 끌어오지 못한다. 넓이도 제각각이므로 생산량도 제각각이다. 생산량 측정이 어려우니 나라에 바칠 세금 측정하는 것이 까다롭고 불공평하다. 나라님의 골치인 어린도책의 극복은 반듯한 우물 정자의 농지를 만드는 것이다. 그것은 맹자가 제창하였고 다산 정약용이 경세유표에 쓴 정전법이었다. 그의 눈앞에 어릿어릿 들판 끝의 산이 다가오는 것이 보였다.

무뚝뚝한 한 남자가 그를 찾아왔다. 전봉준이었다. 그의 얼굴을 보고 그는 깜짝 놀랐다. 그날 밤 몰래 도솔암 절벽의 미륵상의 배꼽에 손을 넣었을 때 자신을 노려보던 미륵의 얼굴 같았다. 그가 용감하게 분노를 외치는 것은 그 미륵상의 분노처럼 들렸다. '너는 네 배꼽에서 비결을 꺼냈다. 그 비결이 바로 여기 왔다!' 곧이어 벼락이 치듯 또 한 남자가 뛰어 들어왔다. 김개남이었다. 그는 남쪽을 열 것이라고 했다. '뒤집어엎어 버립시다.' 화중은 그 소리를 겨울에 논을 갈아엎자는 소리로 들렸다. '당연합니다.' 얼결에 그렇게 대답하였다. 겨울에 논을 갈아엎으면 토질이 비옥해져서 다음 해 벼농사가 잘 되는 것이다. 세 사람은 무장기포茂長起包의 결의를 하였다. 미륵상의 배꼽에서 나온 비결을 꺼내면 하늘에서 벼락을 친다고 하였는데 화중은 그 벼락을 맞은 것 같았다.

동학 농민군은 황토현 전투에서 승리하였다. 이어서 황룡강 전투에서도 승리하였다. 전봉준의 머리에서 어떻게 저런 전략이 나올 수 있을까? 적군 속에 아군을 숨겨 적군을 교란하였다. 닭 둥지 장태 안에 짚을 채우고 칼을 꽂고 바퀴를 달았다. 농민군은 장태를 전차처럼 굴리며 돌진했다. 농민들은 옷고름을 입에 물고 돌진하였다. 옷고름을 물면 옷이 여며지고, 앞의 적을 보지 않으니 공포도 없다. 무조건 돌진하게 된다. 드디어 동학 농민군은 전주성에 입성하였다. 농민군은 정부와 화약을 맺었다. 농민들은 이제 돌아가 농사를 짓기로 하였다.

화중은 아내가 달아준 벼 무늬 주머니를 어루만졌다. 아내가 보고 싶어졌다. 정읍으로 돌아가야 한다. 가서 벼농사를 지어야 한다. 화중은 자기를 따라온 정읍의 농민들을 불러 모았다. 그는 우물정을 그린 무명 손수건을 나눠주었다. 그것은 화중의 정읍 집에서 씨나락을 나눠주겠다는 약속이었다.

손화중(1861-1895) : 동학혁명의 3대 지도자 중 한사람.
성품이 온화하고 용모가 수려하여 가장 많은 동학교도를 거느렸음. 광화문복합상소에 참여하여 스승 최제우의 신원 회복을 임금께 호소함. 전봉준과 함께 서울로 압송되어 사형을 받았음.

토마토

사이렌 소리는 음조를 낮추더니 토마토밭으로 훌쩍 뛰어내렸다.
토마토밭의 사이시옷 지주대는 일제히 '세워 총'으로 뻗쳤다.
엄숙한 일대 열병식이었다.

토마토는 널리 사람을 이롭게 한다. 토마토는 과일 같은 채소요 식량 같은 채소다. 깔끔하게 잘라 디저트나 샐러드로 먹어도 좋고, 어슷비슷 썰어서 설탕을 치고 비벼 먹어도 좋다. 이때는 밥처럼 숟가락으로 푹푹 떠먹는다. 남는 국물을 후루룩 마시면 새콤달콤 그 맛이란 날아갈 듯 기분 좋다. 비빔 토마토를 한 대접 먹으면 기운이 난다. 토마토가 빨갛게 익을수록 의사의 얼굴이 파랗게 변한다고 한다. 토마토를 먹으면 병원에 갈 일이 없어진다는 뜻이다. 토마토의 짙은 향은 사람을 취하게 한다. 그 향에 취하면 사람이 살아난다.

강서구 대저는 토마토가 특산물이다. 길가의 가로수에는 '도마도 팜니다. 농장 직접 재배'라고 흔하게 써 붙어있다. 종이상자를 뜯어 적은 촌스러운 문구에 듬뿍 정이 간다. 토마토를 우리말로 일년감이라고 하지만 도마도가 더 우리말 같다. 토마토 농사를 짓는 대저의 농부는 농사가 천직일 것이다. 그는 사람의 생명을 지키는 식량 농업을 한다. 사람은 먹어야 산다. 사람이 먹는 식량을 생산하는 농업은 신성하다. 그러므로 농민은 성인이다.

토마토는 멀리 고향 안데스를 떠나 이탈리아에 갔다. 이탈리아 사람들은 토마토를 요리의 재료로 썼다. 붉은색과 독특한 향이 음식의 풍미를 돋구었다. 토마토요리를 먹고 행복한 이탈리아 사람들은 토마토를 에덴의 황금 사과라고 불렀다. 그들은 토마토를 삼색 국기에 올렸다. 뷔페식당의 시끌벅적 수많은 요리 중에 삼색 카프리 디저트만큼 간결 선명한 음식은 없을 것이다. 붉은색 토마토는 흰색의 치즈와 녹색의 바질잎과 선명하게 잘 어울린다. 어울리면서 각자의 개성이 돋보인다. 지구를 몇 바퀴 돌만큼 팔렸다는 병 토마토케첩은 너무 흔해서 그 재료가 토마토인 것도 잊어버린다.

토마토가 영국에 갔을 때는 철혈재상 크롬웰이 박해했다. 토마토가 정력을 돋구어 청교도 생활에 방해가 된다는 것이었다. 중국에도 갔다. 중국 남방 사람들은 토마토를 남만시라 불렀다. 이 남만시가 조선에 들어와 일년감이 되었다. 그 일년감을 대저에서는 도마도라 부른다. 대저 도마도는 한 개 먹으면 또 한 개 먹게 된다. 홍시같이 부드러운 감칠맛과 사과같이 새콤달콤한 맛이 마술처럼 배합되었다. 그 맛은 마법처럼 사람의 입맛을 끌어들인다. 어린 시절 우리 가족은 토마토 농사를 지어 먹고 살았다. 우리 가족에게 살길을 열어주었다. 그 농사는 도마도道魔道였다.

아버지는 조상 대대로 살았던 고향 김해를 떠났다. 아버지는 정읍에서 일어난 동학농민혁명에 관심이 많았다. 정읍의 동학 접주가 김해에 와서 포교하였다. 접주는 정읍에 동학도가 개발하는 금광이 있다고 하였다. 아버지는 동학 접주가 사칭한 금광개발에 속은 것이다. 그곳에서 금맥은 찾지 못했고 재산만 잃었다. 아버지는 살아가기 위해 고향에서 배운 토마토 농사를 지었다. 1970년 벼농사가 주업인 태인면에서 토마토 온실재배를 시작한 것은 가히 농업혁명이었다. 황량한 겨울 벌판에 투명한 비닐하우스가 번쩍였다. 아버지는 그 비닐하우스를 바쁘게 들락거리며 도마도~ 도마도~ 늘 중얼거렸다. 우리 가족에게 그것은 살길을 찾는 도마도道魔道의 주문이었다. 그 도마도는 바로 여기 대저에서 왔다. 당시 김해 군 대저에는 토마토 씨앗을 보내 주던 흥농종묘사가 있었다.

한겨울에 토마토 싹을 키우려면 따뜻한 온실이 필요하다. 그 시절에 사람 몸 데울 연탄은 귀하고 아까워서 차마 온실의 보온용으로 쓸 수 없었다. 자연 발열 장치 온상을 만드는 것이다. 온상을 만들려면 먼저 장방형 구덩이를 판다. 그 구덩이에 충분히 물에 적신 짚을 채워 넣고 차곡차곡 정성껏 밟는다. 그 위에 흙을 덮어 밭을 만드는 것이다. 구덩이 양옆에 대나무를 휘어 꽂아 틀을 만들고 비닐을 덮으면 이것이 온상이다. 이 온상이 햇볕을 받으면 후끈후끈 열이 올라온다. 밟아 넣은 젖은 짚과 햇볕의 화학작용을 하는 것이다.

아버지는 대저의 흥농종묘사에서 보내온 노란 도마도 씨앗을 젖은 헝겊에 싸서 아랫목에 묻었다. 아버지는 그 아랫목에 잠잠히 앉아 동학의 스물 한자 주문을 외었다. "지기금지 원위대강 시천주 조화정 영세불망 만사지" 동학의 21자 주문을 수도 없이 반복하였다. 그 소리는 높고 낮게, 길고 짧게, 빠르고 느리게, 반복되었다. 그것은 아랫목에 묻은 씨앗을 위한 주문 같았다. 그 주문을 들으면서 우리 가족은 혼곤히 편안한 잠속으로 빠져들었다. 헝겊에 쌓인 토마토 씨앗에 드디어 하얀 촉이 돋았다. 마치 우리 가족의 몸에도 그 촉이 돋아난 것 같았다. 아버지는 그 씨앗을 온상에 고슬고슬 앉히고 고운 모래를 체로 쳐서 덮어주었다. 온상은 보슬보슬 노란 콩고물을 얹은 떡시루 같았다. 온상에 짚이 발효하는 냄새가 구수하게 올라왔다. 나는 온상을 돌보는 일을 했다. 해 질 녘에 온상에 거적을 덮어주고 해 뜰 때 거적을 벗기는 것이다. 조마조마 싹트기를 기다렸다. 드디어 온상에 파란 바늘잎 토마토 싹이 올라왔다. 촉촉하고 노란 모래 시루에 파란 싹이 빙긋빙긋 눈웃음을 쳤다. 눈곱같이 씨껍질이 매달려 있다. 토마토 싹이 대견하게 잎을 세 마디 올리면 옮겨 심는다. 모종 사이사이 간격을 넓혀주면 몸살을 하면서 튼튼해진다. 틈틈이 낮에 온상의 비닐을 벗겨 햇볕을 쐬어 주고 밤에는 두툼히 덮어 포근히 잠을 재운다.

고된 일이 끊임없이 이어졌다. 힘들게 지은 온상을 철거하고 구덩이를 메워주어야 했다. 구덩이의 짚은 푹 썩었다. 썩은 짚을 다시 꺼내는 일은 시시포스 대왕의 형벌보다 더하다. 시시포스의 바위는 한꺼번에 굴러 떨어지니 말이다. 온상의 짚은 꾹꾹 밟았기 때문에 한데 엉겨 떨어지지 않았다. 낫으로 무자비하게 찍어 조각조각 뜯어서 꺼내야 했다. 그 온상을 만들 때 나는 아버지를 원망했다. 땔감용으로 애써 말린 짚에 물을 뿌리라니. 더구나 그 물은 깊은 우물에서 도르래로 길어 올려야 했다. 내 몸집보다 큰 두레박을 끌어올릴 때는 아슬아슬 그 우물에 빠져 죽을 것만 같았다. 그 썩은 짚은 거름으로 천 평 밭에 뿌렸다. 천 평 밭에 토마토를 옮겨 심고 토마토마다 지주대를 꽂는 일도 무지무지하다. 지주대를 양쪽에 꽂아 사이시옷으로 교차하고 그 꼭지를 묶어 일렬종대로 연결하는 것이다. 나는 레미제라블의 코제트처럼 몸집보다도 큰 물통을 들고 천 평 토마토밭을 헤매 다니며 물을 주었다. 장발장이 온다면 얼마나 좋을까. 노동집약적 농업은 나를 집약적으로 부려 먹었다. 곧 토마토가 꽃 심을 내밀었다. 토마토는 꽃 심을 옆구리로 밀어내면서 키가 컸다. 꽃 심은 노란 꽃을 한 움큼 쥐고 있는 손목처럼 옆으로 팔을 뻗었다. 그 손목을 잎줄기로 바쳐 지주대에 고이 묶어주어야 한다. 주렁주렁 무겁게 열릴 토마토를 위하여 이일은 반드시 해야만 한다. 이때가 보통 현충일쯤이다. 현충일에는 학교에 안 간다. 나는 당연히 밭에 나가 일을 했다. 중학생 때 현충일이 기억난다. 곧 중간고사 시험이 다가오는데 속상해서 나는 울먹였다. 나는 토마토 묶을 짚을 옆구리에 차고 소녀 전사처럼 맨발로 토마토밭을 누비고 다녔다. 꽃피는 마디마다 앞으로 4회나 더 이 일을 해야 하니 기말고사까지 망치지 싶다. 오전 10시에 현충일의 사이렌이 울렸다. 나는 머리를 숙이고 울먹였다. 사이렌은 하늘 높이 치솟아 애절하고 장엄하게 퍼져나갔다. 토마토밭 지주대들은 잠잠히 그 사이렌 소리를 듣는 것 같았다. 죽죽 뻗어 일제히 차렷 자세였다. 토마토의 짙은 향은 향불 피는 냄새 같다. 이윽고 사이렌 소리는 음조를 낮추더니 토마토밭으로 훌쩍 뛰어내렸다. 토마토밭의 사이사이 옷 지주대는 일제히 '세워 총'으로 뻗쳤다. 엄숙한 일대 열병식이었다. 사이렌 소리는 유유히 토마토밭을 훑고 지나갔다. 나는 어깨가 절로 으쓱 올라갔다. 토마토밭에서 일하는 것은 대단한 일인 것 같았다.

드디어 토마토 수확을 한다. 나는 학교를 조퇴하고 토마토 따는 일을 도왔다. 생물 토마토는 시세가 좋을 때 잽싸게 수확해야 한다. 아버지가 토마토를 따서 밭고랑에 놓으면 나는 바구니에 주워 담아 원두막 밑으로 날랐다. 한 바구니 담아 날라놓고 오면 벌써 또 한 바구니가 찬다. 얼른 마치면 학교에 다시 갈 수 있다. 나는 빨리 빨리 열심히 뛰면서 날랐다. 드디어 아버지를 따라잡았다. 그러나 웬걸 아버지는 모르는 척, 한 번에 서너 개씩 따서 푹푹 내 바구니에 담아 주었다. 아버지는 나보다 토마토가 훨씬 중요한 것 같았다. 나는 토마토가 미워서 자꾸 먹어 치웠다. 짐을 덜어보겠다고 먹기 시작했다. 예쁜 것은 예뻐서 먹고, 못생겨서 먹고, 맛있게 생겨서 먹고, 먹는 게 남는 것이라 먹고, 또 먹었다. 그렇게 많이 먹어도 속은 편안했다. 너무 많이 먹어 걱정이지만 소변을 보고 나면 산뜻하고 키가 크는 것 같았다.

내가 원두막 아래로 날라놓은 동글동글 빨간 토마토가 새콤달콤 냄새 풍기며 둥그렇게 높이 쌓였다. 아버지는 흐뭇한 눈으로 토마토를 바라보았다. 아버지의 지극한 마음과 정성은 신령하였다. 그 신령함에 하늘의 기운이 동화하여 토마토가 익는다. 그들먹하게 토마토를 쥔 손목을 4단계나 달고서 말이다. 아버지는 토마토 금맥을 찾았다. 나는 밤에 토마토가 가득 담긴 광주리 옆에서 촛불을 켜고 시험공부를 했다. 나는 문제가 안 풀릴 때마다 토마토를 먹었다. 토마토를 먹으면 문제가 잘 풀렸다. 문제가 잘 풀리면 좋아서 토마토를 또 먹었다.

대저 농민들은 새롭고 경쟁력 있는 토마토를 개발하였다. 독특한 방법으로 토마토를 재배한다. 토마토를 키우는 온실의 비닐을 여닫기를 반복해 토마토를 키운다. 온도 차를 극복하며 고난 속에 익은 토마토는 크기가 작고 과육이 단단하다. 수송과 보관이 쉽고 맛이 좋다. 그 맛은 깊고도 오묘하다. 그것은 대저 사람의 도마도道魔道 재배법이다. 대저 토마토의 초록 꽃받침이 선명하다. 멋진 왕관 같다. 토마토는 긴장하여 탱탱하다. 붉은 심줄이 죽죽 붉어졌다. 왕관의 무게를 견딘다. 부산의 끝 대저에는 토마토 군대가 있다. 그 토마토밭에 찾아가서 경례를 부치고 싶다. 정읍시 태인면을 생각하면서 말이다. 그 태인면은 동학혁명 시절 유명한 고을이었다. 동학을 신봉하는 아버지가 존경한 사람은 손 화중이다. 손 화중은 정읍에 살았고 동학혁명군의 대장이다. 손 화중은 고창 선운사 도솔암 절벽 미륵상 배꼽에서 세상을 구할 비결을 꺼냈다고 한다. 그 비결의 내용은 명확하게 알려지지 않았다. 선운사를 창건한 검단 선사가 적어 미륵상의 배꼽에 넣었다고 한다. 동학혁명은 실패하였고 살아남은 사람은 붙들고 살아갈 희망을 찾아야 했다. 동학의 접주를 사칭한 금광개발업자는 아버지에게 그 비결에 금맥의 위치가 적혀 있었다고 하였다. 손 화중을 모시던 아무아무의 입에서 입으로 전해 내려왔다고 했다. 아버지는 종씨 어른이 남긴 비결이라서 믿었는지도 모른다. 선운사 미륵상 배꼽 속 비결이란 먹고 사는 방법이었을 것이다. 검단 선사는 흉악한 도둑들에게 소금과 종이 제조법을 가르쳐주었다. 검단 선사의 고매하신 뜻은 먹고 사는 법이 바로 세상을 구하는 비결이란 것이다. 아버지의 도마도 농사도 바로 그런 것이다. '도마도 팝니다. 농장 직접 재배' 그 문구는 가로수의 배꼽 높이에 걸려있다.

선운사 도솔암 : 전북 고창. 보물1200호. 마애불의 높이는 13m.
백제 위덕왕(554-598) 시절 검단 선사가 창건.

타는 눈빛으로 하던 말

이상을 위하여 죽는다는 것은 영원히 산다는 것이다. 동학 농민들은 무위이화의 흰 꽃이 되어 날아올랐다.

녹두장군이 호송되어 간다. 등 기댈 의자도 없는 허름한 들것에 얹혔다. 모진 고문을 당한 그의 얼굴엔 두렵고 슬픈 공포가 떠 있다. 그의 눈동자가 퀭하다. 퀭한 눈이 오히려 더 깊어서 검게 탄다. 그 타는 눈빛으로 우리에게 말한다. "기억하라 사람이 하늘이다." 호송하는 관리들의 무심한 눈빛은 표류하는 뗏목 같다. 가마꾼은 천 리를 달릴 듯 잠방이를 걷어 올렸다. 그들의 눈빛은 피곤하다. 곧 격랑 속에서 헤매게 될 것이다. 1895년의 저 뗏목 같은 들것은 표류하고 있다. 다리도 부러진 죄수 아닌 죄수를 싣고 앞뒤 양쪽에서 철통같이 감시하는 표류였다. 오직 다리 부러진 녹두장군만이 그 자신의 돛대를 가지고 있다. 꼿꼿이 하늘을 바치고 있는 상투가 그의 돛대다. 우리는 녹두장군의 상투를 보고 마음을 잡는다. 그 타는 눈빛의 말을 본다.

> 눈 내리는 만경 들 건너가네.
> 해진 짚신에 상투 하나 떠 가네.
> 가는 길 그리운 이 아무도 없네.
> 녹두꽃 자지러지게 피면 돌아올거나
> 울며 울지 않으며 가는 우리 봉준이.
> 풀잎들이 북향하여 일제히 성긴 머리를 푸네.
>
> (안도현)

어쩌나. 녹두장군이 잡혀서 감옥으로 가는구나. 백 삼십 년이 지났어도 이 장면을 대하면 답답하고 먹먹하다. 충신 효자처럼 풀어내릴 상투라도 있으면 싶다. 녹두장군의 상투를 돛대 삼아 다만 그 타는 눈빛으로 하던 말을 기억하려 한다.

녹두장군 전봉준은 가난한 농부였다. 겨우 서 마지기 논을 부쳐 하루 한 끼 밥밖에 먹지 못하였지만, 부지런히 글을 읽고 우일신又日新의 삶을 살았다. 그는 마을에 작은 약방과 서당을 열었다. 성실한 성품 바탕을 가진 그의 주위에 사람들은 늘 모였다. 그의 집에 동학이 자연스레 스며들었다. 1863년에 경주에서 수운 최제우 선생이 창도한 동학은 이미 온 나라에 퍼졌다. 동학은 한글처럼 쉽고 자연스럽다. 생활 속에서 배우고 연마한다. 동학은 농민들이 가장 쉽게 배웠다. 농자천하지대본이 바로 동학에 있는 까닭이다. 농부는 변함없는 하늘을 믿고 지극정성으로 농사를 짓는다. 한 톨의 쌀은 은혜요 정성이요 감사하는 마음이며 믿음이다. 농민은 자신들이 하늘이었음을 깨달았다. 하늘이란 성誠이다. 성은 자주自主다. 자주는 주권主權을 가지고 있다. 1893년 전봉준의 서당에 모이는 농민은 그 주권을 행사하게 되었다. 바로 유명한 만석보 사건의 시작이었다.

전봉준의 아버지 전 창혁이 먼저 고부 군수 조병갑에게 성심으로 간청하였다. 농사에 필요한 보는 충분하니 농민에게 쌀을 거두어 만석보를 추가로 건설할 필요가 없다고 하였다. 농민들에게 남아 있는 종자용 볍씨의 보존과 다가올 춘궁기를 호소하였다.

정약용의 경세유표에는 백성에게 가하는 관리의 가렴주구는 작고 연약한 물고기의 배를 건드리는 것과 같다고 하였다. 조병갑은 전창혁의 배를 무참히 밟아 버렸다. 전창혁을 관찰사에게 넘겨 태형을 받게 하였다. 조병갑은 전창혁이 죽기 직전에 아들에게 넘겼다. 죄인의 죽으면 조병갑이 관리로서 중앙정부에 책임 추궁을 당하기 때문이다. 치밀하게 계산하여 가한 잔인한 태형이었다. 아버지는 석방되어 아들의 품에서 죽었다.

전봉준과 마을 사람들은 분노하였다. 그들은 함께 분연히 일어나 농기구를 들고 관청으로 쳐들어갔다. 조병갑은 잽싸게 뒷문으로 달아나 목숨을 건졌다. 그는 조정에 뇌물을 바치고 아부하여 고부에 재차 부임하였다. 조병갑은 드넓은 황금벌판의 쌀이 너무나 탐 났다. 당시에 한양의 불루칩은 벼슬을 사서 전라도로 부임하는 것이었다. 관리들의 진압이 시작되었다. 농민들에게 죽음이 기다리고 있을 뿐이다.

전봉준은 자신을 구할 수 있는 것은 동학이라 생각했다. 그것은 물고기 배같이 연약한 농민들을 구하는 것이기도 하였다. 지기금지. 원위대강! 지극한 기운을 받은 자는 강하다. 시천주. 조화정! 우리가 바로 하늘이다. 하늘은 한마음 동귀일체이다. 그는 고창 무장 포의 동학 접주 손화중을 찾아갔다. 손화중의 무장 포에는 동학도가 가장 많았다. 그는 온화하여 미륵 같은 사람이었다. 손화중은 봉준의 호소를 넌지시 다 들어주었다. 커다란 집단은 비 내리기를 망설이는 구름처럼 뭉쳐서 서성댔다. 봉준과 화중은 두려워서 망설이고 주춤거렸다. 벼락 치듯 태인 포의 김개남이 찾아왔다. "남쪽을 열겠다." 그는 의분을 내며 전봉준을 북돋아 주었다. 세 사람은 보국안민輔國安民. 제폭구민除暴救民의 포고문을 냈다. 자유와 평등과 정의를 위하여 조선의 근대가 열리고 있었다. 그것을 얻기 위해서는 대가를 치러야 한다.

> 났네, 났네, 난리가 났어! 에이 참 잘 되었지.
> 그냥 이대로 지내서야 백성이 한 사람이라도 남아나겠는가!
> 가보세, 가보세, 을미적, 을미적, 거리면 병신 되어 못 가리!

1894년(갑오), 1896년(을미), 1897년(병신) 3개년의 일월에 금수강산은 잠에서 깨어 개벽을 향하여 나아갔다.

농민군은 황토현 전투, 황룡 천 전투에서 승리하였다. 그들은 흰옷 입고 죽창을 들었을 뿐이다. 그들이 앉으면 죽창이 서서 죽산이 되고, 서면 흰옷이 물결치는 백산이 되었다. 전라도 고부 일대의 고을 죽산과 백산이 함께 일어섰다. 그들의 마음속에는 동학의 인내천이 있었다. 최 수운 선생의 칼의 노래劍訣는 그들의 군가가 되었다.

“시호! 시호! 시호로다. 이 칼 저 칼 넌짓 들어 호호 망망 넓은 세상 일신一身으로 빗겨 서서” 농민군들은 때가 왔다고 외치며 칼의 노래를 부르며 하나가 되었다. 그들은 태어나서 처음으로 삶의 기쁨과 보람을 느꼈다.

동학 농민군은 마침내 조선왕조의 본관 전주성을 점령하였다. 놀란 고종과 민비는 청나라의 군대를 불렀다. 임금에게 동학 농민은 불가촉천민이었다. 향기 나는 꽃과 거친 풀잎은 같이 담을 수 없다는 것이다. 임금은 농민과 대화를 거부하고 무력으로 진압하였다. 고종은 수많은 금덩이를 바치고 청나라군대를 불러들였다. 그 부끄러운 뇌물의 독한 냄새는 청사를 어지럽혔다. 김학진 전라 관찰사는 가까스로 농민군에 대화를 청하였다. 순박하고 애국심 깊은 농민군들은 관찰사와 전주 화약을 맺었다. 그것은 군관민의 신사협정이었다. 전라도의 각 군현에 집강소를 설치하였다. 군관민이 협력하는 우리나라 최초의 지방자치였다.

일본은 임진왜란 이후에도 호시탐탐 조선을 노렸다. 그들은 동학혁명을 기회로 삼았다. 제물포조약을 들춰내서 기어코 군대를 들여놓고 말았다. 20만분의 일 지도를 제작하여 임진왜란 때의 침략 루트를 따라 전선電線을 설치하기 시작했다. 80리(32km)마다 병참을 지어 군부대를 주둔시켰다. 그들은 함부로 경복궁을 점령하였다. 동학 농민군들이 이제 해야 할 일은 일본군을 경복궁에서 몰아내는 것이다. 비록 임금이 동학도를 불가촉천민이라 업신여겨도 임진왜란의 악몽과 수치를 또다시 되풀이할 수 없다. 최 수운 선생은 용담유사에 일본을 개 같은 도적놈이라 하였다.

'새야, 새야, 팔왕 새야 전주 고부 팔왕 새야 어서 바삐 날아가라. 댓잎 솔잎 푸르다고 여름인 줄 알았느냐. 백설이 휘날리면 먹을 것이 없어진다.'

팔왕八王이여! 어서 빨리 서울로 진격하여라. 경복궁을 탈환하고자 서울로 진격하는 동학 농민군은 무소불위의 힘센 팔왕이 되고자 하였다. 농민군은 공주에 모였다. 우금치 고개를 넘어야 한다. 그 고개는 서울로 진격하는 빠른 길이다. 농민들이 큰 재산인 소를 빼앗기던 고개였다. 그곳엔 큰 도둑 일본의 기관총이 기다리고 있었다. 임금이 그 큰 도둑을 보낸 것이다. 총알이 들끓었다. 흰옷의 농민들은 그 총알을 다 받고 말았다. 팔왕의 꿈도 난 분분 흩어졌다. 무엇으로 그 꿈 조각을 다시 이을 수 있을까.

행동하지 않는 희망은 없는 편이 더 낫다. 총알을 받아 죽고 또 죽어도 농민군은 앞으로 뛰어들었다. 그것은 슬프고 장엄하고 숭고한 희망이었다. 동학 농민군들은 죽음이 두렵지 않았다. 비록 몸은 죽었으나 죽어간 그들은 알고 있다. 여름날에 무성한 초록 들판에는 뇌성벽력도 구르고 햇볕도 번쩍인다. 그렇게 쌀이 영글어 간다. 그것은 동학의 무극대도 무위이화의 이상이다. 이상을 위하여 죽는다는 것은 영원히 산다는 것이다. 동학 농민들은 무위이화의 흰 꽃이 되어 날아올랐다.

전봉준은 동료의 밀고로 체포되었다. 뇌물로 벼슬을 사고 벼슬을 사서 뇌물을 거두는 관리들의 부패는 일반 백성에게 전염병으로 퍼져 있었다. 안타깝고 슬픈 농민들은 노래로 시름을 달랬다. 새야, 새야, 파랑새야 녹두밭에 앉지 마라. 녹두꽃이 떨어지면 청포장수 울고 간다. 전봉준은 슬픔을 시로 썼다. '때를 만나서는 천하도 힘을 합하더니 운이 다하니 영웅도 어쩔 수 없구나. 성誠을 사랑하고 정의를 위한 길이 무슨 허물이냐. 나라를 위한 일편단심 그 누가 알리'

전봉준은 법정 최후진술은 척왜斥倭, 척화斥和, 탐관오리 척결이었다. 그는 임금의 은혜를 갚고 고향으로 돌아가 다시 농사를 지을 것이라 하였다. 일본인은 그의 순수한 충정에 감동하였다. 그를 회유하여 일본으로 망명시키려 하였다. 조선 병합 앞잡이로 이용하려는 것이다. 전봉준은 그 모든 유혹을 뿌리치고 담담하게 사형을 받았다.

왕정을 부정한 홍경래 난, 민권을 부르짖었으나 황권으로 복권된 혼란의 프랑스혁명, 기독교를 앞세운 중국의 태평천국운동은 실패하였다. 그들의 실패의 원인은 권력과 부를 탐했기 때문이다. 동학혁명은 인간의 평등과 자유, 삶의 가치를 위하여 자발적으로 고난과 희생을 무릅 쓰고 헌신하였다. 권력과 부에 물들지 않은 순수 애국정신은 이후 3.1운동, 의병운동의 원동력이 되었다. 나아가 대한민국 임시정부를 수립하였다. 베트남의 국부 호찌민, 중국의 모택동은 녹두장군 전봉준을 롤모델로 삼아 혁명을 추진하였다.

녹두장군 전봉준의 교수형은 어두운 새벽에 몰래 서둘러 집행되었다. 다음날부터 갑오개혁의 2심제가 발효되기 때문이다. 일본은 갑오개혁의 인권을 들먹이며 교수형을 선전하였다. 그들은 두려웠다. 종전대로 효수 형을 시행하면 전봉준의 머리는 네거리에 걸린다. 그의 얼굴을 군중이 보면 재차 혁명이 발발할 것이기 때문이었다. 녹두장군은 사형 직전에 형리들에게 크게 소리쳤다.

"내 목을 내 거리에 걸어 내 피를 뿌려야 한다. 어찌 너희들이 적굴에서 나를 암암리에 죽이는 것이냐!"

녹두장군의 시신은 찾을 수 없다. 왜놈들이 두려워서 감춘 것이다. 이 세상에서 가장 무서운 것은 망각이라고 한다. 자강불식自强不息. 녹두장군 전봉준이 타는 눈빛으로 하던 말이다.

전봉준(1855-1895) : 전북 고부. 동학혁명 최고의 지도자.
체포되어 압송하는 사진이 유일하게 남아 있음.

수길이

물을 좋아하는 사람은 지혜롭다. 지혜로운 사람은 물이 길을 품고 있는 것을 안다.

고부의 만석 보에 왔다. 부산에서부터 먼 길을 돌고 돌아서 찾아 왔다. 역사적 장소라서 기대를 품었는데 인적 하나 없이 초라하고 썰렁하다. 기념탑 옆에 등나무 그늘이 마련되어 있었다. 가끔 기억하고 찾아오는 사람이 있는 것 같다. 싸리비 한 자루가 무료한 듯 귀퉁이에 기대어 있다. 1894년 동학 농민 전쟁이 바로 여기서 시작되었다. 그 사건으로 수많은 사람이 피를 흘려 죽었다. 그 사건은 확대되어 동아시아판 국제전쟁인 청일전쟁으로 발발하였다. 싸리비는 그게 언제 적 일인데 내 모르는 일이라며 딴청을 부리는 것 같다. 배들梨平 벌판은 예처럼 넓고 푸르게 펼쳐져 있다. 지금은 쌀밥 한 그릇을 목숨처럼 여기지 않는다. 쌀이 금金이었던 1894년에 저 서슬푸른 벼잎은 시대를 스르렁 슬컹 베었다. 최 수운의 칼의 노래를 부르면서 말이다.

"시호! 시호로다! 용천감 날랜 칼을 아니 쓰고 무엇하리!

정작 그 벼잎에 베인 사람들은 벼를 키운 농부들이었다. 지금 보이는 벼잎은 여리고 가는 잎을 주체하지 못해 너풀너풀 바람에 쓸리고 있다. 논에 물을 적당히 조절해 주어야 하는데, 너무 오래 물을 대준 것 같다. 수리 시설이 잘되어 있는 탓인지도 모른다. 냇가로 다가섰다. 태인천과 정읍천이 합수하여 와글와글 바삐 흘러간다. 물은 흐르고 흘러야 하는 천명을 가졌다. 물의 천명을 고부 군수 조병갑이 억지로 막아서 자기 쪽으로 끌어당기려 했다. 지금도 변함없이 저 두 물줄기는 왁자지껄 소리치며 서로 끌어당기고 끌려온다. 물은 바닥에 깔린 돌을 끌고 굴리며 물여울을 만들며 벌떡벌떡 뛰어넘었다. 얕은 내에 하얗게 퍼진 수많은 여울이 흰옷 입은 동학 농민들 같다. 의지가지없는 그들이 분을 참을 수 없어 그저 서로 손잡고 고함치며 흘러가는 것 같다.

물은 넘치면 홍수, 모자라면 가뭄이다. 불 난 뒤끝은 수습이 되지만 홍수 난 뒤끝은 수습할 수 없다. 예로부터 홍수가 화재보다 더 무섭다고 했다. 나라님에게 치수는 선정의 기본이었다. 저 들판에 물의 길을 만들어 주는 것이 치수의 근본이며 논농사의 성패가 좌우된다. 동학 농민 전쟁 당시 논농사에는 이미 이앙법이 보급되었다. 미리 고운 못자리를 만들어 어린 모를 키워 거친 땅에 옮겨 심는 것이 이앙법이다. 거친 땅으로 옮겨진 어린 모는 살기 위해 잔뿌리를 수없이 뻗는다. 이때 물길만 제대로 닿으면 어린 모는 새끼를 치고 포기를 벌려 굵게 쑥쑥 자란다. 벼 생산은 몇 배로 불어난다. 물길은 농부들에게 대풍을 가져다주었다. 물의 어원을 거슬러 올라가면 미르와 만난다. 미르는 상서로운 용龍이다. 상서로운 용인 수水는 길吉하다. 그 물길의 이름은 수길水吉이다. 농부들에게 그 길할 길吉은 곧 길道이다. 자연의 섭리를 따라서 받는 은총이었다. 농부는 자식들의 이름도 수길이로 지었다. 고교 시절 그 지역 유명한 학원 영어 강사의 닉 네임도 워러 웨이water way였다.

1893년 고부 군수 조병갑은 착복을 위해 농부들의 꿈의 길인 수길을 이용하였다. 바로 여기 태인천과 정읍천이 만나 합수 치는 곳에 보堡를 쌓는 물막이공사를 하는 것이다. 보를 쌓는 노동력은 용傭의 세제를 이용했다. 이미 하류에 다른 보가 설치되어 있어 추가로 보를 설치할 필요가 없었다. 보를 쌓는 공사인력 동원에 나오지 못하는 세대에게는 노동력 대신 돈으로 세금을 징수하였다. 그 강제 노동으로 보를 만들어 합수 치는 물을 가두는 것이다. 그물을 물길로 보내 농지에 대주고 사용료를 받으려는 것이다. 합법적인 수세로 명명하여 거두어 매년 연금처럼 받아쓸 수 있다. 의지가지 없는 농민들을 착취하려는 것이었다. 정확히 말하자면 그것은 수세가 아닌 조병갑 개인의 착복이었다. 조 병갑형 뉴딜 가렴주구였다. 1933년 미국 루즈벨트 대통령의 뉴딜정책 후버댐 건설과 비교가 되니 말이다.

전봉준의 아버지 전 창혁이 고부 군수 조병갑에게 항의하였다.

그에게 돌아온 건 죽음이었다. 심한 태형을 당하여 초주검이 된 아버지를 보고 아들은 참을 수가 없었다. 아들이 아버지가 죽임을 당한 것을 참으면 불효다. 조선의 법 경국대전의 신분법을 어긴 것이며 삼강의 부위부강 오륜의 부자유친을 지키지 못한 것이다. 마침내 전봉준은 분연히 일어섰다. 보를 쌓았던 농민들이 가세하였다. 그리하여 민란은 시작되었고 민란은 홍수가 되어 우당탕퉁탕 관청을 마구 휩쓸었다. 관리들은 도망치거나 휩쓸려 죽었다. 조병갑은 미리 뒷문으로 도망쳐 가까스로 살아남았다.

그 홍수를 막고자 조선 정부는 외세 청나라를 끌어들였다. 조선을 호시탐탐 노리고 있던 일본이 청과 맺은 천진조약을 거론하며 곧바로 조선으로 들어왔다. 두 나라는 조선을 볼모로 삼아 남의 땅에서 대리전쟁을 일으켰다. 꿈속에서도 수길을 부르던 농부들은 물길을 보국안민輔國安民, 척왜斥倭로 몰아 잡았다. 그러나 더 큰 홍수 일제를 감당하지 못하였다. 그 조병갑마저 복권되어 일제의 앞잡이가 되었다. 그는 일제에 아부하여 벼슬을 얻었다. 자신을 괴롭힌 동학도들에게 앙갚음하기 위하여 동학도를 처벌하는 재판관이 되었다. 동학 2세 교주 최시형에게 사형 판결을 내렸다. 일제가 주는 연금을 받으며 호의호식으로 배불리 먹고 잘살았다. 조물造物주는 조병갑에게 벌주기를 포기하고 역사에 맡겼다. 역사는 영원히 물처럼 흘러간다. 그를 기억하고 흐르는 물은 그에게 영원한 벌이다. 국회의원이 된 그의 후손은 조상의 죄 때문에 전전긍긍하며 살아야 했다.

태인 천을 향하여 발길을 돌렸다. 강둑을 거슬러 올라가면 어린 시절 우리 가족이 경작했던 논밭이 나온다. 긴 강둑이 물길을 감싸며 꿈틀꿈틀 용트림으로 흐른다. 가끔 저 강둑이 홍수에 터져 논밭을 휩쓸고 나면 그해 가을은 더없이 서글프고 쓸쓸했다. 긴 겨울에 이웃들은 어딘가로 자꾸 떠나가고 동네엔 동냥을 얻으러 다니는 거지와 문둥이들이 자주 찾아왔다. 그래도 아버지는 알뜰히 재산을 모아 동진강의 지류인 태인천 가에 아홉 마지기 논을 샀다. 아버지는 논에 물을 대기 위해 밤낮으로 그 논에서 살았다. 그러다 물싸움이 벌어졌다. 그 논에는 물길이 따로 없어서 상위의 논에서 물을 대야만 했다. 위 논의 논두렁을 약간 헐고 닫는 것이 바로 물을 대는 것이다. 위 논의 주인이 어느 날 그 물길을 막아 우리 논에 물이 말랐다. 아버지는 무심코 그 논누렁을 다시 터서 물을 대었다. 그 사실을 알고 위 논의 주인이 달려와 다짜고짜 아버지에게 삽을 휘둘렀다. 위 논의 주인은 정미소를 운영하는 대지주의 아들이었다. 아버지가 비료를 뿌려 놓은 자기 논의 물을 몰래 빼갔다는 것이다. 그들은 귀가하는 아버지를 막아 폭행하고 삽을 빼앗았다. 그들은 아버지가 자기들의 정미소를 이용하지 않는 것도 트집 잡았다.

서로 고소 고발하며 싸움은 크게 번졌다. 아버지는 물길을 관리하는 수리조합에 진정서를 냈다. 사건의 자초지종을 적어 물길을 내달라고 진정한 것이다. 아버지는 그 진정서에 만석 보 사건을 예를 들어 호소하였다. 이 고장의 수리조합에는 전봉준의 후예들이 여럿 근무하고 있었다. 그들은 흐르는 물의 역사를 알고 있었다. 수리조합에서는 농사가 끝난 겨울에 우리 논 주위에 물길을 만드는 공익사업을 시행하였다. 그 공사를 아버지가 맡았다. 그 물길은 농부들을 평화롭게 지키고 풍년을 가져다주었다. 그 물길은 수길水吉이었다.

물을 좋아하는 사람은 지혜롭다. 지혜로운 사람은 물이 길을 품고 있는 것을 안다.

만석보 : 전북 정읍시 이평면 소재 함. 1892년 조병갑이 농민을 강제 징발 축조함. 농민봉기로 2년 만에 헐렸음. 현재 그 자리에 유지비를 세웠음.

백파제

옥정호의 물은 망신참법을 한다. 부딪치고 갈라지고 깨진다. 과감히 절벽으로 몸을 던진다. 물이 미륵이다. 미륵이 물이다.

토는 수를 극克 한다. 마침내 섬진강 상류에 댐이 건설되었다(1965). 댐은 무진장의 물을 무진장無盡藏에 가두었다. 무주 진안 장수 고원에서 내려온 물이라 이름이 무진장이다. 무지무지 많은 물이라서 무진장이다. 이 무진장이 산꼭대기 하늘의 턱 밑에 있는 산정호수다. 산정호수는 고요하고 깊어서 옥을 머금은 것 같다. 옛날에 고원을 지나던 스님 예언하기를 이곳에 옥 같은 호수가 생길 것이라 하였다. 그 옥 같은 산정호수의 이름은 옥정호다.

산봉우리는 옥정호를 연꽃처럼 둘렀다. 옥 같은 물은 꽃잎을 머금고, 꽃잎 같은 산봉우리는 옥을 머금었다. 산봉우리에 구름이 머물면 옥정호에 물안개 자욱이 피어오른다. 산봉우리와 호수는 안개 속에 모습을 감추고 큰 꿈을 꾸고 있다.

마침내 옥정호가 그 꿈을 펼쳤다. 그 꿈은 물길의 방향을 바꾸는 것이다. 그 방향은 서쪽이다. 호수의 물길은 본래 남쪽으로 나 있었다. 호수가 물길을 바꾸는 일은 죽고 사는 일처럼 흔한 일이 아니다. 1928년부터 동진 농지개량조합이 옥정호의 꿈을 알아차렸다. 그들은 호수의 서쪽 가파른 산비탈에 인공터널을 놓았다. 이제 수가 토를 극克 한다. 물은 산비탈에 누운 거대한 인공터널을 통과한다. 물이 통과하는 두 개의 터널은 물 관악기가 되어 천둥을 연주한다. 곡명은 유역변경식 수력 발전이다. 하늘에서는 번개가 치고 난 후 천둥이 따라오나 여기는 천둥이 치고 나서 번개가 따라온다.

고원을 지나던 스님이 예언한 옥정호는 벽골제의 염원이었다. 벽골제는 우리나라 최초의 저수지다. 벼농사에 필요한 물을 저장하는 시설이었다. 752년 벽골제의 고장 김제의 가난한 농가에 한 남자아이가 태어났다. 아이의 아버지는 사냥꾼이었다. 아이는 아버지를 따라다니며 개구리를 잡았다. 아이는 개구리를 꼬챙이에 꿰어 산 채로 웅덩이에 담가 놓았다. 영악하게 개구리의 신선도를 계산한 것이다. 아이는 아버지가 잡은 더 큰 사냥감을 보며 개구리를 잊어 버렸다. 이듬해 봄 아이는 그 웅덩이를 보았다. 웅덩이에는 지난해 꼬챙이에 꿰어 던져놓은 개구리가 아직도 살아 있었다. 아이는 개구리의 고통을 잊을 수 없어 괴로웠다. 그 때문에 출가하여 스님이 되었다. 그 스님이 바로 김제 금산사의 진표 스님이다.

서기 660년 신라는 백제를 쳐 병합시켰다. 나라를 잃자 백제인들은 고통 속에 떠돌았다. 진표 스님은 그들의 고통을 덜어주고 싶었다. 미륵부처님께 망신참법妄信懺法의 기도를 바쳤다. 온몸을 바위에 부딪고 머리를 짓찧으며 피 흘리는 기도였다. 어린 시절 그가 괴롭힌 개구리의 고통을 새기는 것이다. 미륵부처님의 답을 듣지 못한 진표 스님은 절망하여 절벽으로 몸을 던졌다. 하늘의 동자가 진표 스님의 몸을 받았다. 마침내 미륵 부처가 나타났다. 진표 스님에게 백제 유랑민을 구제할 계시를 내렸다. 진표 스님은 그 계시를 받들어 김제에 금산사를 창건하였다. 금산사에 미륵전을 지어 미륵삼존불을 모셨다. 사람들은 용맹정진 계율을 지키는 스님을 진표율사라고 불렀다. 통일신라의 왕들은 진표율사를 도와 금산사 창건을 지원하였다. 금산사에 사람들이 모여들었다. 그들은 미륵부처님께 의지하며 농사를 지었다. 미륵 부처의 미彌를 쌀 미米와 같은 뜻으로 생각하였다. 이때부터 미륵불은 쌀농사를 짓는 농부들의 수호자가 되었다.

옥정호를 예언한 스님은 진표 스님이었을 것이다. 옥정호의 물은 망신참법을 한다. 부딪치고 갈라지고 깨진다. 과감히 절벽으로 몸을 던진다. 수력발전기가 떨어지는 물을 받았다. 전기가 생산되었다. 그 물은 이제 쌀을 생산하기 위해 들판을 적시러 강으로 간다. 물이 미륵이다. 미륵이 물이다.

1969년 8월 6일이다. 내가 살던 고장 칠보 수력발전소에 동진강 도수로 개통 경축 행사가 열렸다. 칠보 수력발전소는 유역변경식이다. 바로 옥정호의 물이 방향을 바꾼 곳이다. 박정희 대통령이 헬기를 타고 경축 행사에 온다고 했다. 대통령의 꿈은 이팝나무꽃을 보고 시작되었다. 그 꽃은 밥알처럼 자잘한 흰 꽃이 수북이 뭉쳐서 핀다. 꽃송이가 흰 쌀밥 같다. 대통령의 꿈은 온 국민에게 수북한 쌀밥을 먹게 하는 것이었다. 그것은 안개 호수의 꿈이었다. 전북의 서쪽 평야는 넓고 넓다. 들판은 높낮이가 고르지 못하고 항상 물이 부족했다. 제때 충분히 물만 공급되면 풍년을 이룰 수 있다. 마침내 그 드넓은 평야에 백 갈래 수로가 깔렸다. 내 12살 여름방학 때였다. 동네 아이들이 모여서 그 경축 행사 구경을 가기로 했다. 그날따라 버스가 오지 않았다. 정오에 행사가 시작된다. 그러나 아침부터 칠보 가는 버스는 오지 않았다. 겨우 도착한 버스 소식은 오늘은 칠보 가는 버스를 운행하지 않는다는 것이다. 대통령의 신변안전과 보안 때문이었다. 실망한 아이들은 칠보를 향해 무작정 걸어갔다. 20리 길이었다. 물길을 트는 행사가 열리는데 하늘에서 비를 뿌리지 않을 수 없다. 아이들은 철철 비를 맞으며 칠보를 향해 걸어갔다. 비에 젖어 지친 아이들이 하나둘 돌아가 버리고 몇 명 남지 않았다. 남은 아이들은 비를 맞으며 계속 걸어갔다. 너무 멀리 와서 되돌아갈 수도 없어 울음을 터트렸다. 울며불며 걸어서 마침내 경축행사장에 왔다. 장대 같은 비가 계속 쏟아졌다. 가까이 가서 본 두 줄 관악기 수로는 그 끝단이 거대하게 눈앞을 턱 막았다. 행사장에는 비를 가리는 천막이 설치되어 있고 휘황한 제복을 입은 멋진 군악대가 번쩍이는 악기를 연주하고 있었다. 흰 교복을 입은 짧은 머리 깔끔한 여학생 합창단이 천상의 음성으로 노래하였다. 태어나서 처음 보는 멋진 행사였다. 그날의 행사는 어린 나의 눈에 천국이었다. 나는 그때 천사 같은 여고생이 되는 꿈을 꾸었다. 1973년 나는 실제로 그 여고에 입학했다. 그날 폭우로 헬기가 뜨지 못해 대통령은 오시지 못했다.

옥정호의 물은 머리를 돌려 가파른 산비탈의 터널을 통과한다. 거대한 속력과 힘이 실린 물은 수력발전기에 떨어져 부딪힌다. 수력발전기가 우르릉 돌아간다. 번쩍! 전기에너지가 생산된다. 발전기를 휘감고 돌던 물은 갈리고 쪼개지고 콸콸 곤두박질쳐 떨어진다. 떨어진 물은 와글와글 거품을 물고 소용돌이치고 밀려간다. 밀고 당기고 용틀임으로 휘돌다 마침내 용머리를 빼서 솟구친다. 이윽고 용머리는 순하게 방향을 잡아 동진강으로 흘러간다. 이제부터 수는 목木을 생生 한다. 드넓은 서쪽 호남평야에 백파百波로 갈라져서 초목을 적시는 것이다. 큰일을 한 강물은 가뿐하다. 흰 명주수건 같이 풀어져 너울너울 흘러간다. 푸른 벼 숲이 서걱서걱 자잘대며 강물을 부른다. 동진강 물결이 반들반들 웃는다. 둘이서 연애하는 것 같다. 강물은 수로를 타고 논으로 흘러 들어간다. 흘러든 강물은 논의 벼포기를 휘감고 입맞춤한다. 살강살강 밀어를 속삭인다. 벼포기들은 좋아서 서로 몸을 비비고 서걱댄다. 풍년이 올 것이다. 동진강은 흘러가면서 여러 하천을 받아들인다. 수많은 하천을 모은 동진강은 태인면 낙양리 취수장에 다시 무진장 모여든다.

사람들은 여기서 백파제百波祭를 지낸다. 사람들은 물을 향하여 엎드려 절한다. 물의 날 4월 1일이다.

한 근원 섬진강 물줄기
구천리 수로 타고
백 갈래로 퍼져가니
호남평야 젖줄이라.
세세년년歲歲年年 풍년들어
새 생명 약동하니
물의 날을 지정하여
영원토록 기념하리

— 낙양취입수문비

낙양 취수장에서 물길은 다시 두 갈래로 갈라진다. 김제 용수 간선과 정읍 용수 간선이다. 두 갈래 하천은 갈라지고 갈라져 백파로 퍼진다. 백파는 드넓은 호남평야를 흠뻑 적신다. 백파는 벼에 스며들어 흰 쌀로 영글어 간다. 이제 우리는 쌀이 없어 밥을 굶는 일은 없다. 푸른 복福 하얀 밥그릇에 고봉의 흰 쌀밥은 얼마나 아름다운가. 그렇게 바라던 이팝나무꽃이 무색하다.

백파는 다시 또 만난다. 마침내 서해안 동진면 청호저수지에서 만났다. 둥그렇게 하나 되어 피곤한 몸을 쉬었다. 물은 서로 손을 잡았다. 계화도 간척지에 흥건하게 머물다 가자고 굳게 약속한다. 그곳에는 옥정호에 땅을 내준 고향 사람들이 이주해 살고 있었다.

바다로 가기 전에 물은 간척지에 말한다. '풍년을 줄게 소금은 내게 다오.' 물은 바다에 갈 때도 그냥 가지 않는다. 바다의 풍년은 소금이다. 서해는 미덕을 지닌 그 소금물을 흔쾌히 받았다. 팔을 벌려 처~ 얼~ 썩~ 껴안았다.

옥정호 : 전북 임실군과 정읍 사이에 있는 인공호수.
유역을 변경하여 칠보의 수력발전기를 돌려 전기를 생산하고 그 물은 정읍시 태인면 낙양리 취수장에 모인 후 수문을 열고 백파로 갈라짐.

황금사

이 절은 미륵부처님을 모셨다. 정식명칭은 미륵불교 총본부이다. 미래에
미륵부처님이 하생하여 황금으로 빛나는 용화수 아래서 설법을 펼칠 곳이다.

백두대간이 남으로 달린다. 끝까지 달린 백두대간이 주춤 섰다. 백두대간이 돌아서며 등으로 동해의 바람을 막는다. 이 바람막이 백두대간이 등줄기 태백산맥이다. 태백산맥은 팔을 벋어 한반도 남서쪽을 껴안았다. 그 팔이 소백산맥이다. 소백산맥은 팔을 내려 'ㅅ'자 손을 벌렸다. 그 손은 마치 남쪽을 보호하려는 것 같다. 소백산맥 'ㅅ'자 정상에 갈재葛岾가 있다. 그곳에는 생각하는 갈대들이 갈 때가 되었다고 수런거린다. 바람이 불면 갈대들이 일제히 방향을 잡고 우수수 허리를 숙인다. 여기서부터 노령산맥이 시작된다. 노령산맥은 전라도 동쪽을 덮고 서쪽으로 내리며 비옥한 호남평야를 부려놓았다. 이 노령산맥 끝자락에 황금산이 있다. 산이 붉어서 황금산인지 황금이 묻혀서 황금산인지 그 산 아래에 엎드려 있

는 소읍 태인은 알고 있을 것이다. 가난한 태인 사람들은 황금산을 개간하여 밭농사를 지었다. 그들은 황금산의 붉은 흙을 파고 갈면서 황금의 꿈을 꾸었다. 황금사는 태인 마을 끝 황금산 입구에 있다. 그 황금사를 사람들은 흔히 본부라고 불렀다. 이 절은 미륵부처님을 모셨다. 정식명칭은 미륵불교 총본부이다. 미래에 미륵부처님이 하생下生하여 황금으로 빛나는 용화수 아래서 설법을 펼칠 곳이다.

내 어린 시절 우리 가족은 황금사에 잠시 거주했다. 아버지는 경상도에서 전라도로 왔다. 아버지는 간절히 미륵불을 만나고 싶었다. 6.25 전쟁의 참화를 겪은 아버지는 노령산맥의 갈대처럼 갈 때와 갈 곳을 찾았다. 아버지의 가슴은 두근거렸을 것이다. 미륵불을 모신 황금사의 정원은 정말 아름다웠다. 자주색 목련꽃을 얹은 가지가 고고하게 하늘을 떠받들었다. 그 가지 너머로 골골이 검게 윤이 나는 절 지붕은 신성한 기운이 감돌았다. 황금산의 밭떼기를 갈러 가던 농부들은 으레 거기서 잠시 발걸음을 멈춘다. 농부들은 우물 앞 수덕전修德殿의 검은 수염 부처에게 허리를 숙여 인사하고 마실 물을 길었다. 우물은 지붕으로 덮개를 하였고 아주 깊어서 도르래가 설치되어 있었다. 마을 사람들은 조심스레 도르래를 돌렸다. 조심조심 물을 길어 올리는 모습은 엄숙해 보였다. 마치 그 검은 수염 부처의 은총을 길어 올리는 것 같았다.

절에는 관리자 할머니 한 분이 계셨다. 그분은 우물가 배수로에 작은 연못을 만들어 미나리를 키웠다. 할머니는 정갈하게 몸을 씻으며 자란 미나리를 검은 수염 부처님께 공양으로 바쳤다. 노란 놋그릇에 담긴 파란 미나리나물은 할머니의 선명한 정성이었다. 그 할머니를 사람들은 안강보살이라고 불렀다. 할머니는 날마다 검은 수염 부처님께 기도를 올렸다. 부처님 전에 청수淸水를 갈아 올리고 두 팔을 한껏 벌려 손으로 가득히 기를 모아 합장하여 허리를 깊이 숙였다. 간곡하게 기도를 올리는 할머니의 모습을 보면 안강安康이 절로 깃든다. 안강은 수운 최제우의 탄생지 경주 용담 근처의 소읍이다.

한여름에 절 마당 둘레에는 기가 막히게 아름다운 꽃이 맨땅 위에 불쑥 솟아올랐다. 꽃대만 뽑아 올려 피는 연분홍 상사화다. 할머니는 그 주위에 잡초를 말끔하게 뽑아냈다. 어느 날 나는 할머니가 분홍 꽃대를 부러뜨린 것을 보았다. 지나치게 꽃 주위의 잡초를 뽑아내다가 꽃대를 건드린 것이다. 부러진 상사화 꽃대와 깔끔한 할머니의 당황하는 모습은 내 오랜 기억 속에 정물로 남아 있다. 만날 수 없는 잎을 그리워하는 상사화는 할머니를 닮았다. 할머니는 불임이었고 그것 때문에 시댁에서 나왔다. 할머니는 쓰라린 기억을 가슴에 안고 경북 안강에서 머나먼 전북 태인 까지나 왔다. 그것은 미륵부처님을 만나기 위해서였을 것이다. 할머니는 아마 미륵부처님을 만났을 것이다. 우리는 할머니를 볼 때마다 안강安康을 느꼈다. 항상 지극정성 노심초사 절을 쓸고 닦는 할머니만 그것을 모르는 것 같았다. 뒤 돌아 생각해보면 아버지도 그때 미륵부처님을 만난 것 같다. 갈 때가 되었다고 조상 대대로 살던 고향을 떠날 수 있는 것은 가슴이 뛰는 사람만이 할 수 있는 일이다. 미륵이란 그리움인 것 같다.

미륵이란 메시아와 같은 말이다. 두 단어는 시간과 공간의 제약 속에 사는 사람들의 염원인 구세주라고 한다. 그곳 수덕전修德殿에 따로 모셔진 부처님은 저고리 고름의 한복차림에 뾰족뾰족 산 모양의 정자 갓을 썼고 검은 턱수염이 있다. 보통의 절에서 보던 부처님처럼 위엄있게 보관을 쓰거나 기품있는 손을 든 모양이 아니었다. 친근하고 인자한 서당 훈장님의 모습이었다. 담배 한 대를 드리면 맛나게 피우실 것 같다. 그 검은 수염 부처는 내 모교인 태인 기술학교를 설립한 독립운동가 정인표 선생이시다. 선생은 일제 강점기에 독립투쟁을 하였다. 일본이 조선인을 극도로 감시하고 억압하여 국내에서는 투쟁이 힘들 때였다. 1933년부터 선생은 비밀리에 동지들을 모아서 일제 패망을 기원하는 일망무지日亡無地의 기도회를 열었다. 새벽에 동진강에 엎드려서 울면서 천지신명께 일제의 패망을 빌었다. 동진강물은 태인 평야의 볍씨가 머금어 쌀이 된다. 쌀은 사람의 살이 되고 피가 되어 정신을 키운다. 동진강물은 일찍이 산 정상에서 방향을 바꿔 태인 평야로 흘러온다. 동진강은 천지간의 인간을 먹여 살리려는 선한 의지로 흐른다. 그 강물이 농민들의 가슴에 사무쳐 1894년 동학혁명이 일어났다. 선생의 일망무지日亡無地의 기도회는 일경에 발각되고 말았다. 선생과 42명의 동지는 일경에 체포되어 감옥에서 모진 고문을 당했다. 선생은 동지들을 위로하며 감옥에서도 기도회를 계속하였다. 선생은 일본의 패망을 예언하였다. 선생의 혼은 그것을 본 것이다. 마침내 일본이 패망하고 광복이 왔다. 선생은 상하고 병든 몸으로 출옥하였다. 선생은 출옥하자 쉬지 않고 동지들과 함께 중학교 과정 기술학교를 설립하였다. 우리 모교 기술학교는 상업 기술을 가르쳤다. 우리는 부기와 주산을 배우고 익혔으며 열심히 검정고시 공부를 하였다. 중학교도 못 갈 정도로 가난한 우리에게 검정고시 합격을 도와주었다. 기술학교가 우리를 구제한 것이다. 부기는 현대의 회계학으로 바뀌었고 주산은 컴퓨터와 계산기로 한다. 나는 회계학의 직업에 종사한다. 일사불란하게 재무제표가 짜이고 사칙연산이 딱 맞아서 떨어지면 나는 감격하여 가슴이 뛴다. 그것은 어쩌면 반짝이는 용화수 아래 미륵부처의 설법을 듣는 감격 같은 것이다. 내게 부기와 주산을 가르쳐 준 분이 미륵불교 총본부의 검은 수염 부처이기 때문이다. 그분이 계신 황금사의 자색 목련은 지금쯤 꽃을 떨구고 용화수처럼 황금으로 빛나는 새잎을 반짝이고 있을 것이다. 지붕 기와는 검게 윤을 내며 설법을 받아 적을 준비를 할 것이다.

미륵불교 총본부에는 5개의 전각이 있다. 가장 크고 위엄있는 전각은 본전 대성미륵대장전이다. 내가 처음 그 본전을 문틈으로 들여다보았을 때 너무 놀라서 가슴이 쿵쿵 뛰었다. 그 본전 대성 미륵대장 전에는 5위의 부처님이 모셔져 있었다. 그 부처님들이 함께 큰 목소리로 고함을 치는 것 같았다. 중앙에 큰 미륵부처가 정좌하고 좌우에 석가, 공자가 있다. 측면에 마주 보고 있는 부처는 수덕전의 부처처럼 정자 갓을 쓰고 저고리 고름의 한복 차림이었다. 이 땅에 동학을 창시한 수운 최제우 선생과 동학혁명을 일으킨 녹두장군 전봉준이다. 그분들은 모두 세상의 미륵이었다. 그분들이 세상에 살아 계실 때 내지르던 고함이 대성미륵대장전에 쩌렁쩌렁 울리는 것 같았다.

백두대간이 소백산맥을 내어 'ㅅ'자로 노령산맥을 뻗어 낸 뜻은 노령산맥 끝자락에 황금산을 감추기 위한 것이다. 그 황금산에는 황금의 꿈을 품은 황금사가 있다. 황금사의 꿈은 미륵불의 하생下生 시간이다. 미륵불은 상생上生, 하생下生, 성불成佛을 거듭한다. 내가 기술학교에서 부기와 주산을 익히고 검정고시 공부를 열심히 했던 때는 성불의 시간을 닦는 때였다. 그때 미륵부처님은 은연중에 우리 곁을 지키고 계셨을 것이다. 모든 이들이 떠나간 지금의 황금사는 잠자는 듯 꿈꾸는 듯 고요하다. 황금사의 미륵불은 도솔천으로 가신 것이다(상생). 미륵불께서 황금사로 내려오실 시간은 다시 올 것이다(하생). 그때 황금사는 미륵불의 총본부가 될 것이다. 세상 어떤 사람이라도 언제 어디서라도 성불의 시간을 닦고 있으면 미륵불은 은연중에 우리 곁에 오실 것이다. 미륵불교 총본부 황금사의 황금의 꿈이다.

황금사 : 전북 정읍시 태인면 소재.
해방 후 애국자 정인표 선생이 부산으로 떠난 태극도 신도의 일부를 수용하여 창시한 사찰.

불연기연

21자의 주문은 요약하면 무위이화와 지어지성이다. 셀프 오거나이징Self organation의 우주가 되는 것이다. 무위이화의 인간은 바로 하늘이다.

사람이 곧 하늘이다. 우리는 교과서에서 동학을 배웠다. 이 가르침은 가슴을 두근거리게 한다. 이 가르침에 1894년 동학 농민은 하나가 되었다. 하나가 된 동학 농민은 일본의 침략을 물리치기 위하여 무기를 들었다. 그들은 고작 농기구와 대창의 무기를 들었다. 동학 농민은 일본의 첨단 무기에 속절없이 쓰러졌다. 우리는 교과서에서 우국 충절이 외세에 쓰러지는 것을 보았다. 이를 동학혁명이라 하여도 하늘인 사람들이 짓밟힌 것은 먹먹한 슬픔이다. 일본에 침략당한 정부가 일본의 첨단 무기를 빌려서 제 나라를 구하는 백성을 살상하는 참상이었다.

우리 가족은 동학혁명으로 유명한 정읍시 태인면에서 살았다. 동학을 신봉한 아버지는 고향 김해를 떠나 정읍시 태인면까지 갔다. 아버지는 녹두장군 전봉준을 존경하였다. 아버지는 아침저녁으로 스물 한자의 동학 주문을 여러 번 반복하여 외웠다.

"지기금지 원위대강 시천주 조화정 영세불망 만사지"

아버지는 잠자기 전에 주문을 나직하고 길게 읊었다. 밤의 주문은 긴 가락으로 방안을 휘감았다. '지기금지 원위대강~' 아버지는 지기금지 원위대강~ 원위대강~ 반복하여 외우며 허리를 숙였다. 그 뜻이 무엇인지 알 수 없었다.

우리 가족은 태인면에서 15년을 살았다. 우리 가족도 도시화 산업화 바람을 타고 대도시 부산으로 왔다. 도시에 기반이 없는 아버지는 고전을 면치 못했다. 그 바람에 나는 대학에 진학하지 못했다. 무척 서러웠다. 아버지는 날마다 동경대전과 용담유사를 베껴 쓰면서 소일했다. 아버지는 나를 앉혀놓고 동학을 가르쳤다. 나는 흘려듣기만 했다. 교과서에서 본 녹두장군의 슬픈 모습과 아버지의 모습이 겹쳤다. 내게 동경대전과 용담유사는 전설 같았다. 나는 세계사 대전집 10권을 월부로 들여놓고 아버지가 하는 동학 공부에 무언의 시위를 했다. 아버지는 그 세계사 대전집을 공책에 필기하며 다 읽었다. 나는 한 권도 채 다 읽어내지 못했는데 말이다. 나는 아버지가 세계사를 공부하면 동학하는 것을 후회할 수 있다고 생각했다. 세계사에 빛나는 수많은 인물을 보면서 말이다. 그러나 아버지는 더 열심히 동학을 공부하는 것이었다. 내게 동학은 알 수 없는 불연이었다.

결혼하고 나는 천주교 신자가 되었다. 동학의 동자도 나는 생각하지 않았다. 아버지가 돌아가시고 유품을 정리할 때였다. 아버지의 세로로 쓴 원고 뭉치가 발견되었다. 그 원고는 칸도 없는 갱지였다. 한문을 섞어서 깨알같이 빽빽이 쓴 원고는 줄을 맞추려 안간힘을 쓴 흔적이 역력했다. 나는 글을 쓰고 싶었으나 한 편의 글도 쓰지 못했고 아버지는 해낸 것이다. 원고지로 옮기면 족히 1,000매는 될 것 같았다. 그때 내가 느낀 건 나에 대한 자괴감과 함께 아버지에 대한 질투였던 거 같다. 아버지가 바삐 사는 직장인이었다면, 정기적으로 교회나 성당에 다녔다면 저렇게 동학에 빠지지 않고 더 훌륭한 글을 썼을 것이란 생각이 들었다. 과연 누가 읽어나 줄 것인가? 그 원고 뭉치를 보고 나는 괴로워했다. 그 원고는 아버지의 다른 소지품과 함께 불태워졌다.

아버지의 산소를 갈 때마다 나는 태워버린 아버지의 원고 때문에 안타깝고 죄송했다. 글쓰기가 얼마나 힘든 일인지 잘 알기 때문이다. 비석에 아버지의 이름 달동達東이 내게 대답처럼 들렸다. 동학에 도달해 보기로 했다. 조금씩 동학에 관하여 자료를 모으고 책을 사서 보고 강의를 들었다. 점점 나는 동학에 혹惑하게 되었다. 녹두장군의 말처럼 혹혹惑惑했다. 나는 드디어 동경대전의 21자의 주문의 뜻을 알게 되었다.

至氣今至 願爲大降 侍天主 造化定

至者 極焉之爲至 지자 극언지위지(지자는 최상위라는 뜻이다)

氣者 虛靈蒼蒼 無事不涉 無事不命 기자 허령창창 무사불섭 무사불명

然而如形而難狀 如聞而難見 연이여형이난상 여문이난견

是亦混元至一氣也 시역혼원지일기야

(기자는 허하고 영험하고 푸르고 창창하여 모든 것에 간여하고 모든 것에 명하나 눈으로 볼 수 없고 들을 수 있으나 볼 수 없다. 그것은 근원적으로 하나로 혼재된 기운이다.)

今至者 於斯入道 금지자 어사입도

(영험하고 허령창창 생명력이 가득찬 기운이 도달하기를)

願爲者 請祝之意也 원위자 청축지의야 (청하여 빕니다)

大降者 氣化之願也 대강자 기화지원야

(크게 내려 하늘의 기로 화하게 하소서)

侍者 內有神靈 外有氣化 시자 내유신령 외유기화

一世之人 各知不移者也 일세지인 각지불이자야

(시는 안에 신성한 영을 모시고 밖으로 기화하니 세상 사람들은 모두 연결되어 있다)

天者 천자 (천자는 감히 인간이 설명할 수 없다)

主者 稱其尊 而與父母同事者也 주자 칭기존 이여부모동사자야

(주자는 존칭으로 부모처럼 친근하고 느끼고 사랑하는 뜻인 님이다)

造化者 無爲而化也 조화자 무위이화야 (조화는 실행함이 없이 이뤄진다. 우주적 프로세스로서 Self organation)

定者 合其德 正其心也 정자 합기덕 정기심야

(정자는 하늘의 덕에 내 존재의 덕이 합하여지고 마음이 일치한다. 천인합일)

永世者 人之平生也 영세자 인지평생 (영세는 사람이 사는 동안)

不忘者 存想志意也 불망자 존상지의야 (불망은 한평생 잊지 않는다)

萬事者 數之多也 만사자 수지다야 (만사는 모든 일 많은 일에서)
知者 知其道 而修其知也 故明明其德 지자 지기도 이수기지야 고명명기덕
念念不忘 則知化之氣 至於至聖 념념불망 즉지화지기 지어지성
(지자는 정도를 알고 그 밝고 밝은 덕을 마음에 새기고 잊지
않고 그 앎에 동화되어 지극한 성인의 경지에 이르게 된다)

21자의 주문은 요약하면 무위이화와 지어지성이다. 무위이화는 우주의 약동하는 생령을 내 안에 받들어 모시어 그 기운과 나와 화합하는 것이다. 셀프 오거나이징Self organation의 우주가 되는 것이다. 무위이화의 인간은 바로 하늘이다. 그것은 인간으로서 최고의 경지인 지어지성至於至聖에 도달하는 것이다.

이로써 19세기 말 민중은 자기 자신이 존엄한 존재임을 깨우쳤다. 동학을 창도한 최 수운 선생은 이를 다시 개벽이라 하였다. 거듭난다는 것이다. 동학혁명의 아픈 역사를 겪고 현대의 동학은 환경과 생명 운동으로 한층 성숙하여 거듭나고 있다. 우주 삼라만상은 모두 제 안에 우주를 모신 시천주의 거룩한 존재이다. 서로 존중하고 섬기며 더불어 살아가는 존재다. 동학사상을 이어받은 한국천도교는 시천주의 모심과 살림의 캠페인을 하고 있다. 인간과 삼라만상은 서로 모신다. 서로 모심으로 사는 것이다. 자연에 대한 경외심을 품고 생명을 존중한다. 그 모심은 바로 서로 살리는 일이다.

불연 기연은 동경대전에 있는 4편의 경전 중 마지막 경전이다. 불연이란 알 수 없음이고, 기연은 알 수 있음이다. 알 수 없음은 곧

알 수 있다는 것이 된다. 설명하면 나의 조상인 부친, 조부, 증조, 고조는 알 수 있다. 그러나 태초의 조상, 그 조상의 조상은 누구인가 알 수 없음이다. 동학은 바로 이 알 수 없음인 불연을 철학적으로 사유한다. 그 알 수 없는 조상은 궁극적으로 '지금의 나'에 귀속된다. 핏줄로 이어져 왔으며 정신, 영靈으로 존재한다. 그 피와 영은 헤아릴 수 없는 무궁한 우주의 시간과 공간의 지극한 기운이다. 나라는 존재는 참으로 무궁무진하고 귀하고 또 귀하다.

최제우 선생은 바른 도를 지키기 위하여 기꺼이 순도巡道하였다. 녹두장군은 그 도로 혁명에 투신하였다. 시侍자(내유신령 외유기화 일세지인 각지불이)로 동학혁명군은 하나가 되었다. 사람들의 신령한 영이 기로 화하여 서로 연결된다는 뜻이다. 시侍자의 믿음은 일제강점기 의병운동의 원천이 되었다. 현재에 한국인이 단결하고 뭉치는 유전인자는 바로 이 시侍자 이다.

내가 동학을 모르고 기피 하였던 것은 불연不然이었다. 아버지를 추억하면서 알 수 있음의 기연其然이 되었다. 동학은 믿는다고 하지 않고 배운다는 뜻의 '동학한다'고 말한다. 바로 철학적 과학적으로 사유하고 행동한다는 것이다. 영세불망 만사지. 동학하는 것은 참된 삶이다. 참된 삶은 동학하는 것이다.

| 작품해설 |

동학으로 읽는 손미덕의 삶과 수필세계

박양근

동학으로 읽는
손미덕의 삶과 수필세계

박양근

문학평론가, 부경대 영문과 명예교수

작가의 글을 읽는다는 것은 그에 대한 여러 정보를 얻는 것을 말한다. 출생지역과 성장 과정은 물론 현재의 활동을 통해 그를 전인격적으로 살펴본다. 이것은 서로 간의 정서적 소통을 이루려는 방편임에 틀림이 없다. 문학은 장르를 불문하고 인간의 삶에 대한 스토리텔링이므로 어디서 태어나고 어떤 환경에서 성장했는지를 작품의 서두로 삼는다.

수필도 개인의 삶을 바탕으로 하는 만큼 태어난 장소와 누적된 경험이 이루어진 가정과 사회에 대한 설명이 중요하다. 이것을 개인적으로, 나아가 작가로서 당사자를 이해하고 왜, 어떻게 그러한 작품을 섰는가를 살펴 작가와 작품과 환경 간의 유기적 관계를 찾기 위해 전기적 비평이라고 부른다. 달리 말하면 작품은 작가가 처한 인문학적 상황에서 벗어날 수 없다는 뜻이다

때로는 가족 관계나 지형적 환경 이상으로 성장 때부터 받은 문화적 종교적 영향이 작가의 일생을 좌우하는 경우가 적지 않다. 부모가 지닌 독실한 신앙심의 영향을 받아 출가하거나 신부가 되는가 하면, 부모의 예술적 활동으로 대를 이어 창작에 전념하는 경우가 많다. 이것은 물리적 환경에 못지않게 심리적 유산을 물려받아 인생을 이루어간다는 것을 의미한다.

손미덕 삶의 지형도는 두 가지로 이루어진다. 하나는 김해에서 태어나 전북 태인에서 성장하고 다시 부산으로 온 공간적 이동이다. 다른 하나는 세무사로서의 애환과 사회적 아버지의 신실한 동학 신앙과 동학 활동이다. 그중에서 "동학하기"는 어린 시절부터 지금까지의 정체성을 형성하는 중요한 요인이며 동력이다. 동학은 역사적으로 한국의 고유한 신앙이고 민중 봉기이지만 작가 개인에게는 사회의 모순에 분노하고 가정의 몰락이라는 역경을 스스로 개척해야 한다는 자립정신의 토대가 된다. 그녀는 아버지가 심취한 동학사상으로 "작아져라 작아져라"라는 삶의 원리를 견인하고 작가로서 추구하려는 수필 세계의 맥으로 삼는다.

두 번째로 상재한 ≪불연기연≫은 ≪동학대전≫의 4편 경전 중 마지막 경전의 이름에서 빌려왔다. 결혼하면서 천주교 신자가 되었지만, 완숙의 나이를 지나 다시 동학 세계로 되돌아간 그녀는 동학에 "혹하고" 아버지의 유품 원고를 태워 버린 죄송함에 대해 속

죄하기 위하여 "동학한다"는 배움과 글쓰기를 시작하였다. 이렇듯 ≪불연기연≫은 작가로서의 소명과 동학의 후예로서 "참된 삶"을 구현함으로써 글쓰기, 일상, 여행, 세무 업무, 등 삶을 단순하게 재현하는 것이 아니라 존재의 결정체로서 33편의 작품을 세상에 내놓게 된다.

1. 나의 믿음, 나의 밥

손미덕에게 생활 방편이 세무사라면 교육적 나침판은 아버지다. 아버지와 세무 일을 말하지 않고서는 그녀의 삶과 수필을 이야기할 수 없다. '살기 위해 먹는다'와 '존재하기 위해 생각한다'라는 필수 요건으로서 그녀를 사람답게 만든다. 그녀에게 아버지는 동학의 스승이자 영원히 살아있는 필경사다. 아버지는 동학혁명의 도시 정읍시에 살면서부터 동학에 심취하였고 부산으로 이사를 오면서는 ≪동경대전≫과 ≪용담유사≫를 필사하면서 딸에게 동학을 가르쳤다. 전주여고를 나와 대학에 가고 싶었던 반항아 손미덕은 아버지의 말을 건성으로 들었지만, 동학 주문인 21자는 그녀의 몸으로 스며들었다. 마침내 그녀는 동학한다는 참뜻을 깨닫고 아버지처럼 동학 정신으로 살고 동학으로 수필을 쓰게 된다. 완숙의 나이에 아버지가 바랐던 동학의 딸이 된 것이다.

지기금지 원위대강 시천주 조화정 영세불망 만사지

스물한 자는 그녀의 아버지가 늘 외웠던 주문이다. 그는 불우한 인생을 탄식하면서도 동학에 대한 믿음으로 수백만 번이나 외웠다. 잊힌 세월이 지나 이번에는 손달동孫達東씨의 딸 손미덕이 주문을 외우며 세무 일을 하고 수필을 쓴다. 쌓인 문장이 저세상 아버지와 떨어진 가족들, 동학 창시자와 후계자, 고통 속에 쓰러진 민중들을 불러들인다. 마침내 작가는 갱지에 빼곡히 글을 썼지만, 책 한 권 내지 못한 아버지의 혼을 기리는 주문 같은 산문집을 엮는다.

> 아버지가 돌아가시고 유품을 정리할 때였다. 아버지의 세로로 쓴 원고 뭉치가 발견되었다. 그 원고는 칸도 없는 값싼 갱지였다. 한문을 섞어서 깨알같이 빽빽이 쓴 원고는 줄을 맞추려 안간힘을 쓴 흔적이 역력했다. 나는 글을 쓰고 싶었으나 한 편의 글도 쓰지 못했고 아버지는 해낸 것이다. 원고지로 옮기면 족히 1,000매는 될 것 같았다……. 아버지가 바삐 사는 직장인이었다면, 정기적으로 교회나 성당에 다녔다면 저렇게 동학에 빠지지 않고 더 훌륭한 글을 썼을 것이란 생각이 들었다. 과연 누가 읽어나 줄 것인가? 그 원고 뭉치를 보고 나는 괴로워했다. 그 원고는 아버지의 다른 소지품과 함께 불태워졌다.
>
> — <불연기연>에서

불연은 알 수 없음이고 기연은 알 수 있음의 뜻이라고 작가는 풀이한다. 그렇다면 불연은 기연을 포함하는 개연성으로서 지금껏 잘 알지 못했던 조상도 궁극적으로는 '지금의 나'라는 명제를 이룬다. 그녀는 자신의 존재가 미미한 것이 아니라 참으로 무궁무진한 것의 일부이며 아버지를 추억함으로써 동학을 배우고 아버지의 당당한 삶을 존경함으로써 동학 가문을 지키려 한다. 이러한 인식이 개인의'개벽'이라고 믿는 작가는 서럽고 힘든 시절도 생명의 도를 마음으로 모시는 과정의 일부라고 이해한다.

작가의 삶의 강은 정읍시에서 시작하여 곡절을 거치면서 지금의 김해로 이어진다. 그녀는 항상 강 건너편에 있는 신세계를 바라본다. 김해 신어산과 고향 정읍의 산도 태백산맥 산줄기다. 그녀는 강줄기가 산줄기 따라 구비 틀 듯이 갖가지 시연을 그치면서 살아왔다. 자전거에서 와장창 넘어지고, 골수염으로 제대로 걷지 못하고, 강물에 빠져 죽으려 했을 때도 강 건너편 있는 산들은 그녀를 위로하고 지켜봐 왔다. <산은 듣고 나는 말하고>에 등장하는 화자가 "나도 모르게 눈물이 났다. 내 말을 들어준 간 건너편 산들이 정답고 고맙다"라는 말에는 살아남은 데 대한 감사와 세상사를 보듬어 안는 연륜이 함께 들어 있다. 그럼으로써 손미덕의 자전 수필은 "산은 듣고 나는 말하고" 형식을 지니고 사람 독자가 아니라 산이라는 신령에게 살아온 내력을 고백하는 형식을 지닌다.

어린 시절을 형성한 키워드는 "동학, 미륵불, 부기와 주산, 토마토 재배"로써 모두 세무사 직업과 글쓰기의 토대를 이룬다. 이것들은 그녀가 원하는 깨침의 산에 다다르기 위해 건너야 할 강으로서 10살부터 학창 시절까지의 인생을 대변한다. <내 마음의 무성서

원>은 사생대회에 뽑혀 무성서원의 명륜당 골골 기와를 세심히 그랬던 기억을 바탕으로 배움을 독려했던 할머니를 떠올려 자신에게 과거의 시련을 이겨내도록 해준 주춧돌이 누구인가를 전한다. <황금사>는 미륵불교의 총본산에서 거주했을 시절을 배경으로 후일 그녀의 밥벌이가 되었던 태인기술공민학교에서 부기와 주산과 회계를 공부한 시절을 회상하면서 미륵불이란 실제 우리의 삶에 등장하는 서당 훈장과 같은 구세주이므로 성불의 시간을 가져야 한다는 생활 신앙을 표방한다. <토마토>는 정읍으로 이주하여 토마토 재배에 집안의 명운을 걸었던 아버지와 학교 수업을 마다하고 토마토 작업에 젊은 시간을 바쳤던 시절을 함께 재현한다. 아버지에게 토마토가 신령스러운 대상이었듯이 작가는 토마토가 담긴 광주리 옆에 촛불을 켜고 공부를 했고 토마토를 먹으면 문제가 잘 풀렸다고 회상한다. 위에서 소개한 세 작품은 "먹고 사는 법이 세상을 구하는 비결"임을 깨친 작품으로 작가는 "맨발로 토마토밭을 누볐던 소녀 전사 시절"동안 세상 공부를 하였다. 그런 만큼 살길을 알려주는 21자 주문과 토마토 재배는 생에 대한 진한 집념의 표현이 된다.

사람의 몸이 일함으로써 마음이 생각하게 된다. 두 조건 중 하나라도 빠지면 인간의 삶은 해체된다. '살기 위해 먹는다'는 '존재하기 위해 생각한다'는 전제 요건으로서 사람답게 만드는 동력이다. 그 한恨과 원願이 사회적 공간으로 향한다.

작가의 직업은 세무사이다. 기술학교에서 배운 주산과 부기를 바탕으로 세무공무원과 고객 사이에 끼어 한편으로는 공평 과세를 구현하고, 다른 편으로는 합법적인 절세방안을 강구하는 일에 매달려 있다. 돈과 숫자를 오락가락하지만 해결책이 발견되는 경우는 드물다. 이래저래 얻는 그것은 마음의 병뿐이다. 당연히 ≪불연기연≫의 3부는 세무사로서의 빛과 그림자로 구성된다. 작가가 옹호하는 세금은 두 얼굴을 가진다.

세금의 옛 이름은 조세租稅였습니다. 농사지은 벼를 지주에게 바치는 것은 조租입니다. 그것을 지주가 나라에 다시 바치는 것이 세稅입니다. 둘 다 바치는 것이므로 조세는 세금이고 세금은 조세입니다. 세금은 인간이 정착하여 공동생활을 하면서 만들어졌습니다. 공동체를 지키고 보호하고 발전시키기 위한 기금입니다. 세금은 법으로 정하여 강제로 징수합니다.

(중략)

우리는 숨 쉴 때마다 세금이 따라붙는다고 할 수 있습니다. 아니? 숨 쉴 때마다? 우울해집니다. 막연히 불안하고 초조해집니다. 스페인 사람들은 금을 마음의 병을 치료해주는 약이라고 했습니다. 그 금 앞에 세稅자가 세균처럼 붙었으니 그 세금이 마음의 병을 일으키는 거 같습니다.

— <내 이름은>에서

세무라는 직업은 인간의 갖가지 술책과 욕망과 배신과 잔꾀를 살펴보는 창구다. 구미 열강의 국가 발전을 세금이라는 개념으로 이루어졌다고 여기는 작가는 동학혁명이 과중한 세금이 원인이었음을 발견하고 놀라게 된다. 지금도 납세자와 사업가는 본능적으로 세금을 내지 않으려 하고 세무 당국은 의심스러운 눈초리를 던지며 끊임없이 세금이라는 그물을 단단하게 조여간다. 그 냉소의 시선을 이루어진 <내 이름은>, <티 타임>, <마그나 카르타> 등은 세금 발달사라 할 만큼 인간 역사를 설명해준다. <그 침상>과 <어떤 재판>은 세무 현장에서 부딪치는 고객과 공무원의 심경을 일화로 다룬 작품이다. 특히 <어떤 재판>은 작가 당사자가 사기를 당한 일화라는 점에서 진실성이 고스란히 전달된다.

손미덕은 자신의 삶이 지닌 의미와 상징을 잘 알고 있다. 정신적 축으로서 동학을, 현실적 토대로서 세무직을 배치함으로써 과거와 현재, 인생과 존재, 현실과 이상을 진솔하고 균형 있게 성찰하고 있다. 이러한 자아 정립은 힐링의 효과도 지닌다는 점에서 ≪불연기연≫의 문학성을 높여 나간다.

2. 동학의 혼, 벼꽃과 물길

한 나라에 역사는 역사가들이 쓴 기록으로 저장되고 전승된다. 그들의 역사는 주로 각종 자료와 통계로 이루어지는 만큼 정확성은 있을지 모르나 민중의 애환을 생생하게 전달하지 못하는 약점을 갖는다. 때로는 위정자들이 왜곡하거나 미화하기도 한다, 그런데 시대의 비극을 체험하고 현장을 그대로 묘사하고 그려내려는 작가가 쓴다면 마치 어제 있었던 실상이라고 믿게 될 것이다. 이것을 사학에서는 야사野史라고 부르며 때로는 정사正史 이상으로 독자를 역사의 현장으로 데려간다.

어린 시절부터 손미덕은 동학의 강줄기를 타고 내려왔다. 아버지는 평생 동학을 숭배하였고, 만났던 사람들도 동학 추종자였고, 방문한 장소와 문화재도 동학의 얼이 배인 곳이었다. 아버지의 주문, 명륜당의 기왓장, 황금사의 미륵불, 노령산맥 갈재 뿐만 아니라 붉은 토마토조차 동학 정신과 관계를 맺을 때 의미를 지니고 역사의 증인으로서 글에서 살아났다. 더욱이 그녀는 동학을 새롭게 공부함으로써 체계적인 이론을 갖추고 소재를 동학의 시각으로 풀이하고 해석함으로써 잊혀 가는 동학 역사를 재구성하고 재발굴하게 되었다.

동학을 소재로 다룬 수필은 설화 같은 스토리텔링과 동학 영웅들의 전기로 이루어진다. 그녀는 논과 벼와 강물을 심미감이 넘치는 문장으로 묘사하면서 민중의 삶을 오늘의 독자 곁으로 옮겨와 동일체를 강조한다. 나아가 동학 정신을 창건한 파란만장한 인물들을 차례로 소개하는 전기적 기록성을 강조하는 기법을 동원하여 그들이 한국 근대사에서 놓칠 수 없는 승자로 등장시킨다.

농경시대의 농민에게 중요한 것은 벼 씨앗과 물길이다. 그들의 목숨줄인 이것이 순탄하면 백성은 통치자를 따르지만, 폭정으로 착취를 당하면 노도 같은 분노를 일으켜 백성의 무서움을 보여준다. 그들에겐 승리가 중요한 게 아니라 언제든 일어날 수 있다는 대의명분이 중요하다. 동학이 한국사에서 처절하면서도 위대한 민중항쟁이 된 이유가 여기에 있다.

<땅을 보며 피는 꽃>은 농민의 끈질긴 생명력을 벼 뿌리로 그려낸 감동적인 수작이다 접주 화중을 주인공으로 등장시켜 농민의 노동과 저항을 찬미한 이 작품의 주제는 화중의 아내가 남편에게 달아 준 벼 무늬 주머니라는 아이콘에 모인다.

> 그는 추수를 끝내고 지리산을 향하여 길을 떠났다. 아내는 길 떠나는 남편에게 염낭念囊을 달아주었다. 그는 아내가 만들어 준 오목조목 어여쁜 주머니를 만지작거렸다. 주머니에는 벼를 수놓았다. 화중은 꽃나비보다 벼를 수놓은 아내의 뜻을 알아차렸다. 농자천하지대본이라는 것이다. 화중이 사는 고을은 정읍이다. 우물 정井은 북두칠성의 두레박을 뜻한다. 주머니는 그 두레박이고 거기에 벼를 수 놓은 뜻은 풍년을 기원하는 것이다. 아내를 맞이한 것은 그 위대한 이의 뜻이라고 화중은 생각하였다. 아내도 불룩 배가 불렀으니까.
>
> — <땅을 보며 피는 꽃>에서

만삭의 아내가 동학도들이 사는 지리산으로 떠나는 남편에게 벼꽃을 수 놓은 주머니를 달아준다. 한 가정의 다산과 풍년을 기약하고 농민들의 풍요를 바라는 결말을 암시하는 이 작품은 동학인들이 꿈꾸는 복된 사회를 그려낸다. 주머니 속에 간직한 씨나락은 농민들의 봉기가 성공하여 대대손손 풍년이 이어지라는 간절한 소망과 역사의식이 깔려 있다. 물론 동학혁명이 실패하고 주모자들은 처형당한 것이 역사의 기록이지만 민중의 가슴에 기록된 '농자천하지대본'이라는 정신은 조금도 손상되지 않았다. 동학도들은 지금도 후손들에게 그들의 믿음을 가르치면서 언젠가 미륵이 나타나 이룩할 태평성대를 꿈꾼다.

<땅을 보며 피는 꽃>이 동학 꿈의 실현을 민중적 사관으로 펼친 수필이라면, <수길이>는 농사에 필요한 물길을 소재로 다룬다. 수길이 대풍을 가져다주는 상스러운 용의 출현으로 풀이되는 가운데 수길에는 자연의 섭리와 은총이 담겨 있다. 역사적으로는 고부 군수 조병갑이 착복을 위해 보를 만들려고 한데서 봉기한 저항의 민란, 사적으로는 어린 시절 아버지가 논에 물을 대기 위해 싸웠던 의로운 투쟁을 소재로 하면서 농민에게 물길은 "수길水吉이어야 한다는 당위성을 밝히고 있다.

물과 벼가 동학의 이상 세계를 상징하기 위하여 선정된 소재라면 정사正史로서 동학 역사는 실제 인물을 등장시키는 것으로 이루어진다. 동학을 창시한 최재우 선생의 일대기를 적은 <용담유사>, 2대 교주 최시형의 저술과 포교를 다룬 <우리의 성자>, 녹두장군 김봉준의 봉기와 처절한 죽음을 '칼의 노래'로 집약한 <타는 눈빛으로 하던 말>은 동학 수필의 3부작을 이룬다. 세 작품은 동학인들의 관점에서 그들은 이런 분들이라고 소개하는 인물 전기로서 강단에서 가르치는 동학론과는 다르다. 어찌 보면 새로운 동학사 읽

기를 위한 재해석이라 할 만하다. 작가는 이들은 인간의 평등과 사랑을 가르치고 칼을 들고 보국안민을 외친 혁명가로 설정하고 천민이었던 그들을 시대의 구원자로 끌어 올린다.

작가는 "무엇을 위해 살아야 하는가"라는 문제에 부딪혔을 때 작가는 서슴지 않고 동학이라는 해답을 얻는다. 경천애지라는 덕을 닦는 것임을 깨친 기쁨으로 "시호! 시호!"로 연발한다.

> 선생의 칼은 베어서 살리는 진리의 칼, 상생相生의 칼, 다시 개벽을 여는 정신의 칼이다. 시호! 시호! 기쁨을 상승하고, 호호 망망 넓은 세상 시천주 조화정 무수장삼으로 덮어 평정하고, 좋을시고! 좋을시고! 이내 신명 좋을시고! 재차 기쁨을 상승한다. 쓰러져가는 조선왕조 뒤에서 내일의 주인공 민중이 찬란하게 일어서고 있었다. 동학이 있어 우리는 세계 역사에 당당할 수 있다. 민주주의를 꽃피운 내일의 주인공 민중이 일찍이 조선에 있었다. 용담유사의 가사는 21세기 대한민국 국민의 랩으로 불리게 될 것이다
>
> — <용담유사>에서

작가는 동귀일체 사상과 시천주 주문이 천도교 정신임을 온몸으로 받아들인 기쁨을 뜨거운 문체로 토로한다. 100년이 지나 동학 정신이 실현되었다는 몽상일지라도 ≪용담유사≫의 가사가 대한민국 국민의 랩으로 불리리라 확신한다. 이러한 믿음은 최제우 선생이 민중을 위하여 한글로 지은 ≪용담유사≫의 정신을 되살리고

농민군을 지휘하다 쓰러진 녹두장군 전봉준의 넋을 위로하는 것이기 때문이다. 손미덕은 동학 정신을 부활시키려는 염원으로 야사와 정사를 합친 수필 형식으로 민족의 동학 정신을 옹호한다. 이것이 그녀가 수필가가 되어야 했던 당위성이자 작가 의식이다.

3. 인문학적 삶의 항해

손미덕 수필이 보여주는 특징 중의 하나는 신변 이야기가 상대적으로 적다는 점이다. 가족 이야기며 개인의 취미, 교우 관계에 대한 회상이 최대로 생략된 가운데 자신의 존재성을 밝히는 수필을 주로 썼다. 글쓰기는 사람의 양상을 변화시키며 세상을 바라보는 안목과 작가의 인식력을 높여준다. 다시 말하면 주변 일상을 글의 소재로 삼기보다는 사유하고 책을 읽고 여행한다는 인문학적인 통로를 인간사를 해석하는 창구로 취한다.

책을 읽는다는 것은 세상을 바라보았던 저자의 방식을 자신의 관점으로 삼는다는 것을 의미한다. 책 속에 담긴 갖가지 사건을 접하고 등장인물들의 감정에 공감함으로써 여러 자아를 마치 분신처럼 거느리게 된다. 세상을 여행한다는 것도 다른 문화권과 접촉한다는 뜻으로 독서와 같은 효과를 거둔다. 독서와 여행은 작가의 집필 역량을 다져주어 작품의 저변을 탄탄하게 구축하는 효과도 거둔다. 질적 향상이란 일상성을 탈피한 인문학적인 글쓰기를 가능하게 해준다는 의미다.

손미덕은 동학 공부 외에도 다양한 독서와 수시로 행한 해외여행과 문화재 탐방을 통하여 끊임없이 자아 갱생을 추구하고 인문학과 삶을 통섭하는 양식을 고안하였다. ≪불연기연≫의 제1부 "책 속의 길을 걷다"에 실린 여덟 편 에세이는 독서로 발견한 인생론으로 이루어져 있음은 독서 여행이라는 진로를 모색한 결과다.

사람은 자신의 삶을 형성하고 이끌어 간 특별한 장소를 잊지 못한다. 그곳은 당사자가 사는 생활 터전이면서 고귀한 영혼을 일깨워 주는 성역으로 자리한다. 작가가 그곳을 배경으로 삼아 작품을 쓰고 사회를 바라보는 이유는 남다른 의미를 발견하였기 때문이다.

그녀에게 장소애를 형성하는 두 장소는 정읍과 김해다. 정읍이 동학 발생지로서 가족의 정신적 고향이라면 현재의 김해는 아버지가 한때 살았고 현재 그녀가 사는 곳이다. 찰스 디킨스의 ≪두 도시 이야기≫와 구도가 너무나 일치한다. 소설 속의 주인공들이 런던과 파리를 오가며 파란만장한 삶을 겪듯이 손미덕은 자신의 정읍과 김해를 떠올리면서 찰스 디킨스처럼 시대적 문제를 고민하는 역사의식을 갖게 된다.

> 프랑스 혁명의 민중도 촛불 혁명의 우리나라의 민중도 오해와 분노의 광기에 휩싸여 행동하였다. 영국의 법률가들처럼 금융인들처럼 냉정하고 성실하고 한결같은 직업의식이 있으면 좋겠다. 물론 그것은 하루아침에 길러지지 않는다. 수많은 시행착오와 시

간이 걸린다. 절차를 밟는다고 하듯이 시간을 밟아야 할 것이다. 시간을 밟는다는 것을 세월이라고 할 수 있을 것이다.

— <두 도시 이야기>에서

작가는 집안 가족들이 소설의 주인공에 못지않게 극적인 사건의 피해자임을 자각한다. 나아가 집안 내력이 소설적 긴장과 비슷하다는 점을 자인하면서 역사적 관점으로 동학을 재해석한다. 현대소설의 허구와 수필의 팩트를 합치는 구성을 만든 것이다. 세무사로서 세무 행정의 모순과 문제를 직시할 때도 마찬가지다. 그 매개체가 존 스타인벡의 ≪분노의 포도≫다. 땅을 은행에 빼앗긴 농민들이 과수원 노동자로 전전하면서 일으킨 저항과 땅의 생명력을 함께 다룬 이 소설은 바탕으로 작가는 땅을 빼앗긴 동학 농민과 부당한 세무 행정으로 피해를 본 고용주와 노동자와 사업자들의 절망을 반영한다. 물론 토마토밭을 개간하고 어린 몸으로 아버지의 토마토 수확을 위해 전력을 다한 개인사가 깔려 있음은 물론이다.

여행도 인문학적 해석의 대상으로 간주한다. 그곳의 역사적 의미를 재음미하고 사람들의 사상과 생각이 어떤 가르침을 주는가를 풀어낸다. 그녀가 지닌 동학적 인식, 세무사로서의 세상 엿보기, 인간으로서 품은 애민愛民이 역사적 사건과 교감함으로써 다각적인 해석을 시도하고 있다. 제2부에 실린 기행 수필들이 여행자로서의 감상이 아니라 인문학적 안목으로 짠 작품임을 말하는 것이다. <강화에 가다>가 천주교의 순교를 다루고, <검게 타버린>은 흑산도 여행에서 젊은 학창 시절을 소환하고, <바이칼, 한 민족의 시원을 찾아서>는 호수와 민족의 생명력에 일치시킨 문체로 그 지형이 지닌 역사적 의의를 함께 소개한다.

기행 수필 중에서 주먹을 끄는 작품 중의 하나는 <백파제>이다. 작가의 고향인 정읍 인근 있는 옥정호를 연결하는 지하수로가 건설된 토목을 소재로 다루는 가운데 정읍을 흐르는 물길이 농민들에게 어떤 의미인가를 도출해 내었다.

> 이제부터 수는 목木을 생生 한다. 드넓은 서쪽 호남평야에 백파百波로 갈라져서 초목을 적시는 것이다. 큰일을 한 강물은 가뿐하다. 흰 명주 수건 같이 풀어져 너울너울 흘러간다. 푸른 벼 숲이 서걱서걱 자잘 대며 강물을 부른다. 동진강 물결이 반들반들 웃는다. 둘이서 연애하는 것 같다. 강물은 수로를 타고 논으로 흘러 들어간다. 흘러든 강물은 논의 벼포기를 휘감고 입맞춤한다. 살강살강 밀어를 속삭인다. 벼포기들은 좋아서 서로 몸을 비비고 서걱댄다. 풍년이 올 것이다.
>
> — <백파제> 에서

작가는 힘겨웠던 지난 삶을 잠재우고 김제와 정읍 평야가 영그는 꿈이 현실화한다. <땅을 보며 피는 꽃>에서 길 떠나는 남편에게 벼꽃 주머니를 달아준 만삭의 아내가 자신인 듯 여기는 작가는 농민들의 소망이 이루어진 현장을 감격스럽게 돌아본다. 옥정호는 산으로 둘러싸인 천혜의 절경으로써 호남 주민들의 심장 역할을 한다. 그곳 물이 논밭으로 흘러내리는 광경은 태평 시대가 실현되었음을 떠올려주므로 작가는 "푸른 복福 하얀 밥그릇에 고봉의 흰 쌀밥은 얼마나 아름다운가."라는 백파제가百派祭歌를 기꺼이 쓴다.

독자를 만나는 문을 여는 작가에게

문학을 비유하면 작가가 현실과 문학이라는 두 개의 시공을 종횡으로 누비는 천체 운동이라고 말할 수 있다. 작가의 정교한 구성과 아귀가 서로 물리는 문장으로 인생이라는 천체가 궤적에서 이탈하지 않도록 운전해야 한다는 것을 의미한다. 그렇지 못하면 수필이 아니라 허구적인 소설이나 언어의 멋 부림에 그치는 시가 되기 쉽다.

손미덕은 일반적인 여성의 우아한 일상성을 거부하고 동학 정신을 초석으로 삼아 살아오면서 체득한 서사와 서정을 펼쳐낸다. 가족의 굴곡진 여정과 한국 근대기의 풍파를 동시에 펼쳐냄으로써 역사와 시대성을 지닌 수필집이 되었다. 작가의 깊이 있는 안목과 폭넓은 지평으로 이루어진 작품마다 책을 통해 세상을 읽고 창작을 병행함으로써 자신의 존재도 정립한 미학적 결실을 이루어 내었다.

≪불연기연≫은 세상 만물의 기본 원리이다. 시종始終과 생멸生滅도 연緣으로 풀어낸 작가의 철학적인 인생론이 담대하면서 거침없

는 문체에 실려 문학의 관문을 열었다. 손미덕은 자신과 독자와 "불연기연"으로 함께 글을 읽고 살아가는 새 세상을 맞이하기를 바라며 개벽의 문을 연다. 그 심정이 한 권의 책을 엮었다.

손미덕 수필집

불연기연

초판1쇄 발행 2023년 10월 30일

지은이 손미덕
펴낸이 이길안
펴낸곳 세종출판사

주소 부산광역시 중구 흑교로 71번길 12 (보수동2가)
전화 051－463－5898, 253－2213~5
팩스 051－248－4880
전자우편 sjpl5898@daum.net
출판등록 제02-01-96

ISBN 979-11-5979-639-5 03810

정가 15,000원

부산광역시 BUSAN METROPOLITAN CITY 부산문화재단 BUSAN CULTURAL FOUNDATION
본 도서는 2023년 부산광역시, 부산문화재단〈부산문화예술지원사업〉으로 지원을 받았습니다.